馬華文學批評大系：張光達

Malaysian Chinese Literary Criticism : Teoh Kong Tat

張光達著

by Teoh Kong Tat

元智大學中語系  二〇一九年二月

Department of Chinese Linguistics & Literature,
Yuan Ze University, Taiwan.

馬華文學批評大系：張光達

主　　編：鍾怡雯、陳大為

本卷作者：張光達

編校小組：江劍聰、王碧華、莊國民、劉翌如、謝雯心

出版單位：元智大學中國語文學系

　　　　　桃園市中壢區遠東路 135 號

電　　話：03-4638800 轉 2706, 2707

網　　址：http://yzcl.tw

版　　次：2019 年 02 月初版

訂　　價：新台幣 400 元

Malaysian Chinese Literary Criticism : Teoh Kong Tat

Editors : Choong Yee Voon & Chan Tah Wei

Author : Teoh Kong Tat

國家圖書館出版品預行編目（CIP）資料

馬華文學批評大系：張光達 / 張光達著；
鍾怡雯, 陳大為主編. -- 初版. --
桃園市：元智大學中文系, 2019.02　　面；　公分

ISBN 978-986-6594-42-7(平裝)
1.海外華文文學 2.文學評論

850.92　　　　　　　　　　　108001109

總序：殿堂

　　翻開方修（1922-2010）在一九七二年出版的《新馬華文文學大系（1919-1942）·理論批評》，當可讀到一個「混沌初開」、充滿活力和焦慮、社論味道十足的大評論時代。作為一個國家的馬來亞尚未誕生，在此居住的無國籍華人為了「建設南國的文藝」，為了「南國文藝底方向」，以及「南洋文藝特徵之商榷」，眾多身分不可考的文人在各大報章上抒發高見，雖然多半是「赤道上的吶喊」，但也顯示了「文藝批評在南洋社會的需求」。[1]

　　這些「文學社論」的作者很有意思，他們真的把寫作視為經國之大業、不朽之盛事，披荊斬棘，開天闢地，為南國文藝奮戰。撰

---

[1] 本段括弧內的文字，依序為孫藝文、陳則矯、悠悠、如焚、拓哥、（陳）鍊青的評論文章篇名，發表於一九二五～三〇年間，皆收錄於方修《新馬華文文學大系（1919-1942）·理論批評》一書。此書所錄最早的一篇有關文學的評論，刊於一九二二年，故其真實的時間跨度為二十一年。

寫文學社論似乎成了文人與文化人的天職。據此看來，在那個相對
單純的年代，文學閱讀和評論是崇高的，在有限的報章資訊流量中，
文學佔有美好的比例。

　　年屆五十的方修，按照他對新馬華文文學史的架構，編排了這
二十一年的新馬文學評論，總計 1,104 頁，以概念性的通論和議題討
論的文學社論為主，透過眾人之筆，清晰的呈現了文藝思潮之興替，
也保存了很多珍貴的文獻。方修花了極大的力氣來保存一個自己幾
乎徹底錯過的時代[2]，也因此建立了完全屬於他的馬華文學版圖。沒
有方修大系，馬華文學批評史恐怕得斷頭。

　　苗秀（1920-1980）編選的《新馬華文文學大系（1945-1965）‧理
論》比方修早一年登場，選文跳過因日軍佔領而空白的兩年（1943-
1944），從戰後開始編選，採單元化分輯。很巧合的，跟第一套大系
同樣二十一年，單卷，669 頁。兩者最大的差異有二：方修大系面對
草創期的新馬文壇氣候未成，幾無大家或大作可評，故多屬綜論與
高談；苗秀編大系時，中堅世代漸成氣候，亦有新人崛起，可評析
的文集較前期多了些。其次，撰寫評論的作家也增加了，雖說是土
法煉鐵，卻交出不少長篇幅的作家或作品專論。作家很快成為一九
五〇、六〇年代馬華文學評論的主力，文學社論也逐步轉型為較正
式的文學評論。

　　二〇〇四年，謝川成（1958-）主編的第三套大系《馬華文學大

---

[2] 方修生於廣東潮安縣，一九三八年南來巴生港工作。一九四一年，十九歲的
方修進報社擔任見習記者，那是他對文字工作的初體驗。

系・評論（1965-1996）》（單卷，491頁）面世，實際收錄二十四年的評論[3]，見證了「作家評論」到「學者論文」的過渡。這段時間還算得上文學評論的高峰期，各世代作家都有撰寫評論的能力，在方法學上略有提升，也出現少數由學者撰寫的學術論文。作家評論跟學者論文彼消此長的趨勢，隱藏其中。此一趨勢反映在比謝氏大系同年登場（略早幾個月出版）的另一部評論選集《馬華文學讀本 II：赤道回聲》（單卷，677頁），此書由陳大為（1969- ）、鍾怡雯（1969- ）、胡金倫（1971- ）合編，時間跨度十四年（1990-2003），以學術論文為主[4]，正式宣告馬華文學進入學術論述的年代，同時也體現了國外學者的參與。赤道形聲迴盪之處，其實是一座初步成形的馬華文學評論殿堂。

　　一九九〇年代後期是個轉捩點，幾個從事現代文學研究的博士生陸續畢業，以新銳學者身分投入原本乏人問津的馬華文學研究，為初試啼音的幾場超大型馬華文學國際會議添加火力，也讓馬華文學評論得以擺脫大陸學界那種降低門檻的友情評論；其次，大馬本地中文系學生開始關注馬華文學評論，再加上撰寫畢業論文的參考需求，他們希望讀到更為嚴謹的學術論文。這本內容很硬的《赤道回聲》不到兩年便銷售一空。新銳學者和年輕學子這兩股新興力量的注入，對馬華文學研究的「殿堂化」產生推波助瀾的作用。

　　這四部內文合計 2,941 頁的選集，可視為二十世紀馬華文學評論

---

[3] 此書最早收入的一篇刊於一九七三年，完全沒有收入一九六〇年代的評論。
[4] 全書收錄三十六篇論文（其中七篇為國外學者所撰），三篇文學現象概述。

的成果大展，或者成長史。

　　殿堂化意味著評論界的質變，實乃兩刃之劍。

　　自二十一世紀以來，撰寫評論的馬華作家不斷減少，最後只剩張光達（1965-）一人獨撐，其實他的評論早已學術化，根本就是一位在野的學者，其論文理當歸屬於學術殿堂。馬華作家在文學評論上的退場，無形中削弱了馬華文壇的活力，那不是《蕉風》等一兩本文學雜誌社可以力挽狂瀾的。最近幾年的馬華文壇風平浪靜，國內外有關馬華文學的學術論文產值穩定攀升，馬華文學研究的小殿堂於焉成形，令人亦喜亦憂。

　　這套《馬華文學批評大系》是為了紀念馬華文學百年而編，最初完成的預選篇目是沿用《赤道回聲》的架構，分成四大冊。後來發現大部分的論文集中在少數學者身上，馬華文學評論已成為一張殿堂裡的圓桌，或許，「一人獨立成卷」的編選形式，更能突顯殿堂化的趨勢。其次，名之為「文學批評大系」，也在強調它在方法學、理論應用、批評視野上的進階，有別於前三套大系。

　　這套大系以長篇學術論文為主，短篇評論為輔，從陳鵬翔（1942-）在一九八九年發表的〈寫實兼寫意〉開始選起，迄今三十年。最終編成十一卷，內文總計 2,666 頁，跟前四部選集的總量相去不遠。這次收錄進來的長論主要出自個人論文集、學術期刊、國際會議，短評則選自文學雜誌、副刊、電子媒體。原則上，所有入選的論文皆保留原初刊載的格式，除非作者主動表示要修訂格式，或增訂內容。總計有三分之一的論文經過作者重新增訂，不管之前曾否結集。這套大系收錄之論文，乃最完善的版本。

　　以個人的論文單獨成卷，看起來像叢書，但叢書的內容由作者自定，此大系畢竟是一套實質上的選集，從選人到選文，都努力兼顧到其評論的文類[5]、議題、方向、層面，盡可能涵蓋所有重要的議題和作家，經由主編預選，再跟作者商議後，敲定篇目。從選稿到完成校對，歷時三個月。受限於經費，以及單人成冊的篇幅門檻，遺珠難免。最後，要特別感謝馬來西亞畫家莊嘉強，為這套書設計了十一個充滿大馬風情的封面。

鍾怡雯

2019.01.05

---

[5] 小說和新詩比較可以滿足預期的目標，散文的評論太少，有些出色的評論出自國外學者之手，收不進來，最終編選的結果差強人意。

編輯體例

[1]　時間跨度：從 1989.01.01 到 2018.12.31，共三十年。

[2]　選稿原則：每卷收錄長篇學術論文至少六篇，外加短篇評論（含篇幅較長的序文、導讀），總計不超過十二篇，頁數達預設出版標準。

[3]　作者身分：馬來西亞出生，現為大馬籍，或歸化其他國籍。

[4]　論文排序：長論在前，短評在後。再依發表年分，或作者的構想來編排。

[5]　論文格式：保留原發表格式，不加以統一。

[6]　論文出處：採用簡式年分和完整刊載資訊兩款，或依作者的需求另行處理。

[7]　文字校正：以台灣教育部頒發的正體字為準，但有極少數幾個字用俗體字。地方名稱的中譯，以作者的使用習慣為依據。

目 錄

馬華現代詩史芻議

（1957-1990）

前　言

　　本文意圖建構一個自馬來西亞獨立建國以降的華文現代主義詩派文學史脈絡，時間方面訂於一九五七年至一九九〇年代，從重要的思潮發展、文學體制、主題興替、文化屬性、政治演變，到文學創作者（馬華詩人）與馬來西亞華人政治社會的互動。馬華現代詩史依據本文的論述架構被劃分成三個階段：一、從崛起到奠基（1957-1969）：論述焦點包括馬華文學第一波現代主義文學運動，醞釀馬華詩壇第一首現代詩的關鍵時期，書寫獨立建國經驗和理想，記述殖民主義的歷史視野，現代派詩人崛起到奠基，開拓馬來西亞華文文學的版圖。二、從鼎盛到沉寂（1970-1979）：論述焦點包括現代派詩人的鼎盛時期，第一部馬華現代詩選集出版，天狼星

詩社的輝煌時期，現代主義精神和文化身分屬性的辯證，第一波馬華「中國性—現代主義」的提倡經營，新批評式的現代詩評論，現代主義語言的突出表現，及其局限。三、從轉型到轉向（1980-1990）：鎖定處於政治現實困境的馬華現代詩，探討其生產語境及其影響，從「寫實兼寫意」的語言轉型到「感時憂國詩」的社會轉向，第二波馬華「中國性—現代主義」的文化憂患意識與文化象徵符碼，馬華詩的後現代語言轉向。

　　透過這篇史述，希望能夠為上個世紀的馬華現代詩史及現代主義文學發展，提出一個馬華現代主義詩派的文學史雛型，以期這項基礎研究收到拋磚引玉之效果。

一、從崛起到奠基（1957-1969）

　　馬華文學第一首現代詩的倡議與論爭，牽涉的是論者對（現代）文學詮釋權攫取位置（position taking）的論述策略，暴露出其自身對文學史概念的片面視野。一般咸認為馬華詩人白垚發表於一九五九年在《學生周報》137 期的〈麻河靜立〉，為馬華文壇第一首現代（主義）詩。根據溫任平的說法：「馬華現代文學大約崛起於一九五九年。那年三月六日白垚在學生周報 137 期發表了第一首現代詩〈麻河靜立〉。關於這首詩的歷史地位，最少有兩位現代詩人——艾文和周喚——在書信中表示了與我同樣的看法。……」[1] 溫

---

[1] 溫任平《文學・教育・文化》（美羅：天狼星詩社，1986），頁 2。

任平這篇論文〈馬華現代文學的意義和未來發展：一個史的回顧與前瞻〉在一九七八年提出，不但總結六○、七○年代崛起馬華文壇的現代（主義）文學的歷史地位和意義，並高度肯定了其歷史定位與前瞻其未來發展的潛力，頗有文學史書寫的宏大架勢。其實溫任平在更早之前的文字中即已指出：「一九五九年是大馬現代詩萌芽的第一年，白垚在那年的三月六日在《學生周報》一三七期發表了第一首現代詩：〈麻河靜立〉。」[2]溫任平、艾文、周喚都是六○、七○年代馬華現代詩的書寫健將，尤其周喚與艾文在六○年代的馬華詩壇，俱以形象鮮明，充滿強烈風格的象徵主義與存在精神的現代詩贏得讀者的注目，兩者被視為馬華現代詩的前驅也不為過。溫任平舉他們兩人的看法來為自己的論點支持佐證，一來他們都是歷史事件的當事人，採取當事人的說法較具有說服力，二來顯然溫任平也認為周喚、艾文兩位詩人在六○年代「第一波馬華現代文學運動」的重要貢獻，以文學史的論述眼光或書寫角度來說，可以順理成章地把周喚艾文認同白垚的文學源頭，置換為自己的現代文學論述淵源來攫取文學史位置，及由此建構一套正當性、合理性的文學史脈絡。

　　另外根據張錦忠的論述，當事人白垚其實早在一九六四年即在〈藏拙不如出醜：現代詩閒話之四〉中告知，菲律賓一份文學刊物，將馬華現代詩的出現追溯到一九五八年《學生周報・詩之頁》

---

[2]　溫任平〈寫在「大馬詩人作品特輯」前面〉，《馬華文學》（吉隆坡：文藝書局，1974），頁 9。

內所刊登的一首詩起[3]。而白垚在事隔五十年後，寫了回顧性質的
宏文〈千詩舉火〉，敘述其在上個世紀的詩創作經過歷程，馬華新
詩革命與時代意義，行文語氣中顯然也視此詩為馬華現代詩的開端
或起點，甚至強烈主張新詩再革命，視他們那一代為馬華反叛文學
的先鋒。[4]

　　已故學者陳應德顯然不同意溫任平這個看法，他在論文中企圖
推翻以白垚的〈麻河靜立〉為馬華現代詩起點的說法，他在〈從馬
華文壇第一首現代詩談起〉一文中舉了鐵戈、威北華數人的詩來反
駁白垚的〈麻河靜立〉為馬華第一首現代詩[5]。陳應德與溫任平所
持的不同意見，值得令人深思之處是兩者對文學史的態度觀念，暴
露出代表實證史觀與著重文學運動風潮的兩類論者在文學觀念上的
巨大差異，以及毫無交集之理論僵局。的確，細讀陳應德所舉證滔
流的〈保衛華南〉、鐵戈的〈在旗下〉、雷三車的〈鐵船的腳跛
了〉、傅尚皋的〈夏天〉及威北華的〈石獅子〉，前兩首詩中充斥大
量吶喊式的激情口號，稱為「口號詩」也不為過，而且詩的背景又
是中國大陸的政治事件，不在馬來亞的現實社會環境，硬是要把它
歸類為現代詩怎樣都說不過去。後三首詩倒是具有些微象徵主義的
筆調，雖然這幾首詩於今天的詩歌審美眼光來看，語言未免過於稚

---

[3] 張錦忠〈白垚與馬華文學的第一波現代主義風潮〉，《南洋商報‧南洋文
藝》（2008.11.11）。

[4] 白垚回顧文章見《縷雲起於綠草》（吉隆坡：大夢書房，2007）。

[5] 陳應德〈從馬華文壇第一首現代詩談起〉，江洺輝編《馬華文學的新解讀》
（吉隆坡：馬來西亞留台聯總，1999），頁341-354。

嫩，比喻也失之簡陋不當。〈夏天〉大約發表於一九三四、一九三五年之間，陳應德認為「這才是到目前為止，我們能夠找到的第一首現代詩。」[6]〈鐵船的腳跛了〉顧名思義，寫的是馬來亞殖民地時期的採錫工業處境，算是以馬來亞為背景的在地書寫，〈石獅子〉在一九五二年發表，時間上俱早於白垚在一九五九年發表的〈麻河靜立〉，這些都是陳應德提出來否定溫任平等現代詩人以白垚為馬華現代詩起點的「鐵證」，著重的是詩發表時間先後的論述焦點，採取一種類似實證主義與直線時間觀念融合而成的治學態度，顯然過於簡化看待複雜多變的文學史議題，在時代、社會、歷史、環境、體制等各個層面的深層意義。好處是藉發現更多早期的文字資料出土，可以為既定主導的文學史認知注入一股活力，建構一個稍具規模的文學史的史前史，如果還不足以造成既有的論述知識動搖或崩解。

誠如溫任平在〈馬華第一首現代詩與典律建構〉中所言：「滔流等人的作品並非現代詩，至於傅尚霎的〈夏天〉與威北華的〈石獅子〉（1952）的象徵詩，都是孤立的個案，它們如流星一閃而過，沒有後續的力量，不像一九五九年的〈麻河靜立〉，刊載之後進入六〇年代，笛宇、喬靜、周喚、冷燕秋、王潤華、淡瑩、林綠、艾文、蕭艾、憂草、黃懷雲、葉曼沙諸人繼起，蔚然成風。錢歌川、王潤華、葉逢生、于蓬等人譯介歐美現代主義理論與作品，亦使現代主義蘊足了『運動』（campaign）的力量，而不是浮光掠影

---

[6] 《馬華文學的新解讀》，頁 346。

的現象。六〇年代初，新馬尚未分家，新加坡的牧羚奴、英培安、謝清與五月詩社諸子接前人的棒子，我與溫瑞安、方娥真領導的天狼星詩社在馬來半島接喬靜、笛宇、冷燕秋諸人的火炬。運動是個『連續體』（continuum），一以貫之，有其滾雪球效應，至於滾雪球在運作過程中如何變異，那是另一種狀態與層次。」[7]一九五九年三月《學生周報》137 期刊登白垚的現代詩〈麻河靜立〉，同年四月《蕉風》78 期刊登白垚的現代詩〈八達嶺的早晨〉及詩論〈新詩的再革命〉，被張錦忠視為馬華反叛文學肇始的日期，「反叛文學」所要反叛的自然是馬華文學長久以來主導坐大的現實主義文學主流，以便它能夠為馬來亞一九五七年獨立建國後的馬華文學體制，建立一個馬華現代文學主體性的積極意義，與廣泛的認同效應，進而突破或取代馬華現實主義的書寫困境和美學僵局。張錦忠認為勾勒現代主義在馬華文學的散播路徑，以彰顯其歷史時刻，重探馬華文學的歷史邊界或臨界點，反叛文學或現代主義轉折的思索顯然比考證第一首馬華現代詩來得重要。我把白垚的〈麻河靜立〉或〈八達嶺的早晨〉視為馬華文學第一波現代主義運動的醞釀期，也可以視為醞釀馬華詩壇第一首現代詩的關鍵時期，問題不在於孰先孰後，兩首詩發表的時間只是相隔一個月，寫作的時間早在一九五八年末已經完成，因此我們有必要關注五〇年代末期（一九五八到一九五九年期間）的馬華文壇怎樣為六〇年代的馬華現代主義文學風潮鋪設

---

[7] 溫任平〈馬華第一首現代詩與典律建構〉，《星洲日報・星洲廣場》（2008.06.01）。

道路，這個馬華文學第一波現代主義風潮的醞釀期（或張錦忠的反叛文學運動）的重大文學史意義宜擺放在此脈絡視野下思考。

　　依據數首發表於一九三〇、四〇年代馬華新詩中的「象徵主義」，陳應德顯然有意把馬華現代文學史挪前到一九三〇、四〇年代，一來否定白垚、溫任平等其他六〇年代現代詩人所建構的馬華現代文學史起點位置，二來也為中國新詩在馬來亞（除主導當時中國文壇的現實主義，另一個以李金髮、戴望舒等象徵主義詩派為代表的文學集團）的影響提出證據，進而可以扣連馬華文學（史）與中國文學（史）兩者間的內在連續。對服膺連續性史觀的中國影響論的學者來說，如同戰前馬華現實主義的發展以中國文學為依歸，馬華現代文學的源頭自也無法跳脫出這個客觀存在的事實（陳文中所舉的數首詩作皆為「實證」！）。實證主義是陳應德論證文學史起點的方法，根據一套連續性史觀或直線時間的文學史概念（從最早發現的開始算數，後來者皆被視為延續這個所謂「第一」的起點，縱然只是幾個孤立的個案而構不成氣候），從而為馬華戰前的中國（文學）影響論找到了強力的論述依據。換言之，文學史的發展具有時間上的連續性、物質上的客觀現實為基礎，無視於文學史流變中的任意性、斷裂性及複雜的面向。回頭看戰前馬華文壇，一九三四年溫梓川、楊實君、吳逸凡編《檳城新報・詩草》副刊，刊登一些具有象徵主義色彩的新詩，也即是後來被方修批貶的「形式主義」、「文學逆流」[8]。這個戰前的詩風轉變，因為當時中國面對

---

[8] 溫任平在〈經典焦慮與文學大系〉一文中說：「方修主編《馬華新文學大

日本侵略，馬來亞的華人積極響應救（祖）國，一時之間文壇湧現的愛國主義文學、抗日救亡文學淹沒了一切，其他不具備愛國意識與抗暴反殖民的作品一概被視為「逆反」，貼上形式主義的標籤，在如此的指控氛圍之下，象徵詩的時代命運可想而知，《詩草》不久宣告停刊。這個曇花一現的文學孤立個案，完全構不成整個馬華文學發展的影響，在戰後也沒有得到其他寫作人的延續響應，可謂無疾而終，一直要到國家獨立後的五〇年代末、六〇年代才有楊際光、周喚、飄貝零等詩人書寫象徵主義的詩作。因此與其執著於它是否可接受為馬華第一首現代詩（不斷爭執它的發表時間、語言形式、題材關懷面向），我們不妨把這段時期發表象徵詩的孤立個案視為馬華現代文學的史前史，因至目前為止其對馬華現代文學整體的影響效應並不顯著，可行的方法是把這個文學孤立個案存檔，以便將來的馬華文史學者能夠在這一面向上挖掘出更多的文獻資料，增值其對馬華現代文學史的存在意義，甚至從更多資料中論證其與當時的馬華現實主義的對話／對照，就算其效應微乎其微。這樣治文學史的態度或許比陳應德、溫任平諸人不斷爭執那一首詩是第一首馬華現代詩顯然更具有歷史／文學史價值。

　　我們不妨回顧戰後至六〇年代馬華詩歌的歷史發展，看看它如

系》（1919-42），李廷輝主導編纂《新馬華文文學大系》（1945-65）。這兩部文學大系把象徵主義、現代主義視為『形式主義』，是『文學逆流』。方修對現代主義的貶抑，盡人皆知。一九四五～六五年的另一部大系繼承方修的左翼文學史觀，把現代主義批貶為『唯美頹廢』、『晦澀難懂』、『故弄玄虛』、『標新立異』。」《星洲日報・星洲廣場》（2008.05.04）。

何為五〇年代末馬華文學第一波現代主義文學運動，醞釀馬華詩壇第一首現代詩的關鍵時期，及其後在六〇年代形成馬華現代主義文學風潮。前面提及的鐵戈，他的詩集《在旗下》（香港：新民主出版社，1947），出版於一九四七年，內收一九四六年至一九四七年間的詩作，雖然談不上如陳應得所說的具有象徵主義的現代詩色彩，但卻是戰後馬華詩壇第一部詩集。詩集中的〈在旗下〉、〈我們是誰〉、〈土地是我們的〉等詩，充滿了一種熱愛土地，熱愛人民的吶喊激情。李錦宗說他是「第一個唱出了愛國主義的歌聲」的詩人，大抵上是正確的[9]。其他愛國主義路線的詩人還有米軍的《熱帶詩抄》（赤道出版社，1950）出版於一九五〇年，作品中極力反對殖民地主義，爭取國家獨立呼聲的濃厚色彩，稍晚一點的杜紅的詩集《五月》（生活出版社，1955）。

　　幾乎在同一時期的五〇年代初期，一些詩人如威北華、周粲、魯彬等人的詩作有別於上述鐵戈等人的愛國主義詩歌，他們的詩較注重語言技巧，明顯受到浪漫主義的影響，題材上雖然充滿現實生活的氣息，但傾向唯美抒情色彩。除了上述陳應德論文提及的威北華，這方面最具有代表性的詩集是周粲的《孩子的夢》（新加坡：南洋印刷社，1953）、《青春》（新加坡：青年書局，1958）與《雲南園風景畫》（1960）。因此歌頌愛國主義呼聲與抒發個人現實生活感受，是戰後至五〇年代中期的馬華詩壇的兩大特色，整體而言，

---

[9] 李錦宗〈戰後馬華文學的發展〉，林水濠、駱靜山編《馬來西亞華人史》（吉隆坡：馬來西亞留台聯總，1984），頁 367。

愛國主義詩歌在這段時期佔上風，抒發個人生活感受的詩歌創作往往被當時的文藝刊物視為吟風弄月、形式主義。歌頌愛國主義的詩歌在這個時期的崛起並不是偶然，根據李錦宗的觀察，這個時期馬來亞在政治上發展到接近獨立的階段，人民為爭取獨立而進行激烈鬥爭，新加坡文化協會在一九五六年召開響應馬來亞獨立運動大會，發表《全星文化界響應獨立運動大會宣言》，喚起各民族爭取獨立參加建國的工作，奠定了馬華文藝在理論上正式建立以馬來亞為祖國和愛國主義的觀念，當時的文藝刊物如《匯流》、《生活文叢》、《人間》等紛紛配合愛國主義文化運動，肯定了愛國主義文學，在詩歌創作方面，詩人積極熱情地歌頌對馬來亞祖國的愛[10]。這股愛國詩風延續到一九五七年馬來亞獨立前後幾年的時間，除了之前已有名氣的詩人如杜紅、鍾祺以外，一些詩壇新秀也不免亦步亦趨歌頌愛國理想。在這些年輕詩人當中，我們看到張塵因的《言筌集》（吉隆坡：人間出版社，1977）中寫成於五〇年代末的詩作也未能免俗，對國家獨立及未來理想投注了無限的憧憬熱情，一些詩句對愛國理想的熱情呼聲，表現在無盡黑夜的過去與黎明理想到來的詩句辯證上，無可否認地張塵因在五〇年代末的詩作受到「愛國主義詩歌」的影響，但是他的詩句往往在熱情理想的背後，隱藏著一股現代主義的懷疑精神和批判視野，具有理想憧憬與冷靜省思兩股力道的辯證思考，這是其詩作的過人之處。

　　一九五七年馬來亞獨立，馬華文藝界並沒有因此掀起高潮，獨

---

[10] 李錦宗〈戰後馬華文學的發展〉，《馬來西亞華人史》，頁 377-378。

立前沸沸揚揚的愛國主義文學也沒有得以更進一步的發展，文壇主流的現實主義文藝作品反而陷入低潮，馬華論者往往把獨立後至六〇年代的馬華文學稱為「馬華文學低潮期」，而把文藝陷入低潮歸咎於經濟不景、政府漠視等外在因素，顯然無視於約在這個時期（1958-1959）現代主義文學崛起的事實。除了前述白垚一九五九年三月發表在《學生周報》的詩作〈麻河靜立〉，同一個時期《蕉風月刊》在一九五九至一九六〇年之間開始發表大量的現代詩作品，大動作高姿態一連數期以專輯形式開闢〈新詩討論專輯〉，刊登〈蕉風對新詩所採的立場〉，提供馬華詩人和評論者針對現代詩發表意見討論詩藝，也為一些非議現代詩的聲音提出反駁。值得一提的是《蕉風》早於一九五五年創刊，其時獨立前的馬華文藝籠罩在一片愛國主義的歌頌熱烈氛圍中，《蕉風》彼時的現代主義色彩並不彰顯，要直到一九五八年過後由白垚等人接手編輯任務時才逐步開始在馬華文壇出現和立足，適時填補馬華現實主義開始陷入低潮時期所留下的空缺版圖，扮演了醞釀第一波馬華現代主義運動的推動或催化角色，這是後來六〇年代馬華現代詩（文學）能夠蔚為風潮的關鍵性時期，得以讓馬華現代派詩人崛起到奠基，從而開拓馬來西亞華文文學的新版圖。

　　一九六四年，白垚開始在《蕉風》上發表《現代詩閒話》，同時期的《蕉風》月刊刊出〈文藝沙龍〉，刊登不少支持現代文學運動的文章，明顯為現代主義思潮護航。值得注意的是，這段時期支持現代文學和發揚現代詩的刊物不只是《蕉風》月刊一枝獨秀，還有一九六二年創刊、以檳城為基地的小型刊物《銀星》月刊，一九

六三年過後辦《銀星》詩刊，在《光華日報》借版出版，直到一九六五年停刊。這份刊物專刊現代詩和詩論，詩人作者群有麥留芳、笛宇、喬靜、藍雁（陳應德）、畢洛、李蒼（李有成）、麥秀、山芭仔（溫祥英）、綠浪等人。另外一個也是同樣來自北馬，同樣創刊於一九六二年的《海天》詩社，在《光華日報》借版出版的《海天》副刊，刊登不少現代文學的作品，尤其是現代詩，發表詩作的作者包括陳慧樺、何乃健、蕭艾、艾文、冰谷、憂草、沙河、溫任平、溫瑞安等人。

　　六〇年代馬華現代詩人出版的重要詩集計有麥留芳的《鳥的戀情》（吉隆坡：青春出版社，1967）、北藍羚（艾文）的《路・趕路》（大山腳：海天出版社，1967）、何乃健的《碎葉》（新加坡：星洲世界書局，1965）、蕭艾和憂草合集的《五月的星光下》（大山腳：海天出版社，1965），留台的是林綠的《十二月的絕響》（台北：星座詩社，1966）和《手中的夜》（台北：星座詩社，1969）、王潤華的《患病的太陽》（台北：藍星詩社，1966）、陳慧樺的《多角城》（台北：星座詩社，1968）、淡瑩的《千萬遍陽關》（台北：星座詩社，1966）和《單人道》（台北：星座詩社，1968）。在香港出版的則有楊際光的《雨天集》（香港：華英出版社，1969）。這些現代詩集大部分都是詩人的第一部著作，我們看到溫任平、艾文、蕭艾、憂草等人這時期的作品，還殘留著五〇年代「愛國主義詩歌」的熱烈理想和激情色彩，現代主義的語言色彩並不彰顯，艾文和溫任平的現代主義語言要等到六〇年代末以後才顯露。相比之下，留台的陳慧樺、王潤華、林綠的詩作，在這個時期卻已經具備

強烈鮮明的存在主義思想和象徵主義語言。[11]

　　一九六九年，白垚接手《蕉風》月刊的編務，和陳瑞獻、李有成和姚拓聯手改革刊物路向，全面落實馬華現代主義的反叛文學[12]，再接合推動馬華現代文學運動與文藝刊物方針的信念，把奠基於六〇年代中後期的馬華現代文學，推向另一個歷史性階段的高峰，為往後七〇年代的馬華現代詩發展鋪平了道路。

二、從鼎盛到沉寂（1970-1979）

　　溫任平主編的《大馬詩選》出版於一九七四年，這部詩選是馬華文學第一部現代詩選集，所選錄的詩人從馬來西亞國家獨立後的五〇年代末至七〇年代初為止，共收錄廿七位馬華現代詩人的詩作品，可謂集結了六〇年代到七〇年代初重要或有代表性的馬華現代派詩人。如同溫任平在詩選後記中所言：「每一位被收入這本集子的詩人都有他們的代表性，他們在馬華詩壇不容抹煞的地位。……但是他們在大馬現代詩壇的奠基上，曾作過非常寶貴的貢獻，他們

---

[11] 但這並不表示本地的馬華詩人這個時期的作品中沒有表現強烈鮮明的現代主義語言色彩（我稱為「西化－現代主義」），例子有周喚、沙河、飄貝零、謝永就、黑辛藏、李木香，但他們詩作整體的突出表現都在六〇年代末期，大部分詩作都發表在《蕉風》，而且很多詩人都沒有出版詩集。

[12] 根據張錦忠的說法，一九六九年白垚等人接手編《蕉風》月刊是播散（本土化的）現代主義，產生幾部高蹈現代主義文本。顯然他也把一九六九年視為馬華現代主義風潮或發展的關鍵性年份。張錦忠文見〈白垚與馬華文學的現代主義風潮〉，《南洋商報·南洋文藝》（2008.11.18）。

貢獻的不是金錢不是物質，而是作品，才漸漸蔚成今日略具雛形的
大馬中文文壇的現代詩運。」[13]考察六〇年代到七〇年代初的馬華
詩壇，溫任平這段話並沒有言過其實，入選這本詩選的廿七位馬華
現代詩人都具有一定的代表性，而且他們的詩作在六〇年代末期都
已經趨向成熟，尤其是一九六九年後的《蕉風》上所刊登的詩作，
在現代詩的語言運作方面都是各有擅長，因此把《大馬詩選》中的
入選詩人視為馬華現代詩的奠基時期，以馬華文學史的角度來看是
相當貼切的。細究這部詩選的入選詩人，天狼星詩社成員出身或與
之過從甚密的詩人計有溫任平、溫瑞安、方娥真、周清嘯、黃昏
星、賴瑞和、藍啟元七人，活躍北馬詩社和文藝團體（海天、銀星
等）的計有李有成、歸雁、艾文、江振軒四人，留學台灣而活躍詩
社活動發表詩作（星座詩社、藍星詩社）的計有王潤華、林綠、陳
慧樺、淡瑩、賴敬文五人，來自東馬砂拉越（砂拉越星座詩社）的
現代詩人計有方秉達、李木香、黑辛藏、謝永就、謝永成五人，其
他無黨無派或任職報館和現代文學刊物的入選詩人計有周喚（生活
報、學生周報）、楊際光（馬來亞電台）、梅淑貞（蕉風）、沙河、
飄貝零、紫一思六人，幾乎網羅當時重要詩社詩刊和不同背景的現
代詩人，入選陣容可謂齊全均勻，並沒有明顯偏向某個團體旗下成
員（雖然天狼星詩社入選詩人共七個，但與其他詩人組織相比之
下，差別不大）。把這些入選詩人區分為五個板塊，我的重點並不

---

[13] 溫任平〈血嬰──寫在「大馬詩選」編後〉，《大馬詩選》（美羅：天狼
星詩社，1974），頁 303-304。

是要強調馬華現代派詩人的名額分配，或馬華詩壇的權力架構，目
的是透過這五個板塊，指出六〇年代的現代主義風潮運動受到不同
背景不同階層的詩人熱烈響應，形成後期的馬華詩壇與現代詩人相
當多的互動，及詩人們發表的作品廣為分佈各類文藝園地，並不只
是局限於《蕉風》一隅，從中得以窺探出七〇年代初期馬華現代詩
的熾熱和鼎盛現象。

　　溫任平這篇後記透露兩點訊息，其一是六〇年代過後馬華文學
的現代主義已經具備雛形，為七〇年代現代文學的鼎盛狀況打好了
實質的基礎。這一點在張錦忠最近的論文〈白垚與馬華文學的第一
波現代主義風潮〉也得到進一步的闡發。另外一點是溫任平針對馬
華現實主義的猛烈開炮，他本來要編的是一部「大馬現代詩選」，
後來改為「大馬詩選」，理由是「他們在看到〈大馬現代詩選〉出
版時，一定會說這部詩選選的是現代詩，而他們寫的並非現代詩，
所以沒有被選錄進去……他們可以迷他們的豆腐干體，他們可以喊
他們的工農兵口號……因為那些是『非詩』所以他們不夠格進詩
選。……不過我要在此坦白地說：我恥與他們平起平坐！」[14]溫任
平這番動人的話裡的「他們」，當然就是其時馬華文學主流自居的
「偽寫實主義群醜」，他甚至先把醜話說在前頭，措詞強烈地預見
這篇文章會引起論爭，令馬華現實主義者「無名火升三千丈」，無
論是「明目張膽的群毆群鬥」，亦或「鬼鬼祟祟的指桑罵槐」，「更
荒唐的誣蔑與更毒辣的企圖傷害」，他都將準備一一面對文壇的紛

[14] 溫任平〈血嬰——寫在「大馬詩選」編後〉，《大馬詩選》，頁304-305。

爭論戰。這裡帶給我們一個很明顯的訊息，即是從六〇年代初爆發的現實主義作者群與現代文學作者群的文學論戰，六〇年代經過好多回合的交戰，到七〇年代初期情況之激烈程度，絲毫沒有減退的跡象。溫任平在九〇年代一篇論文〈天狼星詩社與馬華現代文學運動〉中猶自強調：「上述時期詩社曾多次面對『現實主義』作者的抨擊，社員參與論爭，一些文學論戰往往持續數月之久，相當程度反映現代文學仍受詰難、質疑。」[15]天狼星詩社作為七〇年代馬華文學現代派的大本營，以發揚馬華現代主義文學為理想的天職，因此往往成為馬華現實主義集中開火的對象並不出奇，而身為天狼星詩社的領導人的溫任平，自然是這波文學論戰的主要焦點人物了。

　　溫任平在《憤怒的回顧》中將六〇、七〇年代的馬華現代文學細分為四個階段：一、探索時期（1959-1964）；二、奠基時期（1965-1969）；三、塑形時期（1970-1974）；四、懷疑時期（1975-1979）[16]。證諸天狼星詩社創立於一九七二年，《大馬詩選》出版於一九七四年，溫任平認為一九七〇至一九七四年是馬華現代文學的塑形時期，而一九七三～一九七六年是天狼星詩社的鼎盛期，顯然溫任平藉文字論述與詩社運動來建構馬華現代文學史的意圖是很明顯的[17]。先看看這個時期整體馬華現代詩人的表現，把一九七〇年至一九七四年稱為馬華現代文學的「塑形期」，如果指的是現代詩人語言風格的確立，那我們首先要檢驗這個時期詩人所發表詩作

---

[15] 溫任平此文收入《馬華文學的新解讀》，頁153。

[16] 轉引自馬崙《馬華文學之窗》（新加坡：新亞出版社，1997），頁14。

[17] 江洺輝編《馬華文學的新解讀》，頁153-176。

和出版品，是否已經走出一條具有鮮明特色的馬華現代主義詩路。
這個時期重要及出色的詩集計有李有成《鳥及其他》（吉隆坡：犀
牛出版社，1970）、謝永就《悲喜劇》（古晉：星座詩社，1973）、
李木香編《砂勞越現代詩選（上集）》（古晉：星座詩社，1972）、
梅淑貞《梅詩集》（吉隆坡：犀牛出版社，1972）、艾文《艾文詩》
（美農：馬來西亞棕櫚出版社，1973），以及《大馬詩選》中的各
家詩人作品，而天狼星詩社成員詩集選集作品（詳見下面的論述）
及留台詩人溫瑞安《山河錄》（台北：時報文化出版，1979）、方娥
真《娥眉賦》（台北：四季出版社，1977）、陳慧樺《雲想與山茶》
（台北：國家出版社，1978）、賴敬文《賴敬文詩集》（台北：綠野
書屋，1974）、王潤華《內外集》（台北：國家出版社，1978），大
都在七○年代下半葉才推出問世。其中李有成和艾文的詩集、李木
香編的東馬砂拉越現代詩人選集具有代表性，如果以這些詩集內的
詩作，再參照《大馬詩選》中艾文、李有成、李木香、謝永就，以
及沒出版詩集的沙河、飄貝零、周喚等人詩作，艾文詩中的現代主
義風格夾帶超現實語言味道，流露鮮明的象徵語言可謂集大成者，
李有成的詩對存在與時間的敏銳感知和辯證，李木香、謝永就、沙
河等人詩中的存在主義色彩和現代派風格濃烈鮮明，這些馬華詩人
實則已經塑形出馬華現代主義的獨特面向，從他們隱匿異化、高密
度象徵的語言，到寓言式的文體結構，在一種婉轉遮蔽狀態下，表
現出馬來西亞那個年代的政治社會氛圍，及華族所面對的政治社會
的壓抑困境和身分屬性危機。我把他們的整體書寫特色和語言表
現，稱為「西化─現代主義」，一般特點是：隱匿主題、高密度的

象徵語言、異化的文本氛圍、帶有寓言體的結構、個人內在心理的深沉探索、遮蔽（婉轉表達的）詩人主體屬性和政治現實。

　　無可否認的七〇年代的天狼星詩社對馬華現代文學（尤其是現代詩）的發展貢獻有目共睹，在七〇年代中期詩社邁入鼎盛期之後，再乘勝追擊，詩社上下「全力搞出版，以謀突破」[18]，於一九七六年至一九七九年間，出版了不少詩社成員的個人詩集、現代詩選和現代詩論述。天狼星詩社在短短四年內，共出版十九種書刊，這個出版成績在馬華文壇可謂一項創舉，所出版的五種叢書是《天狼星叢書》、《天狼星叢刊》、《天狼星文庫》、《天狼星文萃》和《天狼星文卷》。其中多部七〇年代重要的詩集、詩選和評論集都是出自這些叢書，如出自《天狼星叢書》的《大馬詩選》（1974）、張樹林主編的《大馬新銳詩選》（1978）、沈穿心主編的《天狼星詩選》（1979）、溫瑞安的詩集《將軍令》，出自《天狼星文庫》的溫任平詩集《流放是一種傷》（1977），出自《天狼星文萃》的張樹林詩集《易水蕭蕭》（1979）、溫任平詩集《眾生的神》（1979）、藍啟元詩集《橡膠樹的話》（1979），出自《天狼星文卷》的沈穿心評論集《傳統的延伸》（1979）。這些叢書大都有一定的水準，是溫任平及天狼星詩社「以求突破」的一項驕人成績，當然溫任平出版叢書尋求突破的理由並不難理解，透過出版這些現代詩集選集和論述，多管齊下以詩、散文、論述、結社、文學運動，以歷史當事人、見證

---

[18] 這句話是溫任平的夫子自道，語見〈天狼星詩社與馬華現代文學運動〉，《馬華文學的新解讀》，頁153。

人的身分發聲，藉此尋求自我經典化，合理化詩人的時代淵源及天狼星詩社運動的文學史位置。溫任平的最終意圖便是建構一套天狼星詩社與馬華現代文學史（詩史）論述淵源的典律，依靠詩社運動所推動實踐的文學建制來攫取文學史位置的目的。[19]

　　七○年代初溫任平出版的第一部詩集《無弦琴》（檳城：駱駝出版社，1970），現代主義的語言特徵並不彰顯，詩語言更多承襲自浪漫主義的抒情感性，雖然溫任平其時大力提倡馬華現代詩，這些詩作大都是在七○年代以前寫成發表的。然而當時的沙河、艾文、黑辛藏、飄貝零、謝永就等馬華現代詩人已經寫出具有高密度現代主義語言的詩作，溫任平既然自許為現代主義者，他要如何領導天狼星詩社眾弟子書寫現代主義？他的詩集《無弦琴》中所表現的是抒情感性的浪漫精神，與他推動的現代主義思潮有所差別，是他實踐與理念的落差，還是另一種馬華版本的現代主義探索？他要如何為自己的文學信念找到馬華現代精神的定位？鍾怡雯在〈遮蔽的抒情──論馬華詩歌的浪漫主義傳統〉一文中很敏銳的指出溫任平對現代主義實踐與理解的落差，認為他師承的是楊牧的抒情和浪漫精神，並強調六○、七○年代的馬來西亞社會不具備生產現代主

---

[19] 黃錦樹在〈選集、全集、大系及其他〉一文中也認為，溫任平發表〈馬華現代文學的意義與未來發展：一個史的回顧和前瞻〉、〈馬華現代文學的幾個重要階段〉、〈馬華當代文學選‧總序〉數篇具有文學史性質的文章，孰幾讓他成為馬華現代主義文學史的代言人，具有重/補寫文學史的野心。黃錦樹文見《馬華文學：內在中國、語言與文學史》（吉隆坡：華社資料研究中心，1996），頁219-223。

義的土壤和條件，得出結論曰溫任平的現代主義認知最主要是作為對抗馬華現實主義典律的策略手段。鍾怡雯的這個觀察，乃是以溫任平在《大馬詩選》的編後記裡頭一番抨擊馬華現實主義作家的話，作為根據並得出這個推論[20]。以馬華現代主義書寫作為對抗馬華文學主流的現實主義這番見解，與我在上述論及《大馬詩選》的觀察雖然不謀而合，但我在這一點上，主要是注意到其時的馬華文壇現代與現實兩派人馬的論戰交鋒激烈情況，從六〇年代到七〇年代，未嘗有停歇的片刻，證明馬華現實主義老樹盤根幾十年的主流地位，如同百足之蟲死而不僵那般的頑固，雖然老態龍鐘但其主導地位猶在。因此論者謂六〇年代的馬華文學體制是雙中心（現實主義與現代主義平起平坐），或許不盡確實[21]。如果說溫任平的現代

---

[20] 鍾怡雯〈遮蔽的抒情──論馬華詩歌的浪漫主義傳統〉，《馬華文學史與浪漫傳統》（台北：萬卷樓，2009），頁 61-115。

[21] 論說六〇、七〇年代的馬華文學體制處在「現實主義」與「現代主義」同為主流的雙中心的是張錦忠，見〈典律與馬華文學論述〉，張錦忠《南洋論述：馬華文學與文化屬性》（台北：麥田出版社，2003），頁 155。溫任平顯然不認同張錦忠這個觀察，他認為「與事實不符」，「一直要到八〇年代，所謂雙中心的系統才出現。」，溫任平文見〈馬華第一首現代詩與典律建構〉，《星洲日報・星洲廣場》（2008.06.10）。筆者認為如果以馬華文學主流的「主導文化」（dominant culture）角度來看，六〇年代到七〇年代這個時期應該說是現代主義的崛起到塑形期，本來七〇年代中期後的現代文學發展已經具備雛形與現實主義抗衡的動力，動搖現實主義的老樹根基，逐步形成文學體制的雙中心，但是因為七〇年代末天狼星詩社開始邁入沉寂衰退階段，而且很多現代派前驅詩人在這個時期也已經停筆，一般上七〇年代後馬華現代文學整體成績停滯不前，形成馬華現代主義文學運動的後勁不足，文學雙中心或取代中

主義認知只局限於對現實主義的對抗態度，沒有具體在詩作中落實表現現代主義的時代精神，七〇年代的《無弦琴》、《流放是一種傷》、《眾生的神》三部詩集的語言操作只是承襲自浪漫主義的抒情手法，這番見解雖然有獨到之處，但如果深一層探究，也未必完全正確。我不否認溫任平三部詩集中的抒情浪漫色彩，《無弦琴》中的少作多的是充滿個人的理想浪漫、抒發詩人的心情感傷失落，這些詩作的確不具備高蹈的現代主義精神，要到七〇年代中後期溫任平出版的《流放是一種傷》和《眾生的神》這兩部詩集，才得以窺見溫任平從台灣現代詩人那裡引進一套中華文化精神的現代感性。

　　上述提及，溫任平在六〇年代的少作，多的是充滿個人的浪漫抒情，無論是熱情憧憬或感傷失落承襲的是浪漫主義的本質，這個浪漫語言的源頭可追溯自五〇年代「愛國主義詩歌」的遺緒（上引詩人張塵因在五〇年代末、六〇年代初的詩也不跳脫出這個影響），這些詩作後來在一九七〇年結集為《無弦琴》，但在一九六九年白垚、陳瑞獻、李有成、姚拓接編《蕉風》，聯手改革刊物路

心乃成為未竟之大業。但是說八〇年代才是馬華文學雙中心，也未必確實，因為這個時期大部分七〇年代這一波的現代文學健將都停筆或退出文壇，還在寫的現代詩人也已經轉型，僅保留一些淺顯的現代詩技巧，但語言已換上寫實明朗的新妝（或舊瓶換新酒？），七〇年代強調的現代主義精神幾乎蕩然無存，何來現代派與馬華現實主義平起平坐的局面？而且八〇年代除了一些前輩作家和報館編輯人還在堅持傳統主流的現實主義文學觀念，大多數六字輩以降的年輕詩人作家根本不認同這種老現的文藝理念。或應該說八〇年代是馬華現代主義詩派的語言轉型時期，政治現實的發展、時代的變遷把馬華現代詩人轉向一種融合現代與寫實的現實語言，朝向「寫實兼寫意」的時代抒情感懷。

線，全面落實現代文學，提倡本土化的馬華現代主義文學，推出高
蹈現代主義的創作翻譯，星馬兩地曾刊出不少高密度意象語言的現
代詩。溫任平在這段時間內文體丕變，時間上應該約在一九七〇、
一九七一年期間[22]，《無弦琴》中的抒情浪漫語言退位，轉為具有
存在主義形式的象徵語言。證諸他收入在《大馬詩選》中的數首詩
作，〈沒有影子的〉的存在主義形式思考、〈舟子詠〉的擺渡人與畸
形月光的冷冽異化語境，〈冬廟〉瘂弦式的擬人戲劇手法和敘事語
言，這些詩作褪去抒情浪漫的外衣，改用一種象徵隱喻的現代技巧
手法來呈現詩語言意境。

　　因此我認為溫任平在這段時間內響應現代主義絕非偶然，他或
許早意識到六〇年代的少作《無弦琴》無法彰顯現代主義的色彩，
因此嘗試調整詩語言創作手法，從抒情感性的浪漫主義轉向現代主
義。溫任平這個具有現代主義語言的書寫意識在七〇年代中期以後
面臨另一個轉折。

　　鍾怡雯的觀察很正確，溫任平（及天狼星詩社同人）所服膺或
認知的「現代主義」文學理念，的確從台灣的楊牧、余光中及「藍
星詩社」等現代詩人那裡得到不少靈感或啟發，是不容否認的事
實。但溫任平與台灣詩壇的關係還遠不只是這樣簡單。一九七三年
溫任平赴台北出席世界詩人大會，與台灣諸詩人余光中、瘂弦、洛

---

[22] 溫任平在《大馬詩選》的編後記說詩選集在一九七一年就已經編好，後來
因為經費的問題幾度輾轉，才得以在一九七四年出版。而溫任平選入《大馬詩
選》的六首詩都沒有收錄在一九七〇年出版的詩集《無弦琴》內。根據這個推
論，詩選中的詩作應該是在一九七〇年至一九七一年間寫成。

夫、周夢蝶、張默等會面，一九七四年《大馬詩選》出版，同年溫任平擔任台灣《中外文學》東南亞區代表，一九七五年由溫瑞安、周清嘯編《天狼星詩刊》第一期於台北印行，一九七七年溫任平散文集《黃皮膚的月亮》由台北文化事業公司出版，一九七八年溫任平詩集《流放是一種傷》和詩評論集《精緻的鼎》在台北出版，一九七九年溫任平論文收入台北張漢良與蕭蕭合編的《現代詩導讀》理論史料部分，一九八〇年由溫任平等合編論述《憤怒的回顧》出版。

　　這段時期是天狼星詩社整體創作與出版活動的鼎盛期，上述事件具體說明了溫任平與台灣文壇的關係匪淺，跨洋過海到台北詩壇尋求支援／交流，積極推銷大狼星詩社與馬華現代文學事業，取得了某種程度的成果。但溫任平及天狼星詩社與台灣文壇（詩壇）的關係，還有一個更為深遠的影響層面。除了尋求台灣文壇肯定（世界中文文壇的中心相對於來自邊緣地位的馬華文學）和成功在當地出版書刊，另外一個重大影響層面是在溫任平及天狼星詩社成員的詩創作風格上。七〇年代中期溫任平與台灣詩壇的接觸交流，影響了他這個時期的現代詩觀念和書寫風格，一方面他汲汲從台灣引進「新批評式」的現代詩技巧手法[23]，另一方面也讓他一併承襲了楊

---

[23] 這方面完整呈現在他的詩評論集《精緻的鼎》中的現代詩創作指導賞析上，也因此得以在七〇年代充斥火藥味的論戰文字和現實主義的泛社會道德化雜文之外，留下幾部有份量兼具美學價值的台式新批評的詩評論集：溫任平的《精緻的鼎》（1978）、沈穿心《傳統的延伸》（1979）、溫任平《文學觀察》（1980）、謝川成《現代詩詮釋》（1981）。

牧、余光中、鄭愁予及其他藍星詩社詩人的現代感性和文化理想精神意境，以余光中為首的台灣詩人儼然成為他在現代文學創作理念的精神導師。

　　一般上楊牧、余光中等人的現代感性的精神寄託主要來自對中國傳統文化和古典詩詞意境的傾慕或懷戀，借用現代文學的美學技巧來表達個人與時代的憂患意識，詩的語言往往傾向抒情浪漫或不經意地流露出古典文學的抒情性質，溫任平七〇年代中期以後的兩部詩集《流放是一種傷》和《眾生的神》，詩集中大部分詩作都在表現這個現代感性的抒情本質，語言意境往往渲染一種以屈原為中華文化精神的流放形象和憂患意識。這個以文化中國為書寫傾訴對象的現代感性和抒情本質，在溫任平身為詩社領導人的指導影響之下，集體表現在七〇年代中期以後的天狼星成員的創作上，其中溫瑞安的《山河錄》、黃昏星與周清嘯合集的《兩岸燈火》、張樹林詩集《易水蕭蕭》、藍啟元的詩集《橡膠樹的話》，以及為數不少的詩社成員沒有結集的作品中，甚至包括當時年輕作者何啟良的詩集《刻背》（吉隆坡：鼓手出版社，1977），集體陷入這個文化中國情結和憂患意識的現代感性。

　　黃錦樹對此的敏銳觀察值得注意，他說：「馬華文學的現代主義透過中國性而帶入文學的現代感性（雖然還談不上『現代性』）有其不可磨滅的積極意義：細緻化、提煉了馬華文學的藝術質地，重新以中國文化區（台灣）的現代經典為標竿，一洗現實主義的教條腐敗氣，然而卻也在毫無反省、警覺之下讓老中國的龐大鬼影長驅直入，幾致讓古老的粽葉包裹了南國『懦弱的』米，極易淪為古

中國文學的感性注釋。」[24]換言之，這個黃錦樹稱謂的「中國性現代主義」，陰差陽錯的讓馬華現代文學融入中華傳統文化的大宗。然而黃錦樹也提醒我們，如此的文學寫作方向在內在邏輯上隱含另一項危機：為大中國所吸納或收編，表面上看是承襲了「傳統中華文化屬性之現代創造」，實際上卻讓馬華現代詩人的主體意識持續流放，永遠處在支流或邊緣化的位置。

　　我把七〇年代中後期溫任平及天狼星詩社成員的現代詩，書寫具有中華文化精神的現代感性，稱為馬華文學第一波的「中國性現代主義」。這些現代詩人堅持純粹的中國性，在意識上陷入中國文化傳承，在現代感性的層次上表徵了心理的哀傷憤懣和憂患失落，在詩句中一再召喚屈原的文化精神屬性，在他們的筆下集體表現出一個典型的形象：流放，自我流放，堅持唱著傳統、古老、不合時宜的歌，彷彿承擔了整個文化的血脈。中國性現代主義作品中的「屈原情意結」[25]，由溫任平鼓吹實踐開始，到天狼星詩社成員追隨落實於詩創作上，這種現象隱隱成為七〇年代後期一股寫詩的風氣，詩人一提起筆就馬上想到屈原、端午、龍舟、粽子，可謂把屈原的身價推到最高潮。[26]

---

[24] 黃錦樹〈中國性與表演性：論馬華文學與文化的限度〉，收入陳大為、鍾怡雯、胡金倫編《赤道回聲：馬華文學讀本 II》（台北：萬卷樓，2004），頁66。

[25] 這個詞語參見謝川成的詩評論集《現代詩詮釋》（美羅：天狼星詩社，1981），頁94-111。

[26] 八〇年代後期的馬來西亞爆發另一場政治風波，嚴重衝擊華人社會在政經

　　除了上述溫任平主編的《大馬詩選》出版於七〇年代初，另外
叢書中的《天狼星詩選》和《大馬新銳詩選》兩部現代詩選集出版
於七〇年代後期，前後三部詩選給後人留存了七〇年代馬華現代詩
人中最好的作品，於馬華文學史和典律建構的角度來看可謂彌足珍
貴。但是這三部詩選的存檔，卻也不經意地見證了七〇年代馬華現
代派詩人興衰起落的時代性質。今天我們回顧《大馬詩選》中的廿
七位現代詩人，從一九七四年到七〇年代末短短數年的時間內，有
超過一半的人數處在熄火停工，退出詩壇的狀況。這些現代主義的
前驅詩人或現代詩的扛鼎人物，在七〇年代末半數由《大馬新銳詩
選》中的另一批年輕詩人所填補取代。情況更加嚴重的是，很多入
選《大馬新銳詩選》與《天狼星詩選》中的現代詩人，整體表現在
八〇年代無甚可觀，尤其是天狼星詩社成員的詩作，一九七九年出
版書刊的高峰過後，邁入八〇年代隨著詩社活動進入沉滯期，詩社
領導人如溫任平、張樹林、藍啟元在這個時期顯得意興闌珊，停筆
掉隊的大有人在。詩社成員面對領導出現真空的情形下，他們整體
的詩作成績根本無法突破七〇年代天狼星的水準，連最起碼的保持
水準都很難達到。在大勢所趨之下，八〇年代的天狼星詩社雖然還

文教各方面的權益，這個時期很多馬華詩人競相描寫屈原，企圖通過謳歌屈原
來喚醒華族的傳統文化意識，一時之間書寫屈原和抒發「屈原情意結」成為詩
界主流。我把這個時期的現代詩稱為第二波的「中國性－現代主義」，以便區
別於七〇年代的馬華中國性現代主義。第二波「中國性－現代主義」詳見現代
詩史第三期。

沒有解散，但是已經名存實亡。影響所及，連同為數不少的馬華現代派前驅詩人在七〇年代末退出詩壇，這個時期可說是馬華現代主義的消沉期，欲振乏力。從七〇年代前期的鼎盛期，馬華現代主義詩派發展到七〇年代後期的強弩之末，無論是高度象徵語言的「西化—現代主義」詩人群（艾文、沙河、周喚、黑辛藏、李木香），或是以中華文化融鑄現代感性的「中國性—現代主義」天狼諸子（溫任平、張樹林、黃昏星、藍啟元），他們的創作呈飽和狀態後開始從高峰滑落，整體走向已經回天乏術了。另一方面馬華留台的現代詩人如陳慧樺、王潤華、淡瑩、林綠等在異鄉都各有不同際遇，隨著時空的變遷，他們跟在地的馬華詩壇也漸行漸遠了。

三、從轉型到轉向（1980-1990）

六〇年代的前驅現代詩人及七〇年代的天狼星詩社重要成員，在七〇年代末期即已紛紛停筆。雖然天狼星詩社在八〇年代還有零星的活動，但以詩作的質量兩方面來說，整體成績大不如前，而且詩社重要成員和扛鼎人物如溫任平、張樹林、藍啟元等人這個時期對詩社活動顯得意興闌珊，八〇年代過後即交棒給年輕一代的謝川成、林若隱、程可欣等人。除了天狼星詩社成員，七〇年代後期有不少年輕詩人冒起，這些詩人無論是在意象或語言的運作皆可看出變的跡象，其中最具有代表性的是沙禽、子凡、張瑞星、左手人、葉嘯等，儘管他們之間的詩風格不盡相同，但這些年輕詩人有一個共同點，他們的詩揚棄了現代主義過度注重意象經營的書寫模式，

專注在詩技巧表現與現實（社會）感的融合，採取一種對現代主義和現實主義兼收並蓄的語言轉化運作，為往後八〇年代的馬華詩壇引出另一條可行的道路。

八〇年代的馬華詩壇，現代詩與寫實詩開始滲透匯流，上述經過馬華現代主義洗禮或經歷過現代詩語言技巧表現頂峰期的年輕詩人，除了注重詩作技巧，也對現實素材和社會體驗多所著墨，因此調整了七〇年代現代詩語言的隱晦緊繃氛圍，舒緩了詩的意象表現。基本上他們深諳馬華現代主義的書寫模式已經定型，因此唯有另行思考出路，在詩語言運作上求新求變、融合現代與現實是其中一個有效解決詩藝困境的方法，即可在技巧上改變一個嶄新的語言形式，又可落實詩歌與現實辯證對話的生活化形象。值得注意的是，馬華現代主義的前行代詩人艾文，這個時期詩風大變，面對寫詩的同行與同輩的現代詩人紛紛停筆，以及後起年輕一代詩作者的語言調整，他在八〇年代的詩語言也經歷了轉型，保留一些現代詩的基本語言技巧，改用較明朗淺白的寫實手法來書寫現實，抒發對現實社會的意見感受。

八〇年代馬華詩人以現代語言與現實關懷求取藝術平衡的書寫特色，可以用留台學者（也是六〇年代馬華的現代派詩人）陳慧樺一篇論文的題目來概括：「寫實兼寫意」。陳慧樺以「寫實兼寫意」的整體文學風格來形容八〇年代馬新留台作家，尤其是馬華留台小說家和詩人的作品語言特色。他給這些文學作品下了一個簡單的定義：「在我們研讀馬華小說家潘貴昌和商晚筠的小說、詩人陳強華和傅承得等的詩，我們就會發覺，他們都很關懷現實生活，他

們都或直接或夢幻地對周遭的事物作了反映，但是，他們也能在抒發情懷、營造情節時，做到蘇俄形構主義者所主張的異化，以新穎的處理方式引人進入更高的境界。我們在討論新華作家王潤華和淡瑩的詩時會發覺，他們是所謂歷經現代主義、後現代主義的詩人，但在他們的近期作品中，他們卻已從晦澀、浮泛以及喧嘩中走向寫意的寧靜。」[27]雖說陳慧樺此文的論述對象是馬華留台詩人和作家，但我認為他的看法很有說服力地指出了八○年代馬華現代詩人普遍的作品特色，即在抒發情懷關懷現實生活的同時，也能做到文學技巧手法的陌生化，這種書寫現象並不只是表現在馬華留台詩人如傅承得、陳強華、王祖安的詩作上，也包括馬華本地詩人沙禽、黃遠雄、林若隱、游川等人的詩。

　　陳慧樺論文中論及的馬華留台詩人傅承得、陳強華和王祖安，這三位詩人都曾在八○年代初留學台灣，也先後在八○年代中期畢業後回馬，在台灣求學時就已經積極寫詩，出版文學書刊，三人也得過歷屆的旅台大馬現代文學獎詩首獎。傅承得在留台期間出版一部詩集《哭城傳奇》（台北：大馬新聞社，1984），一九八八年出版第二部詩集《趕在風雨之前》（吉隆坡：十方出版社，1988），陳慧樺說傅承得是一個關心社會、政治和文化傳承的詩人，常常把他的所見所聞在詩裡表達出来[28]。陳強華在七○年代末高中時期即出版第一部個人詩集《煙雨月》（檳城：棕櫚出版社，1979），八

---

[27] 陳慧樺〈寫實兼寫意：馬新留台作家初論（上）〉，《蕉風》419 期（1988.10），頁 3。

[28] 《蕉風》419 期（1988.10），頁 9。

○年代初留台期間出版第二部詩集《化裝舞會》（台北：大馬新聞
社，1984），一九八四年回到馬來西亞以後詩作表現更為成熟凝
練，八○年代末發表重要詩作〈那年我回到馬來西亞〉，陳強華後
來把八○年代後期所發表的詩作結集成《那年我回到馬來西亞》
（新山：彩虹出版社，1998），這是九○年代馬華文學重要的詩集
之一[29]。陳慧樺說陳強華是一個經過現代甚至後現代主義洗禮的詩
人，他的詩不僅寫實，而且兼具寫意之功[30]。

　　三人中沒有出版過詩集的王祖安在一九八六年返馬後，詩作立
即沾染上當地的色彩，結合各種現代技巧，從寫實進入到寫意的情
境。其中傅承得和陳強華在八○年代後期的馬華詩壇上扮演了相當
重要的角色。傅承得書寫政治抒情詩，在八○年代末與游川舉辦
「動地吟」現代詩巡迴朗唱運動，受到馬華文學界普遍熱烈的響應
和支持，關於這件八○年代後期的詩壇盛事，下文再述。陳強華則
在檳城的大山腳創辦「魔鬼俱樂部」詩社，編《金石詩刊》，發掘
了不少優秀的新生代詩人。

　　我們發現到，這個時期的馬華詩人都積極在詩裡書寫社會，探
討政治現象，議論時事，無論是剛從台灣回馬的詩人王祖安、傅承
得和陳強華，或是本地的詩人艾文、游川、方昂、黃遠雄等，對現
實社會的關注與抒發自我心靈的強烈感受，透過詩語言的「寫實兼
寫意」表現出來。要探討馬華現代詩人這個詩語言的轉型，首先要

---

[29] 有關陳強華在九○年代出版的詩集，詳見張光達〈陳強華論：後現代感性
與田園模式再現〉，《赤道回聲：馬華文學讀本Ⅱ》，頁 493-511。
[30] 《蕉風》419 期（1988.10），頁 9。

注意八〇年代這個時期的政治時空的變遷。八〇年代的馬來西亞政治時空，通過種種法令政策的推行、有形無形的體制監督，讓當權體制的種族政治開展得更形嚴密，尤其是華人社會的政經文教課題，處在一種遭受壓制悶氣的時局當中，華文教育與華人文化的發展困境是這個時期最令華社關心憂慮的重大課題。華社團體會館組織多次向政府提出訴求，結果往往無濟於事，要求公平對待各族人民的呼聲一再遭到漠視，寫作人普遍感到極度壓抑無力，對政治局勢的無奈、時代的風雨飄搖都表現在書寫中。面對這個局面，這個時期無論是本地或留台後回國的馬華詩人往往採取一種直抒胸臆、剖白寫意的筆法，語言文字充滿了感時憂國的憂患意識、而表現在對國家政策上的評議針砭，則詩語言往往流於好發議論。基本上八〇年代的馬華詩人是透過「寫實兼寫意」的表現手法來呈現那個時代的政治局勢和心情苦悶。

　　上述陳慧樺論文的脈絡，即是八〇年代末（1986-1989）的馬來西亞社會所發生的政治傾斜和行政偏差事件，嚴重衝擊華人的政經文教各領域，華人社會普遍上都有強烈的不滿憤懣，在種種政治結構壓力下華人被迫思考回應，後來演變成一連串的政治抗議事件。一九八七年期間，以執政黨為首的巫統爆發黨爭，過後馬來西亞首相馬哈迪對華人的抗議政治轉趨強硬的態度，最後下重手援引內部安全法令，展開政治大逮捕，史稱「茅草行動」，時間是一九八七年十月廿七日，共百多位政治人物和華團領袖被強制扣留，令華人社會領導者一時出現真空的局面，華人的抗議政治也在這個政治事

件發生後的八〇年代末結束[31]。在一九八七至一九八九年底這段時期，馬華詩人面對政治動盪和文化身分危機，產生一股強烈的感時憂國與文化憂患意識，馬華文學湧現了很多感時憂國與文化存亡意識的詩作，如游川、傅承得、辛吟松、黃遠雄、小曼、方昂、田思、何乃健、陳強華等詩人都在詩作中，對這個政治事件作出深切的響應，高度表達了詩人們對政治暴力和政策偏差的失望憤懣、痛心疾首。其中傅承得和游川是書寫這個政治局勢危機意識的佼佼者，感時憂國和文化憂患意識是這些詩作的重心，在這方面表現最出色，最具有時代意義的圓熟之作，乃是詩人傅承得的政治抒情詩集《趕在風雨之前》，可稱得上是八〇年代馬華文學最重要的詩集，透過詩人對一九八七年的政治風暴和華社困境的感懷抒發，深刻表達出那段時間內馬來西亞華人普遍上的憂患失落和沮喪心境。八〇年代馬華現代詩從寫實兼寫意的社會關懷，到八〇年代末傅承得的政治抒情詩集，以及眾詩人面對風雨飄搖之中的華人文化的失落憂慮，以感時憂國詩的集體書寫來表達他們對政治現實與時代語境的心情感受。八〇年代後期馬華現代詩人所出版的重要詩集，除了傅承得的《趕在風雨之前》，書寫這段時期的政治社會現象和文化憂患意識的其他詩集有游川的《蓬萊米飯中國茶》（吉隆坡：紫

---

[31] 有關馬來西亞八〇年代華人政治演變中的憂患意識與抗議政治，精彩的分析見潘永強〈抗議與順從：馬哈迪時代的馬來西亞華人政治〉，何國忠編《百年回眸：馬華社會與政治》（吉隆坡：華社研究中心，2005），頁 203-232。論者以為這是巫統有意轉移黨爭焦點，以逮捕政治異議人士、華團領域、知識分子來乘機解困的策略。

藤出版，1989）和謝川成的《夜觀星象》（吉隆坡：天狼星詩社，1988）。

　　一九八八年到一九九〇年，傅承得和游川發起「聲音的演出」、「動地吟」和「肝膽行」現代詩巡迴朗唱運動，這些現代詩朗誦演出巡迴活動，乃是八〇年代末、九〇年代初馬華文壇一大盛事。由於這一系列活動有著明確的宗旨，主辦與協辦者多是各地的主要華團或文教組織，參與朗誦的詩人頗眾，觀眾的反應也非常熱烈，給文化界帶來了不少的衝擊。這個文學運動得到不少詩人的助陣和響應，如小曼、方昂、辛金順、林幸謙、何乃健、田思等。[32]

　　八〇年代末期，詩人面對現實政治困境、文化存亡危機、國家身分定位等思辨，他們往往借用中國性的傳統文化象徵符碼（包括中華文化傳統習俗、時節慶典儀式、中國古典文學典籍），在詩中極致表達出對中華文化母體的渴望和懷戀，或對傳統文化的傾慕和沉溺，其中書寫屈原的忠君愛國、憂患失意的形象再度成為這時期馬華詩人的敘述或傾訴的對象，星洲日報甚至為此而舉辦以屈原和端午節為主題的詩歌創作全國大賽，許多成名詩人紛紛響應這項比賽，詩人方昂更在這場比賽中拿下首獎。同一個時期，馬來西亞大專院校的年輕寫作者如林幸謙、辛金順、莊松華等人也亦步亦趨，他們的詩不脫這個書寫模式的窠臼。我把八〇年代末期這個馬華現

---

[32] 關於「動地吟」詩歌朗誦演出始末、參與活動和發表詩作的馬華詩人的身分認同，精彩的分析可參見林春美、張永修〈從「動地吟」看馬華詩人的身分認同〉，黃萬華、戴小華編《全球語境多元對話馬華文學：第二屆馬華文學國際學術會議論文集》（濟南：山東文藝出版社，2004），頁64-78。

代詩書寫現象，視為馬華文學的第二波「中國性—現代主義」。基本上這個中華文化情結或文化中國的沉溺跟七〇年代天狼星詩社同人自我流放或邊緣化的「中國性—現代主義」書寫模式，並沒有太大的不同。相比於七〇年代第一波由天狼星詩社實踐的「中國性—現代主義」，這個時期更滲入了華社政治困境所形成的憂患意識的集體象徵。這個書寫模式，延續到九〇年代的馬華文學[33]。八〇年代馬華詩人面對國家政治與社會文化的風雨飄搖，詩語言走「寫實兼寫意」的路線，力求在現代與寫實的語言運作中轉化融會，總體來說他們的詩作頗能夠表現出那個時期的政治社會語境與詩人的存在認同。八〇年代末的詩人面對文化身分失落，或遭受侵蝕的焦慮感受，藉華族傳統文化和古典文學典故，來刻劃自身的認同危機，造成「中國性—現代主義」的文化幽魂不請自來。這個幽魂一般表現在詩中充滿中國文化憂患意識的語言氛圍，或者充斥古典抒情意境的思古之幽情。「中國性—現代主義」的幽靈在這一時期的借屍還魂，導致馬華在地性／中國性書寫的關懷思辨陷入一團模糊曖昧的情境。這些現象在八〇年代末到九〇年代前期的馬華現代詩中成為一種普遍性，是很弔詭的事，究其實是詩人過度沉溺於文化中國，而忽略主體的歷史具體性，一種本末倒置文化本位的結果，其中歷史現實與文學演化的錯位，讓「中國性」的文化幽魂得以入侵

---

[33] 這個書寫現象可參考一九九三年出版的一部詩合集《馬華七家詩選》（吉隆坡：千秋出版社，1993），七位詩人中的五位（傅承得、游川、方昂、田思、何乃健）即是書寫感時憂國詩的健將，其中三人（游川、方昂、何乃健）都在選入的詩裡書寫屈原和端午的中華文化精神。

／回返詩人主體性，而無意間開展了這一切。

　　八〇年代後期，台灣畢業後返馬的陳強華和王祖安寫了一系列後現代詩觀念的「後設詩」。這個時期的《蕉風》月刊和年輕作者的文學刊物《椰子屋》、《青梳小站》開始引介後現代主義，介紹一些西方後現代或後結構理論大師（詹明信、李毆塔、哈山、羅蘭巴特、克莉斯蒂娃）和台灣的後現代詩人（夏宇、陳克華、林耀德、林羣盛），後現代風格的詩作開始在馬華詩壇登場，受到不少年輕詩作者的仿習和追捧。有別於現代主義和現實主義的結構語言，後現代主義無論在詩的形式、思想、表現、語言各方面都有翻新出奇的成績，重新檢討了文學和現實之間的虛實關係。八〇年代末馬華午輕詩人的後現代語言傾向，以林若隱、呂育陶、蘇旗華、翁華強發表在《蕉風》和《椰子屋》上的詩作最為可觀。林若隱在八〇年代末的詩作，敘述模式的平面化語言，解構分離的題材和語言情境，蘇旗華的拼貼式語言手法，字體無規則的變化，翁華強對現實與童話的精神分裂包容放縱，呂育陶對都市科幻題材的書寫，以及對文本政治解構意圖的高度興趣，為邁入九〇年代的馬華詩壇帶來一股新興的聲音和姿態，最終在九〇年代造成馬華現代詩語言的轉向，我們翻開陳大為編的《馬華當代詩選 1990-1994》（台北：文史哲出版社，1995）中所選錄的詩作，發現這段時期有為數不少入選的詩作具備後現代觀念的語言形式。

　　八〇年代木的馬華現代詩，有兩個不同書寫模式的詩路齊頭並進，一是現代主義（詩）語言的轉型，由現代詩人對時代政局演變所興起的感時憂國與「中國性—現代主義」的糾纏關係，形成詩人

憂患意識的集體表徵。另一個是後現代語言觀念的轉向，由一些八
○年代後期崛起的年輕詩人所熱衷書寫的後現代風格詩作。這兩股
潮流在進入九○年代以後的馬華詩壇，都各有發展和局限。八○年
代末、九○年代初高漲的第二波「中國性—現代主義」，在九○年
代中期以後面臨衰退的命運，這個時期的傅承得和游川幾乎沒有發
表詩作，進入熄火停工的階段。九○年代的馬華新生代詩人，以嶄
新的書寫方式表現生活體驗和時代感受，成功將後現代觀念融入現
代城市和政治現實，將馬華現代詩的語言從感時憂國的時代苦悶，
轉向後現代的環球都市精神與後殖民主體對政治身分的探索面向。

結　語

　　本文透過三個階段的馬華現代詩史述，探討二十世紀五○年代
至九○年代的馬來西亞華文現代主義詩派的文學史脈絡。時間上訂
於一九五七年到一九九○年，取其關鍵性年份的時代意義，大過表
面上的起點和終點的意義。一九五七年乃是馬來亞獨立建國的重要
年份，一九五九年是白垚第一首馬華現代詩發表的爭議性年份，以
一九五七年作為「起點」，並不意味著不認同一九五九年是馬華現
代詩崛起的關鍵性年份，也不意味著馬華文學在這之前沒有「現代
主義」的詩作，畢竟白垚當年即已將馬華現代詩的出現追溯到一九
五八年《學生周報》內所刊登的一首詩。而在戰前和戰後的馬華文
壇，很多文學作品和文獻資料至今已流失不見，雖然方修編的《馬
華新文學大系》（1913-1942）和李廷輝編的《新馬華文文學大系》

（1945-1965）保存了大量早期的馬華文學作品，但有多少現代主義色彩的作品在他們現實主義及左翼文學史觀的編纂視野掃瞄下被淘汰出局？是很令人懷疑的。本文立基於五〇年代末對馬華現代詩史的重要性，對學界有人指出馬華現代詩或出現更早的說法感到興趣，因此也把四〇、五〇年代的馬華詩界潮流納入論述範圍，一併加以檢視思考這段時期詩壇的動向，如何醞釀馬華現代詩的可能。

　　天狼星詩社及其領導人溫任平在七〇年代的馬華現代詩史上扮演了舉足輕重的角色，是不可否認的事實，雖然他們整體的詩風較接近抒情浪漫的本質，並不具備「高度現代主義」（high modernism）的語言色彩，而他們從台灣借來的現代詩理論與創作技巧，採取典律建構以自我經典化的做法，有待更進一步的釐清。本文因此以較大的篇幅來探討這段時期的馬華現代詩。八〇年代詩人書寫的「寫實兼寫意」，是現代詩技巧與現實社會意識的融合滲透，但是這些詩技巧主要還是承襲自十〇年代天狼星的現代詩創作手法，因此本文視為馬華現代詩的語言轉型，八〇年代末「中國性─現代主義」是寫實兼寫意、感時憂國書寫的極致展現。「中國性─現代主義」重演了七〇年代天狼星詩社的自我流放，沉溺於一套中華文化象徵符碼，這個文化幽魂的捲土重來讓人看到馬華現代主義書寫的（自我）局限，還框限（陷）在一套既有的文化認知模式和意識形態當中，遠未觸及馬華詩人的存在歷史具體性的面向。

　　八〇年代末的政治風暴所引起詩界廣泛的效應和影響，表現在詩中的感時憂國和中國性的相結合，書寫意猶未盡，還要以「動地吟」的朗誦方式來傳達心中的悲痛鬱結。當這些詩人在高歌感時憂

國和興起思古（文化）之幽情，另一邊廂的馬華新生代詩人卻已悄悄轉向後現代的書寫觀念和語言形式。九〇年代以降的馬華現代詩，呈現更具靈活性、多元化的格局面貌，已經不是一句「現代主義」所能涵蓋，因此本文以九〇年代作為馬華現代主義詩派的結束，標示一個嶄新多元的當代馬華詩歌風貌的到來。

[2009]

從鄉土認同到婆羅洲／地誌書寫
──論吳岸詩歌的獨特性

　　在馬華詩壇上，無論是從詩歌創作的質量，或馬華詩史的角度來說，吳岸無疑是當代馬華最重要的詩人之一。吳岸本名丘立基，一九三七年出生於馬來西亞砂拉越州首府古晉。根據詩人的自述，他自一九五三年學生時代起就開始寫詩，而自一九六二年出版首部詩集《盾上的詩篇》以來，到二〇〇八年的《美哉古晉》為止，總共出版了八部詩集。除了在一九六六年因參加「砂拉越獨立運動」，被監禁長達十年之久，出獄後繼續文學創作，超過半個世紀的時間耕耘不輟，為馬華作家中少數堅持寫作最久的作家之一。這數十年來的馬華詩歌由寫實到現代、由現代到後現代，早已經歷了好幾次的語言形式與風格的變化，而馬華詩人的陣容也迭有更替，在面對文壇的潮流興衰起落中，吳岸的詩作一本其誠摯感人的人文情懷，簡潔素樸的寫實筆法，屹立馬華文壇，而且屢獲國內外詩界

與文學界大獎，順手拈來即有馬來西亞華文作家協會頒發的「崢嶸歲月獎」、砂拉越政府頒發的文學獎、馬來西亞華文文學獎、國際詩人筆會頒發的「中國當代詩魂金獎」等，學術界也爲吳岸作品舉辦過「吳岸作品學術研討會」，馬來西亞老牌文學雜誌《蕉風》及《南洋商報》的文學副刊〈南洋文藝〉也曾刊出吳岸的專輯，其文學成就廣受國內外學術界肯定，是不爭的事實。

　　要談吳岸數十年堅持寫作的心境寫照，還是得回到詩人本身的詩句裡印證，他在這本詩集《殘損的微笑》中藉〈序詩〉如是說：「不在乎你的解構／重要的是／我已橫渡大海／且單獨／且留下漩渦」[1]，詩人以一種頗爲自信的口氣，以過來人的經歷和身分宣稱：「我已橫渡大海，且留下漩渦」。詩人橫渡、勇闖那無限浩瀚的汪洋大海，留下令人矚目的漩渦，有如在文學世界裡留下了朵朵詩歌的印跡，藉由這些詩歌與文學創作成果，成爲歷史（文學史）的見證。詩句裡詩人以一己的力量單獨面對整個文壇的是非起落，以小見大，愈發顯出其高貴豁達的胸襟，至此我們得以理解，無論是解構後設或是什麼主義，對強調「到生活中尋找繆斯」[2]，或堅持「所謂創作，是一種出自於自然的生命表達，它無需予製造，它是一種自我的實現」[3]的詩人來說，無疑已非吳岸詩歌創作的關注重點或優先考量。在數十年的寫作生涯中，詩人用詩清楚表達了他

---

[1] 吳岸《殘損的微笑：吳岸詩歌自選集》（台北：釀出版社，2012），頁 27。

[2] 吳岸〈到生活中尋找繆斯〉，《到生活中尋找繆斯》（吉隆坡：大馬福聯會，1987），頁 16-31。

[3] 吳岸《堅持與探索》（古晉：砂勞越華文作家協會，2004），頁 46。

對生命與生活的不屈本色，不刻意標榜或靠攏當代文學流派路向，也不會特地按照切合評論者的指示或模式去寫：「也不需要告訴我／生的姿態／雷霆攔腰的傷口上／長一臂的蒼遒／且有飛瀑的笑聲／無關乎你的讚美／無關乎你的揶揄／無關乎你的主義與後設／我的姿態是一種／不屈」[4]。字裡行間自有一股不同流俗的警醒與一份堅實的信念。在一篇訪談文字中，詩人說：「以傳統的現實主義創作方法為基礎，嘗試吸引現代的技巧進行創作，始終是我的詩觀。……我是開放的，絕不排斥任何新的手法，但我絕不追隨潮流。」[5]

吳岸早期的詩，例如〈祖國〉、〈在巴勒裡〉、〈山中行〉、〈南中國海〉等作，在直接淺顯的寫實語言中，表達了詩人強烈的民族主義情感，以及對出生於、生活在這片土地／鄉土的身分認同。在這方面來說，〈祖國〉一詩可謂最具代表性。吳岸在詩中透過一個出生於婆羅洲的兒子送別年老的母親回歸中國的對話場景，具體表達了他對「祖國」的體認和定義，對於母親來說，很明顯的那個「一別多年的祖國」，「那裡的泥土埋著祖宗的枯骨」的祖國，自然是他父母那一輩人欲北歸的現實中國。但是對身為兒子的詩敘述者來說：「你的祖國曾是我夢裡的天堂」，「夢裡的天堂」點出母親的祖國（中國）對兒子只是一種精神上的傳承，即文化血緣上的承繼，而不是地理現實中的祖國。吳岸通過兒子的敘述，將

---

[4] 《殘損的微笑：吳岸詩歌自選集》，頁 28。

[5] 王偉明〈古晉河畔的盾──與吳岸對談〉，香港《詩網絡》3 期，2002/06/30，頁 71-72。

他出生和生活的這座海島這片土地視爲現實中的祖國：「我的祖國
也在向我呼喚，／她在我腳下，不在彼岸，／這椰風蕉雨的炎熱的
土地呵！／這狂濤衝擊著的陰暗的海島呵！」[6] 這裡我們看到「祖
國」的內涵在詩句裡如何產生變化，從母親輩的回歸祖國（中
國），到兒子口中對土地熱情洋溢的禮讚呼喚，甚至願意爲腳下的
祖國宣誓效忠：「我是個身心強健的青年，／準備爲我的祖國獻
身；／祖宗的骨埋在他們的鄉土裡，／我的骨要埋在我的鄉土
裡！」[7] 這種出自對婆羅洲砂拉越土地認同的宣誓和禮讚的情感表
現，讓祖國的內涵和定義在時代歷史變遷的視域中，成爲詩人的國
家認同的投射，以及建國前後那一代馬來西亞人的家國意識的印
證。詩中母親與兒子對祖國不同的立場，有如克立佛（James
Clifford）在探討離散現象（diaspora）的論文中所提出的「根」
（roots）與「路」（routes）兩種居留狀態，「根」屬於家國，屬
於過去與記憶，屬於有朝一日可望回歸的地方，「路」則屬於現在
的居留地，屬於未來，導向未知[8]。在面對母親回歸的家國與兒子
的現實居留地當中，我們看到母親的祖國與兒子的祖國的不同定
位，兩代人的國家認同彼此之間的差異，形成「祖國」的內涵產生
變化。對母親來說，「根」在中國，回歸祖國是回到那離散的始源
地，而對於出生砂拉越的兒子來說，現實中的居留地是母親那一代

---

[6] 《殘損的微笑：吳岸詩歌自選集》，頁 35。

[7] 《殘損的微笑：吳岸詩歌自選集》，頁 35。

[8] Clifford, James. *Routes: Travel and Translation in the Late Twentieth Century.*
Cambridge, MA and London: Harvard UP, 1997, p. 250.

離散族群走過的「路」，卻是他這個離散後裔認同的祖國，他的家國鄉土，他腳下踏實的「根」。母親代表從離散南洋到落葉歸根（回歸中國），兒子則代表離散後裔的落地生根（鄉土認同）。詩人透過兒子的敘述，清楚的道出作為離散者的後代，主體如何面對過去與未來，歷史記憶與生活現實，離散始源與時空變遷，認同轉換與定位之間的思考。在早期另一首詩〈南中國海〉中對此離散族群的身分認同有更為細緻的舖陳，如同詩裡所說的：「感想尤其變得繁複，心緒尤其變得深沉」[9]，祖先漂洋過海，漂流在南中國海的洪濤裡，「遠離故國來到這蒼莽的異鄉」。然而物換星移，異鄉已成為詩人的家園／家國／故鄉，作為離散後裔的敘述者在詩裡採用複數的我，明白道出集體的認同心態：「我們在這裡落土，又在這裡生根／我們餐的是椰風，宿的是蕉雨／炎陽天下烤黑了皮膚，但血仍然是血」[10]，南中國海是族群離散的路徑，卻也是離散族群兩代人的「根」與「路」的聯繫所在：「你把北方的大陸和南方的島嶼分開／你又把北方的大陸和南方的島嶼連接起來」。誠哉斯言。

　　一九五七年馬來亞（半島）擺脫英國殖民政權獨立建國，一九六三年砂拉越、沙巴、新加坡與馬來亞組成聯邦，宣佈成立馬來西亞，砂拉越和沙巴兩州即是吳岸筆下的婆羅洲海島，也是詩人生於斯長於斯的土地。〈祖國〉一詩作於一九五七年八月十二日，距離馬來亞擺脫殖民政權獨立只有半個月的時間，彼時砂拉越社會在亞

---

[9] 《殘損的微笑：吳岸詩歌自選集》，頁 31。

[10] 《殘損的微笑：吳岸詩歌自選集》，頁 32。

非各國的民族主義和民主浪潮的影響下，興起了反殖與爭取獨立自主的運動。青年詩人吳岸在英屬砂拉越的社會環境中，親身經歷這一切時代的風雲變化，根據他在一篇訪談中的自述，早在學生時代的五〇年代，他就已經參與帶有反殖民主義的學生運動和社會活動，在左翼報刊《新聞報》編《拉讓文藝》副刊，這份副刊大量刊登反映社會運動與反殖民主義色彩的作品，對後來的砂拉越華文文學起了開拓和帶動的作用[11]。由此角度來看，在政治局勢變幻莫測的那個年代，吳岸心中和詩筆下建構的「祖國」的認同意識深具意義。他儼然就是筆下的敘述者在見證歷史，認同現實中的家國爲「祖國」，爲國家的未來發出呼聲，以情感爲主導的語言書寫，反映了大時代中一個知識青年或知識分子的自我心理寫照，以及自我認同的身分定位。

　　實際上戰後至五〇年代這段時期，無論在馬來亞半島，或是砂拉越的文藝活動，兩地的寫作人的創作普遍上表現反封建、反殖、反侵略、意識形態傾左、題材離不開社會運動、洋溢著愛國主義的文風。在半島（包括新加坡），從五〇年代初延續到馬來亞獨立前後幾年的時間，歌頌以馬來亞爲祖國和愛國主義的觀念，一直是當時馬華詩界的主流基調[12]。這個時期的詩人吳岸，對婆羅洲脫離英

---

[11] 王偉明〈古晉河畔的盾——與吳岸對談〉，頁 71。

[12] 對五〇年代馬華文藝的「愛國主義文學」一個簡短的介紹，見李錦宗〈戰後馬華文學的發展〉，收入林水檺、駱靜山編《馬來西亞華人史》（吉隆坡：馬來西亞留台校友會聯合總會，1984），頁 377-378。亦可參考鍾怡雯〈遮蔽的抒情——論馬華詩歌的浪漫主義傳統〉一文第一節，論馬來亞獨立前後的

屬殖民地獨立建國充滿憧憬，面對砂拉越殖民政府與殖民地人民漸趨激烈的政治鬥爭，很自然的藉詩歌藝術探討自身的位置和國家認同，因此愛國觀念與民族情感形成了他這個時期詩作的重心所在，證諸他在六○年代積極參與砂拉越獨立運動，並非偶然[13]。吳岸早期詩中的家國意識和土地認同，具有強烈鮮明的鄉土觀念與愛國主義色彩，他把愛國思想情感投射到對土地家園、鄉土民情的題材書寫，在那個文藝界普遍彌漫著愛國主義理想的年代，並不令人感到意外。一九六二年，年僅廿五歲的吳岸出版第一部詩集《盾上的詩篇》，詩集中有不少書寫鄉土的詩作，大部分寫於更早的五○年代期間，如上述提到的〈祖國〉、〈南中國海〉諸詩，彼時砂拉越猶未脫離英國殖民，吳岸即已在詩作中熱烈呼應愛國理想與土地認同。尤其是同書名的詩〈盾上的詩篇〉，即爲詩人贏來「拉讓江畔的詩人」的美譽，成爲往後半個世紀詩人一道鮮明的標記。詩中以

「愛國主義詩歌」的浪漫色彩，對吳岸這個時期的詩作提出「現實主義遮蔽下的浪漫主義」，由於詩歌創作的主義觀念非本文的重點，故存而不論。鍾文第一節部分見《馬華文學史與浪漫傳統》（台北：萬卷樓出版社，2009），頁68-80。

[13] 沈慶旺認爲其中一個个同於獨立前後十年的半島，這個時期的砂拉越獨有的文學主題，是「反對成立馬來西亞，要求獨立」，因此英殖民政府以高壓手段控制文藝活動，逮捕寫作人，致使許多寫作人放棄文學活動，形成砂華文學的低潮期。把吳岸早期的文學活動放仕這個脈絡卜來觀察，便不難理解年輕詩人的愛國理想信念與其後來叵測的人生際遇。沈慶旺論文見〈雨林文學的迴響——1970-2003 年砂華文學初探〉，收入陳大爲、鍾怡雯、胡金倫編《赤道回聲：馬華文學讀本Ⅱ》（台北：萬卷樓出版社，2004），頁 605-643。

砂拉越境內最長的河流拉讓江爲書寫對象，頗具有代表性，詩人將拉讓江的激流聲，比爲「各種美妙的語言」，投射對砂拉越土地產生的認同和情感，將砂拉越形象化：「砂勝越是個美麗的盾，／斜斜掛在赤道上，／年青的詩人，請問／你要在盾上寫下什麼詩篇？」[14]在壯麗動人的比喻問句中，年輕詩人對土地家國的浪漫憧憬不言而喻，另一方面對於強調「把文學創作當作是自己生命的延續，它的內容即是生命的感知，它的形式即是感知時自然的形態。……是一種出自於自然的生命表達，它無需予製造，它是一種自我的實現」[15]的詩人來說，〈盾上的詩篇〉末節可讀作是上述引文的詩歌版，它的理論的原型或雛型，已經在吳岸早期的詩中實踐過：「寫吧，詩人，在這原始的盾上，／添上新時代戰鬥的圖案。／寫吧，詩人，在祖國的土地上／以生命寫下最壯麗的詩篇。」[16]論者熊國華在〈生命意識與詩意呈現——吳岸詩歌的一種解讀〉中據此認爲這是詩人生命意識的體驗和真情的抒發，促使詩人從他所處的時空背景和生活經驗，創作了大量以砂拉越自然景色和風土人情爲題材的詩篇。[17]

---

[14] 《殘損的微笑：吳岸詩歌自選集》，頁37。

[15] 《堅持與探索》，頁46。

[16] 《殘損的微笑：吳岸詩歌自選集》，頁37。

[17] 熊國華〈生命意識與詩意呈現——吳岸詩歌的一種解讀〉，收入李國春編《本土與母土——東南亞華文詩歌研究》（香港：銀河出版社，2008），頁218-225。

　　鍾怡雯在一篇論述馬華地誌書寫的論文中觀察到，一九五七年
馬來亞獨立過後，馬華作家將家國意識和土地認同，逐漸轉移到鄉
土題材的書寫上，詩人以地方的生活感受和內容，重要地景入詩，
地方意識逐漸突顯出來[18]。在這方面來說，吳岸是最具指標性的馬
華詩人之一，上述提及的詩集《盾上的詩篇》可以爲這個論點提供
佐證，除了寫拉讓江的〈盾上的詩篇〉，其他詩作如〈山中行〉、
〈在巴勒裡〉、〈夜探〉皆涉及鄉土題材與民情風俗的書寫，對地
方民情投注強烈的感情是吳岸這些詩作的特色。七〇年代以降吳岸
陸續寫下了爲數甚多跟地方、鄉土、民情有關的詩作，如果以陳大
爲、鍾怡雯兩位學者對地誌書寫的觀點來看[19]，吳岸堪稱是馬華詩
人中的佼佼者，雖然在吳岸書寫這些詩作的那個年代，他未必有意
識的以地誌的概念去書寫砂拉越或是婆羅洲，亦非有系統的規劃書
寫這些鄉土題材，套用詩人自己的話來說，他只是一種出自於自然

---

[18] 鍾怡雯〈從理論到實踐──論馬華文學的地誌書寫〉，載《成大中文學
報》29 期（2010.07），頁 146。

[19] 陳大爲在〈空間釋名與味覺的錨定──馬華都市散文的地誌書寫〉一文中
對地誌書寫（特別是馬華都市散文的地誌書寫）有詳盡的分析與探討，他主要
以米樂（J. Hillis Miller）的《地誌學》（*Topographies*, 1983）定義：「對某個地
方的書寫活動」爲基本觀念來展開論述，並引用威廉斯（Raymond Williams）
的「感覺結構」（structure of feeling）與諾伯舒茲（Christian Norberg-Schulz）的
「場所精神」（genius loci）深入探討相關文類，請讀者自行參考，這裡不再
贅述。陳大爲論文見《亞洲閱讀：都市文學與文化（1950-2004）》（台北：
萬卷樓出版社，2004），頁125-147。亦可參考鍾怡雯〈從理論到實踐──論馬
華文學的地誌書寫〉。

的生命表達，是一種自我的實現。地理學家 Mike Crang 便指出文學
作品在「地方的書寫」上所具備的優勢：「文學顯然不能解讀爲只
是描繪這些區域和地方，很多時候，文學協助創造了這些地方。」
並且「主觀地表達了地方與空間的社會意義。」[20]對照地理學家的
話：「文學**主觀**表達地方與空間」，與吳岸的觀點：「寫作是一種
自我的實現」（黑體字爲筆者強調），可以看到兩者雖然關懷角
度不盡相同，但是對地方書寫／文學創作的特質和書寫主體的強調
卻是殊途同歸。

　　經由陳、鍾兩人的地誌書寫的理論建構，再加上近年來馬華地
方古蹟文化保護意識興起，吳岸的詩作品數十年累積下來也儼然構
成地誌書寫的樣貌。除了上面提到幾首早期的詩作，其他例子有
〈粤海亭〉（寫古晉大石路的義山）、〈青山岩〉（寫砂拉越河口
的華人古刹廟）、〈碧湖〉（寫砂拉越石隆門鎮華人開金礦留下的
人造湖）、〈陽春台〉（寫古晉亞答街百年歷史的玄天上帝廟）、
〈越河吟〉（寫砂拉越河渡頭）、〈達邦樹禮讚〉（寫婆羅洲一種
高大的樹）、〈榴槤賦〉（寫南洋果王榴槤）、〈摩鹿山〉（寫砂
拉越內陸山麓）、〈山打根略影〉（寫沙巴州山打根第七號娼寮）
等等，例子不勝枚舉。吳岸以在地人的身分和視野，用富有情感的
詩歌語言，生動的刻劃描寫了砂拉越各個地方（包括市鎮街道山川
建築物等，不一而足）的面貌，塑造出一幅以個人生活經歷爲中心

---

[20] Crang, Mike. *Cultural Geography*, 1998. 這裡轉引自陳大爲〈空間釋名與味覺的
錨定──馬華都市散文的地誌書寫〉，《亞洲閱讀：都市文學與文化（1950-
2004）》，頁 127。

的地誌圖像（以米樂的話來說是某個地方的「形象化繪圖」）。以書寫古晉亞答街玄天上帝廟的〈陽春台〉為例，對詩人來說，地方與空間（街道、廟宇、戲台）的書寫背後儲存了濃厚的記憶，詩第一和第二節寫敘述者「我」對空間（陽春台）的兒時記憶和感情，在此累積的舊時生活情節非常豐富，第三節筆鋒一轉，生動而感性地興起對空間景物今昔交替之嘆：「陽春台／依舊在／兩邊紅柱／左一句萃百代衣冠／孝悌忠信此地如見其人／右一句傳千古面目／離合悲歡當年或有其事／陽春台／陽春台／你何日燈火重燃／鑼鼓再響／演這一代我的榮辱悲歡？」詩最具創意巧思的是詩人安排記憶中的小吃，用味覺記憶來深化他的地方書寫，將私人的感情寄託在「小小這把羹匙裡」，來結束全詩：「拿起湯匙／嚐口清湯／只見一抹青山／兩點波帆／悠然顯現在鼻端／在嘗盡人間冷暖的／小小這把羹匙裡……」。平淡白描中見盡真情，顯露詩人深厚的地方情感，也在不經意間呈現了地方容貌的劇烈變遷，傳達出一種珍貴的時間質感，記憶與現實交錯，視覺與味覺混融，意味深遠而綿密。詩人對陽春台的地方書寫，實則是對其生活的感受和回憶的書寫，詩裡行間的變遷、人情、生活、文化等元素很具體地構成詩人的情感結構，而小時候隨母親到廟裡上香、看酬神戲、吃小吃，成為地誌書寫的場所結構中的重要特質。

　　除了主力書寫婆羅洲的砂拉越與沙巴兩州地方民情，這方面所取得的成果最大，吳岸一生足跡遍及世界各地，比如西馬城鎮、汶萊、中國大陸、日本、越南、菲律賓、香港、韓國、泰國等地的地方色彩也一一入詩。值得一提的是吳岸常常在詩中書寫婆羅洲或砂

拉越的原住民族，對於原住民的風土人情和生活文化刻劃頗深，跨越了族群的限制，輯中的「犀鳥篇」詩作令人印象深刻，〈飛舟〉、〈長屋之旅〉、〈飲杜阿〉、〈迎賓〉、〈賽鼓〉、〈犀鳥頌〉、〈天猛公之筵〉、〈鵝江浪〉、〈守護的神〉、〈達雅族盲人歌手〉、〈卡布安省傳說〉、〈Ngajat──致伊班友人西蒙並祝賀達雅節〉，以及其他散見於各輯中有關婆羅洲原住民族的詩作，質量成果甚爲可觀，具有人類學的特質。把吳岸這方面的作品視爲砂華作家近年來呼籲「書寫婆羅洲」的先驅，一點也不爲過[21]。這一點是半島的馬華詩人或作家在書寫鄉土或地方的題材時較少注意到的，也是他最大不同於半島詩人的美學視域之處，如果有所謂的砂華文學的獨特性，吳岸這些書寫地方生活經驗、鄉土色彩濃厚、多元種族社會結構的特殊題材詩作，是最佳的範本，不容錯過。這些詩作塑造了「書寫婆羅洲」的特色，以寫實筆觸，寫下原住民族的鄉土人事，一景一物，盡見真情，隱藏在詩人的寫實語言風格底下，總有些許浪漫情懷，成爲詩人對地方情感的寄託，而他對鄉土的包容、跨越族群生活倫理的觀察和體認，也直指人文關懷的真諦。放在吳岸整體作品來看，無論是詩人的鄉土認同，跨越族群限

---

[21] 沈慶旺認爲九〇年代以後砂華文學作品逐漸顯現本鄉色彩，寫作人從本鄉地理環境、歷史、多元種族社會的結構、社會背景發掘大量的創作題材，造就了砂華文學的獨特性。其實吳岸書寫婆羅洲的地方風俗民情的詩作，大部分在九〇年代之前就已經發表或寫成，因此不妨視之爲此類書寫意識的先驅。沈慶旺〈雨林文學的迴響──1970-2003 年砂華文學初探〉，收入《赤道回聲：馬華文學讀本Ⅱ》，頁 605-643。

制的描摹，或是以地誌書寫的角度來看，這些詩作顯然是詩人書寫的重心所在，詩裡行間呈現的在地視野與人文關懷，最是值得注意。

　　鍾怡雯對馬華地誌書寫的期待，提出三個基本條件：生命經驗的厚度、思考的深度，以及情感的深度[22]。這些觀點與吳岸對文學創作的觀念其實非常接近，豐富的生活經歷一向是吳岸對詩創作的要求，他在多篇討論詩歌創作的文字裡皆有觸及生活對作家的重要，在〈到生活中尋找繆斯〉一文中，他提議站在熱愛生活和關心人類的立場上，注入形象思維，在〈馬華文學的創作路向〉中他又引用現實主義文學創作的觀念，認為文學創作的過程，實際上也就是作家從觀察、體驗生活、分析和概括從生活中所取得的原始材料到塑造典型形象的整個過程[23]。除了對生活的強調，吳岸的詩作在思考的深度與情感的深度雙方面也有不俗的表現，上述書寫古晉、拉讓江等地方的詩作對於地方歷史興替的情感投入，濃厚的地方認同與鄉土情感，產生令人動容的地方感，這些都是閱讀吳岸的詩歌時可以明顯感受到的。[24]

---

[22] 鍾怡雯〈從理論到實踐──論馬華文學的地誌書寫〉，頁 158。

[23] 有關吳岸詩歌理論的精彩論述，詳陳鵬翔〈論吳岸的詩歌理論〉，收入《赤道回聲：馬華文學讀本 II》，頁 383-394。

[24] 陳月桂以「抒情中的哲理」一詞指稱吳岸詩歌的特質，即吳岸在詩中對人事的懷念、同感和反思在記憶裡交織，形成一種哲理辯證。陳月桂〈吳岸的哲理詩〉一文收入江洺輝編《馬華文學的新解讀》（吉隆坡：馬來西亞留台校友會聯合總會，1999），頁 181-189。

　　毫無疑問，吳岸詩歌裡的鄉土認同與地誌書寫，是最值得討論的創作成果之一。詩人以東馬在地人的身分，對砂拉越鄉土人事有著更深一層貼近的體認和感受，他眼觀四方心繫家國，下筆顯然多了一分浪漫理想、誠摯感人的人文情懷，對於跨越族群限制的原住民族題材書寫，所取得不俗的成績，更顯現出他的創作自覺與別具眼光，而他的包容直指人文關懷與生活倫理的真諦。這是詩人吳岸的文學抱負，是吳岸詩歌美學的獨特性。

[2016]

現代性與文化屬性
——論六〇、七〇年代馬華現代詩的時代性質

一、緣起

　　溫任平在〈馬華現代文學的意義和未來發展：一個史的回顧與前瞻〉中說：「馬華現代文學大約崛起於一九五九年。那年三月六日白垚在《學生周報》137 期發表了第一首現代詩〈麻河靜立〉。關於這首詩的歷史地位，最少有兩位現代詩人——艾文和周喚——在書信中表示了與我同樣的看法……」[1]（1986：2）。邁入六〇年代，馬華現代詩傾巢而出，大本營在《蕉風》月刊，形成馬華詩壇的第

---

[1] 關於馬華文壇第一首現代詩的爭議，陳應德不同意溫任平、周喚、艾文的看法，他在〈從馬華文壇第一首現代詩談起〉一文中舉了鐵戈、威北華數人的詩來反駁白垚的〈麻河靜立〉為馬華第一首現代詩。陳應德與溫任平所持的不同意見之討論，詳見張光達〈馬華現代詩史芻議（1957-1990）〉。本文此處仍沿用溫氏的論點。陳氏論文見江洺輝編《馬華文學的新解讀》，頁 341-354。

一波現代文學運動（包括創作、筆戰、專號等），一九七四年由溫任平主編的《大馬詩選》是這個時期的總體成績。馬華現代主義文學風潮，持續到七〇年代後期，已呈飽和狀態，開始停滯不前，一些作家猶在「現代性」中自我重複，另一些作家則陷入「現代─中國性」的泥淖深淵中不能自拔，更多的現代派詩人卻已經意興闌珊停筆掉隊了。

馬來亞在一九五七年宣佈獨立以來，雖然大部分的華僑都變成公民，然而華人在這塊土地上的基本權益卻節節敗退。首先是一九五七年所草擬的憲章，馬來人的特權從十五年的期限改為永久性的特權，在語言文字的合法化方面則定馬來文為唯一的官方語文或國語，而華文及淡米爾文被概括性指成「非官方語文」。一九六一年教育法令立下一個令華文教育寢食難安的陰影，就是華社家喻戶曉的第 21 條（2）條文：任何有必要的時候，教育部長有權命令任何一間國民型學校改制為國民學校，走的是國家單一的馬來化教育政策。一九六二年國會修憲，重新劃分選區，增加鄉村選區的數量，保留城市選區的原來狀況，顯然是針對減低華人選民的投票能力而設計的（楊建成，1982：178）。一九六九年的種族動亂，是馬來西亞歷史上有名的「五一三事件」，被官方列為敏感課題，政府制定「新經濟政策」，推行國家文化（土著化）政策，一切馬來人特權、官方語文、回教、土著、固打制（Quota System）等問題被列為「敏感問題」，任何其他族群不能商談和檢討其合法地位。華人的政治權益和文化屬性過後只能退為消極的保衛與防守（黃錦樹，1998：113）。

　　六〇、七〇年代的馬華作家詩人，由於面對政治現實和文化屬性的危機感日益深化，這些外在和內在的困境深深困擾著他們的思想觀念，久而久之形成某種情緒表現，他們又藉文學的表現形式表現出來，對此表現得最淋漓盡致的要數六〇、七〇年代的現代詩人群。活在「自我」屢遭挫敗的政治現實，對於現實敏感的題材不能抒寫，現實環境層層的政治禁忌，無形中某種程度上迫使詩人更進一步認同和接受六〇年代開始輸入的西方和台港的現代主義文學。一反現實主義文學作品，為了政治禁忌寫一些表面公式化的歌頌國家政策作品，馬華現代詩人開始走入內心世界，勇於發掘詩人的潛意識面，尋找一種內在的心理的寫實（溫任平，1986：2）。

　　西方和台港輸入的現代主義文學思潮，其時頗流行的象徵主義、存在主義、超現實主義和意識流技巧對馬華現代詩人來說，是一種全新的語言觀念。他們在厭煩於現實主義作品的膚淺表現，又在面對「自我」的政治權益和身分屬性的焦慮徬徨中有所期待，因此現代主義的出現正好彌補了他們精神上的失去指引。除了個別詩人有意識的仿習，《蕉風》月刊的有心引介也助長了這股趨勢。西方的現代主義作品，時常表現種種人類存在的「現代性」：虛無、苦悶、迷惘、孤絕、焦慮、徬徨、流離、荒謬等狀態，因為西方現代主義思潮產生於西方經戰亂後，重建廢墟，人的思想價值混亂的年代，及後來興盛的西歐資本主義。香港學者劉小楓在討論西方現代性問題時指出：「導致西歐資本主義的興起，並非某種宗教理念及其建制型態，而是一系列經濟、地緣政治乃至生態條件的偶然聚集的綜合因素，是諸多歷史互動和制度因素的偶然性互動的結果……西歐資

本主義起源於以奢侈生活原則為基礎的高度世俗化的性文化，這種
文化以城市享樂為基本特徵」（劉小楓，1997：214）。基本上西歐
資本主義是一個極其複雜的問題，現代性（modernity）有別於現代
（modern），一般指的是西歐的啟蒙運動思想，以法國大革命為政治
標誌，以工業化及自由市場為經濟標誌的社會生存品質和樣式
（206）。

　　我們這裡對六〇、七〇年代的馬華現代詩的「現代性」解讀，
其實無法涵蓋整個西方的現代主義特質，因為基本上當時的馬來西
亞還是農業國家，社會也缺乏物質享樂的生活條件，馬華詩人雖然
身處在一個沒有發展現代主義條件的環境，但內在的文化屬性被剝
奪所形成的苦悶失落，正是現代主義文學所強調的心理的寫實、深
入的挖掘人性和內在的必須表現，無可否認的提供了他們表達現實
困境和文化情結的理想管道[2]。六〇年代的馬華詩人，和六〇年代輸
入的西方（台港）的現代文學，一拍即合，他們書寫的隱晦文體構
成了歷史的必然性，這類異化的文體語言是退而求其次的，為了躲
避官方的敏感課題，為了躲避陷入現實主義的僵化文體，為了心理

---

[2]　「內在的心理的寫實」一詞引自溫任平〈馬華現代文學的意義和未來發展：
　一個史的回顧與前瞻〉：「確實地說，現代主義也是寫實的，它所著重的不僅
　是『外在的寫實』，更重視『內在的心理的寫實』」（1986：2）。我願在此作
　進一步探討這個課題，文學主義文化思潮的接受仿習有兩方面的可能：外在與
　內在。外在的影響是現實社會的發展條件所形成的，內在的影響則是文化身分
　的困境所造成的積澱心態，當然這兩者其實是互為表裡的，很難把它們分開來
　談，只看到其中一種影響是盲點，本文花了不少篇幅談內在的條件，是為了彌
　補馬華文評在這方面的不足。

表現上的需要，因為詩句中的「現代性」是有策略的異化而求得委屈（曲）的自我。換句話說，「自我」的取經過程是（不得不）揚棄一部分的自我，而換取一部分的自我。今天我們後見之明，看到了兩個下場：一、自我在異化的過程中逐步被他者同化，失去自我，成為「他者中的他者」。二、自我在異化的過程中，作出調整重新定位，與他者一起異化，成為「他者中的自我」。

二、西方文化病 vs. 馬華文化屬性

　　向西方現代主義文學思潮取經，主要以引進西方思想和寫作技巧，為六〇年代馬華詩壇注入一股新奇的聲音。西方思想最為東方文化界詬病的是它的思維中所常表現的文化病，包括焦慮、緊張、反叛、自我懷疑、虛無、疏離、荒謬、歇斯底里等精神上的病態。如果以這些特徵來看六〇、七〇年代的馬華現代詩，詩語言文字所表現的情緒和氛圍可謂相當接近，究其實這也是一種橫的移植，一種西方文化霸權的後殖民產物（六〇年代的台灣文學就是一個極端的例子）[3]。但就馬華現代詩中所表現的文化病態語言文本，有一點是

---

[3] 關於後殖民論述（post-colonialism），是第一世界與第三世界在廿世紀歷史現實洪流演變中所形成的語言支配／反支配意識形態，其中的觀點錯綜複雜，不是本文所處理的重點。這裡只簡要的說明，基本上第一世界（西方）通過語言控制，如科學、人類學、哲學、政治學等被強調為世界性的普遍客觀知識，以及由此引伸出自由、民主、人權等思想觀念，重點推銷到第三世界（發展中國家），因為這些話語知識帶有開放的容納性和客觀性，很容易為第三世界所消

與西方或台灣的現代文學不同的：六〇年代的馬華現代詩不能單純地視為西方的移植或異化，它與馬來西亞整個歷史時空的政治現實有很大的關聯。政治現實和華人傳統文化的困境，深深困擾著詩人的思想意識，為了避免踩踏政治地雷，他們藉現代文學的象徵語言來隱匿文本的指涉，往個人內心世界深入挖掘，在現實主義橫行的馬華文壇，這種語言文字的隱晦性質卻反而帶來文學技巧表現的提昇，或者是一部分現代詩人所意想不到的[4]。以下我們將檢視《大馬詩選》中的詩例，來窺探六〇、七〇年代馬華現代詩對於西方文化

化接受，無形中控制和支配了第三世界的話語思想形態。第三世界面對西方知識界的話語控制，在建構自己本身的文化屬性和知識形式時感到無力和焦慮，因為西方的意識形態已經深刻地支配著他們的思想意識，換句話說也就是「思想被殖民化」，所有自身的文化知識只能被排擠到邊緣的位置。後殖民主體已認識到無法表述自己獨立的主體性和歷史意識的困境，他們一方面從殖民者身上學習到社會建設和現代知識，一方面又要擺脫殖民者的語言文化來建塑自己主體的身分屬性，因此必須以反抗的形式來脫離對方的話語控制，但在反抗的過程中卻也免不了又要以殖民者的（預設）語言來陳述，事先已遭化解，很難突圍而出，多數的情形是殖民者和被殖民者陷入文化混生的模式，亦即 Homi Bhabha 所謂的 hybridity。以後殖民的觀點來解讀六〇、七〇年代馬華現代文學，是另一個很好的切入點，重點可以擺在後殖民和批判主體的曖昧關係之間尋求對證／對策。

[4] 並不是所有的現代詩人都注重詩歌形式設計的技巧運用，艾文的詩更注重語言的試驗性和反傳統性，這種種的語言表現構成詩整體的隱晦性質，不明朗的意境構成一種非正規的美感經驗，讓讀者在某種狀況下感受異樣的真摯性，無形中提昇了詩的語言技巧表現。比如艾文在一場座談會上說：「我那時寫得很放，只要覺得有必要這樣子寫，就這樣子寫了，完全沒有考慮到讀者。」座談會記錄見《蕉風》427 期，1989/06，頁 4-9。

意識形態和馬華文化屬性所產生混雜衝突的影響焦慮。

　　艾文的詩〈困〉首節就表現出一種神經質的面對莫名的恐懼感：

　　　醒來的時候／聽到烏鴉在屋頂上／黑暗的陰影便蒙下來／

　　　／禪坐在那裡抖擻／同樣看得見聽得到／驅逐的辦法就轉

　　　不來／一部重卡車轟入門檻／隆隆的聲音怎樣也化不開

　　　（溫任平編，1974：43）

詩人面對黑暗的陰影，產生一種受困的恐懼，異化的場景使這些詩
句輕易地瀰漫著詭異的危機。詩第二節深化了作者受心理壓迫傷害
的感覺，面對強弱懸殊的暴力欺侮而不知所措，「看得見聽得到」
是詩人意識到這裡頭的問題是怎樣的一個問題，「一部卡車」的力
量足以摧毀一切徒然與之對抗的動作，詩人的權益爭取和文化屬性
問題只退為護守，護守僅有的書寫身分。

　　同樣的表現在詩人黑辛藏的〈隔離症〉一詩中，受困於文化意
識的壓抑，形成一種焦慮心態，在詩語言中化為一種私有的隱晦影
射的巫術語言：「有種種牢獄向你擲下／比嵌緊罪惡還要孤冷地結
著／你底來路與去路」（187）。這一場隔離症是詩人面臨政治文化
的危機病症，「來路」已經回不去了，「去路」也籠罩在層層陰影之
下，不見得有絲毫的明朗化，詩人只能以隱晦象徵的語言文字來抒
發心中的苦悶焦慮。對現實政治和傳統文化屬性產生焦慮失落的心
境，因此他們的詩中也無可奈何的渲染著種種的文化病症，企圖尋
找「自我」，是詩人當時最重要迫切的思考方向，但現實政治的困
境格局，他們在尋找自我的努力過程中可以預見的面對各式各樣的
挫折。

　　艾文的〈傳說〉也提到華人文化面對他者的困境：「他撐的皮囊／裂開陳年八卦／他迷離的網／張一口深淵」（40）。艾文的皮囊內所裝的是一個陳年八卦——古中國文化傳統的象徵，意味著詩人有意追溯文化屬性的源頭，但現實體制的壓抑就像一口深淵在等待他掉下去，他的文化屬性面對他者的異化／同化。在〈聲音〉一詩中艾文更以隱晦的語言和圖像來構築他內心世界的挫敗感，和追尋自我所面對的一道阻礙：圍牆。這座圍牆層層阻撓詩人的追尋意志力：

> 佈道的聲音／阿彌陀佛的聲音／蠟炬垂淚的聲音／腐草堆
> 裡一灘血的聲音／枯堡上空黑蝙蝠哀慟的聲音／／存在冥
> 冥天地間／說不出種類的胎兒們／於子宮殘廢的聲音／他
> 都尊敬／用左手盛之右耳／右手盛之左耳／／這些的聲音
> 孤絕　衝刺／有一座圍牆　　（49）

道盡追尋自我的種種努力和困境，自我被異化成他者的危機迫在眉睫，胎兒認不出種類，意味著文化屬性的混淆失落，子宮已經殘廢，再也沒有機會傳宗接代，護守文化屬性也成了問題。這些聲音幾乎遭到封鎖，對於文化屬性的最基本要求，與對政治權益的法定地位已經成為不可能，因為這些都是敏感課題，有如一道圍牆層層被封閉起來。

　　詩人走入內心世界，尋找自我，義無反顧勇往直前，他們忍受心理上的痛苦，他們受困於政治化因素而累積的文化焦慮情結，也因此異化了詩中的語言文字，甚至被他者同化而變成一種文化扭曲病，一種歇斯底里的病態語言，比如艾文的〈白災〉詩中所描述的：

「午夜　午夜以後／憂鬱的唱詩班／唱一些殘廢的故事／唱一些斷髮人　空虛／可憐的瞳眸　瞳眸／唱一些念珠的／孤獨與寂寞／吾人臉色蒼白起來／接近死亡」（48）。越接近認同死亡也就是越有可能失去自我的定位，整首詩的語言文字都是病態的：「唱一些……」的重覆呢喃語調更加把讀者的思緒推向不快的愁悶。這種情緒化的巫術語言為當時的現代詩人競相書寫。

三、尋找自我→失去自我→再（自我）定位

六○年代的馬華人在追尋自我定位的過程中，隨時面臨失去自我的身分屬性的危機。他們擔心在政府所採取實行的政治化語言文化政策下，會喪失自己的族群語言和文化屬性，馬華文學也在一種不受官方承認的情況下自生自滅，堅持寫作乃成為所有馬華作家對華文教育和文化屬性的最後「收復失地」的共識[5]。馬華作家知道，如果失去自己的語言文化，自己的身分權益也會消失殆盡。套張錦忠的話，便是「身分頓成隱匿的、妾身不明的書寫人──失聲導致失身」（1995：31）。為了時時警惕自己失去自我的隨時發生，詩人透過詩句文本表現出不斷反省自我的緊張掙扎心態。艾文的〈沙漠象徵〉強烈表露出一股失去自我的矛盾掙扎：

---

[5] 「收復失地」一詞引自黃錦樹〈中國性與表演性：論馬華文化與文學的限度〉：「周期性的文化活動與日常化的華教運動及『收復失地』的文化保衛活動共同構成了華人集體的儀式，一種具中國性的『華人』身分之再確認。」（1998：114）。

> 他那樣固執的傢伙呀／且燃著一縷枯黃的輕煙／在一座孤絕
> 的碉堡／徘／徊／他沒有籍貫／騎在他背上的古老駱駝／始
> 終要逼著他在沙漠行路／除此莽莽黃沙／他看到巨大仙人掌
> 小小土撥鼠／有時　一隻不老的野貓／疲憊的從仙人掌山峰
> 掉下　總是／逃不掉流血而掙扎／掙扎／掙扎而流血／他
> 沒有指紋　（溫任平編，1974：50）

詩人追尋自我顯得固執和孤絕，意味著他的行動是義不容辭擇善固執，但是他所面對的文化屬性危機是那麼的強烈：他沒有籍貫，他沒有指紋。沒有籍貫和指紋令詩人失去身分，失去自我，這兩句的直接告白宣判了華族的死刑。

詩人從追尋自我到失去自我的焦慮掙扎，不單發生在艾文的身上，也同樣表現在其他現代詩人的詩句中，這是當時華人族群的切身感受。李有成的詩〈不快〉寫自我的身分追認，寫他者挑釁自我的定位命題：

> 你看見那些不快／他們附在你的靈肉上／一層又一層地繁
> 殖／直到你變成枯草，或者一隻／難看的獸，他們／唉，就
> 是他們　（55）

詩句中的他們，就是他者──自我的異化／同化收編者，詩人對於他們帶來的「不快」和「難看」感到不忿，但同時現實上卻是百般無奈，「你」的渺小孤單與「他們」的強大欺壓的形象形成鮮明的對照，表現弱者和強者的地位處境。第二節描寫自我的悲慘命運下場：

> 他們，那樣子向你推銷／如何去看見自己／如何去撕裂命運
> 的外衣／然後，然後又如何讓他們／在你身上／一塊又一塊

　　地剝下　（55）

面對這樣愚弄的折磨方式，詩人的「不快」也只能是一種認命的姿勢，退而求其次的成為「留得青山在，不怕沒柴燒」的心理，注定要（也只能）「在剝下與繁殖之間／睜著眼」，他者與自我的強弱懸殊，彼此的主客關係似乎已成定局。

　　沙河的〈停屍所〉哀悼一個軍人的殉職，這個軍人的身分大抵可以確定，因為詩中描寫死者時提起「槍聲是他的陪葬品／他們在他身上裝飾／以鐵勛章的一層冷意」（92），死者是否華族，詩人沒有說明，我們不得而知。但是詩人憑弔哀悼死者，通常都帶有詠懷自比的含意，以示對自我的警惕作用，或感慨彼此的處境之相似。對於這個死者的保衛國土而犧牲殉職，沙河採用一種反諷的語調：「那人在謝幕之後／便如此躺著／躺出一頁空白／一頁不屬於自己的歷史」（92），透露出死者追求理想而最終卻失去生命，死者死後也沒有身分地位和文化屬性，這真是一大諷刺。自我的身分定位模糊不清，「一頁空白」和「不屬於自己的歷史」都是自我屬性被異化或同化的悲慘下場，詩人的體認是深切的：「踩過國家的泥濘／踩過壕溝的泥濘／如今／他要踩過他自己／身上的一團泥濘」（93），死者踩過自己的身體，詩人也將面對同樣的命運，泥濘的意象已暴露出情勢的無可挽回，「收復失地」的構想更是遙遙無期。

　　對自我的身分定位引起的破碎思維，最終感到一股巨大的絕望悲哀，六○、七○年代的馬華現代詩多有觸及，沙河的〈臉〉一詩中也隱約的自我哀怨：「嚼草根的嘴／咀嚼著絕望」（94），還有〈齒輪〉寫出生後即刻面對阻撓和挫折的身分處境：「一根臍帶／一個

名字／給你一面欄柵／給你一座無法超越的橋」（95），這座無法超越的橋，正是與艾文〈聲音〉一詩的圍牆有著異曲同工的作用，把詩人／敘述者的族裔源頭隔離開來，無論是隔離或包圍，最終是無法保存名字，失去了自我的身分定位，詩人的絕望成為整個族群的命運。從追尋自我到面臨失去自我的危機浮現，在他者與自我之間徘徊不定，有人企圖在兩者之間尋求一條折衷的定位路向，揚棄一部分的自我文化屬性而涵攝一部分的他者文化屬性，自我成為異化的文化屬性，就是所謂的「他者中的自我」，而不是自我終結的「他者中的他者」。在焦慮徬徨面對失去自我之際，賴瑞和的〈渡河的人〉提供了另一種可能：

> 他是一個食月光的人／子夜裡還划著一艘船／叩訪並投宿於：河流的家／／沿岸的苔蘚和水草，已為他織就／一襲歲月的縷衣，披在他童年種在／心中的一座果園，一排排／禿老的樹幹／／等到河流都漲滿了／他從果園裡砍下一排／可以漂泊的樹幹／編成一個木筏／／他終於遺忘了一條／古老的河／試探另一條河道的冷暖／他已在暗礁重疊的陰影中／熟悉了：河流的身世和年代　　（245）

「河」在中國古典文學中是一個普遍的文化象徵，「渡河」是為了尋找自我的定位，渡河的過程本身就象徵著一種「超越儀式」（rite of passage）。月光或月亮又是中國古典文學裡另一個普遍的象徵，詩人自許為肩擔中國文化傳統和心懷文化情意結，「河流的家」一句道出詩人的文化屬性一脈相承，絕不輕易迷失。通過渡河這個象徵性的儀式，他「終於遺忘了一條古老的河」，從「古老的河」過渡

到「另一條河道的冷暖」，並且「在暗礁重疊的陰影中」，「熟悉了河流的身世和年代」，宣示詩人不再認同古老文化中國，那是遙遠陌生而不切實際的，詩人開始為自我尋找一個全新的定位：馬來西亞本土的華裔。雖然這個全新的定位仍然是危機重重，因為國家實行單一政策，非馬來人的一切都是邊緣／非主流的身分定位。賴瑞和的〈渡河的人〉比艾文和沙河的尋找自我到失去自我又跨出了一大步，他不在尋找自我的過程中自怨自憐，也不在面臨失去自我的焦慮中被他者同化收編，他採取一個象徵性的超越儀式來試探另一種可能，另一種可行性。我們讀到詩人的語言情調是舒緩平靜的，沒有其他現代詩人所慣常帶有的神經過敏氣急敗壞心緒。我們看到詩人從追尋自我和失去自我的影響焦慮中，如何企圖突圍而出，不放棄自我的文化屬性，但也不得不失去一部分自我，將定位重新調整而盡最大努力尋回（一部分）自我。

四、鬼魂與死亡情境

對於死亡的觀念意識，對於死者的敬哀信念都是文化心理最基本的原型。對死者敬是因為死者已矣，對死者哀是因為節哀順變，更多的是對死者的哀痛轉化為對自己的哀痛，因為我和死者有著同樣的信念，同樣在追尋自我，同樣的分分秒秒在面對死亡的命運——失去自我。古代的人以某種禮儀形式的動作不斷重複，來祛除人們內心對於死亡的恐懼感，也藉此減輕對於死者的懷念和痛不欲生的情緒，幫助人們祛除內心不平衡與哀慟的意向，這些儀式通常表

現在傳統的喪、葬、祭的形式規範上，統稱「超越儀式」。文化人類學研究學者認為，通過超越儀式，我們可以找到一切「生」的價值信念和泉源。死亡作為一個被感知、被體驗的對象，實屬精神活動中的表象性內容，具有非實體性和超越時空的存在形式。這就說明對於死者的認識、體驗、承受、全然存在，展開在人的精神意識領域之內，可以支配思想和情感，可以影響生存者的心態與意向。所以死亡觀不僅僅是文化模式、價值系統中的核心部分，而且也是人類確立自身意義世界，獲得自我理解的重要或主要的觀念形式（李向平，1997：10）。我們在這裡透過文化人類學的角度，探討了一些關於死亡的價值觀念，主要是為了揭開六〇、七〇年代的馬華現代詩中的鬼魂意象和死亡情境的謎題。

　　沙河的〈停屍所〉最可以成為這一類詩的典型代表，通過一道超越儀式，詩人與死人在精神上產生某種共識，認同死者的死亡價值信念，也就是詩人自身將要走的路向，在精神上無懼於失去自我的危機，因此在這首詩中我們讀到的是嘲諷、冷靜而不錯亂憤怒。除此之外，沙河有很多首詩皆提到死亡和死屍，如寫給自己的生日的〈齒輪〉：「三月三日／母親的陣痛／或許給大地帶來一陣震撼／或許給荒塚添多一具棄屍」（溫任平編，1974：95）。出生（生日）與死亡（棄屍）的並置交替，正說明了超越儀式對詩人所擁抱的生死信念：以死生之間的非連續性還原為連續性，把死亡的反文化轉為文化性。死亡意味著失去自我的文化屬性，但也同時延續著自我的文化屬性，這一切透過詩歌文本來加以闡述。死亡乍看之下是文化體的毀滅，但透過書寫不斷強調和重複死亡的進行足以讓人透視

死亡的再生意義，讓人看到超越死亡的可能性。

　　另一位詩人艾文也有同樣的死亡體驗，比起沙河，他的詩更多一層陰森寒顫的氣氛，渲染死亡予人一種恐懼的壓迫感。他寫〈煙〉，居然把煙幻想成鬼魂：「那年初秋的洛水／那抱枕寒凍的人／淒然看見縷縷煙魂／自水面裊裊升上」（39），另一首詩〈死結〉對死亡作出多層面的探討，全詩充滿冷酷陰森的氣氛，語言文字也佈滿病態的不可思議，試看此詩最後一節：

> 水腫的腳／且長滿片片磷光／且交疊於旋轉的賭盤／軋拉軋拉的滾動／直到黑驢馬和紅袈裟／拖著一箱小堡壘／到了陰陰的山腰／等煙火冥紙紛飛／他們的耳目已老／吾人／漩入紛亂的蟻巢　（艾文，1973：89-90）

艾文在一九七三年出版的詩集《艾文詩》裡大量提到死亡的題材，詩的主題離不開詮釋死亡及存在、戰爭陰影、物我及人生觀照、自我心緒的投射。往自我內心探索的結果，加上作者的人生觀念和現實政治無奈，形成了詩人以死亡來觀測存在生命的意義，甚至超越死亡來達到生之要義。這是艾文和沙河等人的企圖方向，我們今天以後見之明來檢閱，對於詩文本內在的藝術評價和政治文化因素互相印證，更能夠讀通這些隱晦兼含蓄的語言文字背後所潛藏的訊息。

　　江振軒的〈他要涉江而去〉藉涉江這個象徵符碼，來交代尋找自我的超越儀式，如同賴瑞和的渡河儀式，涉江與渡河都有著同樣的企圖，兩者取經的過程也頗相似：「危險因此必然／潛伏，如鱷之／靜待靈魂的到來／可是他要涉江／可是他要涉江／那必然美好的對岸」（溫任平編，1974：77-78）。對自我的追尋認同，明知危

險因此必然，隨時葬身江水中為鱷魚果腹，成為一具沒有身分屬性的靈魂也在所不辭，詩人面對死亡的精神寄託令他不懼死亡。

　　政治現實和文化屬性的雙重困境，壓抑著詩人的文化思考，而死亡有意識或無意識卻成為一種壓抑的工具管道。透過詩中的死亡意象，我們在《大馬詩選》中讀到最多的是神經質、不安定和死亡傾向的病態語言。周喚的〈短詩集〉渲染了濃厚的死亡傾向：「雖然他存在／左右手卻繫著死亡／死亡裡　看那些人在風裡舐血」、「斷臂後想毀滅自己　母親不允／因血肉要歸還她　雖然她已死」（104），詩人的思想意識充滿死亡的豐姿，死亡以各類面貌呈現在詩句中，死亡後回歸大地的中華文化傳統觀念在周喚筆下表露無遺，母親與大地之母的形象在死亡情境裡顯得格外悚目，透露出這是一條絕路。艾文的鬼魂更加匪夷所思，〈絕路〉一詩中的超現實的鏡頭加上殺傷力的語言暴力：「某人／從冷卻的灰燼／跳出／雙手緊捉／祖宗的辮子／在空中／你靈幡飄揚／紋身的手臂／流著／點點／血路」（1973：26-27）。這裡詩人換另一個角度，從「死」的角度來理解「生」，把人的有限生命放在任何人都有的死亡可能性中來感受，以死亡過程所帶來的文化價值作用，及其對於死後價值觀的設想來界說此在生存。透過對死亡現象的感知和體認，產生一種「置之死地而後生」的危機感和時代感。意識到死對生的威懾作用，因此在這些詩句中，我們看到詩人的死亡觀是自我感覺得以穩定的一個基礎，正視死亡而在死亡中自求生存，人的精神也會因其在死亡中的自覺和不死，突破自己的界限，由原有的領域（生）擴展到另一個超時空、超現實的領域（死），回顧原來存在的生命現象和

現實世界，重新審視、嚴厲批判的知識意向。對於艾文、沙河、周喚等人詩中的死亡情境，也可作如是觀。他們的詩已展現了從現實到超現實的異化場景，語言文字夾帶一層超現實的象徵意旨，但我們沒有在他們的詩句中讀到嚴厲批判的知識意見，因為在政治現實上國家政體已經把文化政治化敏感化，他們只能在壓抑和禁忌的喘息夾縫中，以一種隱晦象徵的語言手法來表達那一代人的苦悶失落。他們面對自我存在的失落，意味著一個人孤獨在面對一切生與死的大課題，在現實上既然「生」已無法作出選擇，只好在「死」的形上索求方面剖析操縱，突出廢墟和荒墳的鬼魂幽靈。這些詩在六〇、七〇年代的馬華詩壇湧現，數量可觀，是各個詩人孤軍作戰的集體成果，也是時代性質的歷史產物。

五、異化的中國性

六〇年代後期溫任平把中國性帶到現代主義裡去，形成另一種現代文學的現代感性，與艾文、沙河、周喚等人的西化的現代詩風是截然不同的。中國性的現代主義文學，在溫任平的大力鼓吹實踐之下，一時風起雲湧，天狼星詩社諸詩人子弟周清嘯、黃昏星、方娥真、藍啟元、張樹林等紛紛景從，他們詩中的中國性／古典中國風濃得化不開，古典詩詞風格的詩句幾乎成為一種陳腔濫調，才氣較高的詩人如溫瑞安、方娥真者也無法避免以上所說的弊端。關於馬華現代主義與中國性的血緣關係，黃錦樹對此有很精銳獨到的見解：「馬華文學的現代主義透過中國性而帶入文學的現代感性（雖

然還談不上『現代性』）有其不可磨滅的積極意義：細緻化，提煉了馬華文學的藝術質地，重新以中國文化區（台灣）的現代經典為標竿，一洗現實主義的教條腐敗氣，然而卻也在毫無反省、警覺之下讓老中國的龐大鬼影長驅直入，幾致讓古老的粽葉包裹了南國的『懦弱的米』，極易淪為古中國文學的感性註釋」（1998：131）。這種中國性的濫調詩風在作者毫無意識之下，對中國性的文化符碼大量採用，而並不具備有實質的歷史具體性，是這些馬華文學作者的集體「不見」，其中的模仿心態與文學集團互相影響可謂歷歷在目。

有別於天狼星諸子的中國性現代主義詩風，語言異化／西化的現代主義的現代性卻一反傳統，代表人物是艾文、沙河、周喚、黑辛藏、李木香、紫一思、方秉達等，他們的詩語言一般上有以下這些特質：一、超現實語言運用，包括潛意識自由聯想，反邏輯思維；二、純粹通過感官的體察；三、晦澀艱深的語言文字；四、用眾所周知的事物為象徵符碼，賦予個人色彩。

對於超現實的與語言運用和純粹感官的體會，女詩人李木香最能夠表現這一切，她的〈髮〉一詩的最後一節：「常欲越獄者／是一片赤裸自己的黑／濃濃地／髮黑乃背陽之植物／雪雪地在陽光下呼痛」（溫任平編，1974：67），這些詩句乍讀之下感覺上頗不合理，違反了傳統語言的運作邏輯，但我們再三的細讀之後，於不合理的組合中，也可發現些許脈絡，「髮黑」乃承接前節的「一窩雲」而來，背著陽光的地方通常指黑暗，剛好髮的顏色是黑色，所以「背陽之植物」與「髮黑」能夠拉上關係，這自然是一種超理性的運作。李木香採用日常生活中的普通事物和身體感官，賦予個人色彩，表

現了強烈的超現實主義和象徵主義的西化現代主義色彩。

　　除了李木香之外，類似的超現實詩語言在艾文的詩中也俯拾即是，甚至中國性的傳統文化象徵符碼到了艾文筆下，也染上了異化和超現實情境的中國性：異化的中國性／中國性的異化（對照我們前面提到的：他者中的自我／自我中的他者）。舉一個例子，月亮是中國文學傳統中一個很普遍的文化象徵符碼，一般在古典詩詞裡象徵美滿團圓，或者是女性的溫柔冰清個性，和遊子思鄉情結的庇蔭所。在溫任平中國性現代主義的詩筆下，對於月亮的書寫還是很傳統的情感，〈懷古〉一詩中的月亮是古中國文學的月亮：「群燕已經不是王謝堂前的了／二十四橋的冷月在烽火中炎熱／點滴的雨猶似屈原的揮淚／歷史的沙灘，時間的潮汐／許多無形的足印啊」（1977：131）。典型中國性的月亮，交織著天狼星詩社的偶像人物：屈原。書寫屈原成為這一類詩的典型，溫任平的〈河〉和〈水月〉，甚至他的散文集也題名《黃皮膚的月亮》，都是循著傳統古典的語言意境來發揮運作。然而在另一個詩人艾文的筆下，中國性的月亮意象卻成為一種異化的語言情境，異國情調和現代病態緊密相隨，《艾文詩》集中有多首詩觸及月亮，甚至以月亮為主題，包裝在現代性的西化病態的陰森氣氛中，月亮成了驚悚詭異的死亡意象：

　　濃茶／酒香／自疲乏的手／升起／一輪紅月／陰飄飄／露
　　著／整座飢餓的牙齒　　（〈月亮又升起來了〉，1973：13）
升起來的月亮居然是紅色的可怖場景，充滿著異化巫術的語言文字，與中國文學文化的普遍象徵意義大相逕庭。在〈貓〉一詩中貓和月亮的意象並置，產生奇異陰森的畫面，而月亮在貓叫的鬼影下，卻

被處理成性愛的象徵影射：「頭髮都散光了／她還沒有走／有一個
青青的月／有一個可愛的她／貓又叫／每逢月流／便有一束黑長的
毛髮／梳著溪水」（22-23），這裡的月所象徵的不是中國文化傳統
的月，而是西方文學中所慣常表現的意象。在〈驚夢〉一詩中，滿月
的天空充滿鬼影，令人驚嚇：「他猛坐起／愕然望見／一幅磷光閃
閃的古髏／就在滿月的天空／晃呀晃」（67）。艾文詩的病態語言在
〈月〉中發揮到極致：「臉朝著／矮樹上空／殘廢的黃月」（74），
「他乃跪月／乾吐／想吐／某一些空洞的／頭蓋」（75），「一整夜
／月光下苦了／他就用手／剝自己焦黃的／臉皮」（76-77）。溫任
平的「黃皮膚的月亮」到了艾文筆下，成了殘廢焦黃的怪物，意味
著詩人的文化屬性已然失去，政治身分的定位又遙遙無期，詩人只
能吐露一些空洞而無法實踐的思想感情，最後他唯有剝掉自己焦黃
的臉皮，「自廢武功」，自己成了〈致黃昏〉一詩中所說的「從煮酒
的太陽／至琴棋的月亮／依然不屬於什麼／什麼也不屬」（113）。
「什麼也不屬」的艾文最終逃遁入現代主義的現代性（病）中去也。

　　除了艾文，其他詩人也有類似的傾向，翻開《大馬詩選》，類似
以月亮為暴力、驚悚、畸形、病態的象徵語言也不勝枚舉，這裡也
不再多作舉例。中國文化傳統的象徵符碼，到了艾文等人手裡，居
然一變成為異化的中國性符碼，另一個中國文化符碼是燈火意象，
這是中國傳統中一個最普遍的象徵，傳火和燭火燃燒意味著薪火相
傳文化傳承，在古典文學中多得不勝枚舉，甚至在民間已經演化為
一種文化道德責任的儀式。天狼星詩人及其擁護者所走的中國性—
—現代主義常藉燈火的意象，以之表現出燈火不熄文化不滅的永恆

信念，詩中的燭火「燃了又熄／熄了又燃」（1977：95），詩人「必
須專注地在火光中煉詩」（40）。同樣的燈火意象到了艾文等人筆
下，中國性被減至最低，甚至扭曲成了異化的景觀情態，試看黑辛
藏的〈夜歸人〉的燭火意象：「打結的骨骼／那弱質的女手／已倦
於幽怨膩於懶散／你睡了　有夜守著／夜冷時　有燭燃著／宇宙在
一根彈得出淚的弦上彈奏／燭的身世／所有的雪與火的結局」（溫
任平編，1974：185）。又如紫一思的〈流浪的孩子〉末節：「一隻
野狗／舉腿射尿／射出兩盞紅燈籠／在你夢中」（1977：31），超現
實的技巧手法巧妙的由野狗置換為紅燈籠——古老中國文化的表
徵。詩意盎然的文化符碼經由「野狗」、「射尿」等粗俗低層的事物
介入而產生異化，產生一種非中國性的中國性，更接近於非文學主
流的鄉野傳奇文化。燈火相傳的美感優越剎那間因為「舉腿射尿」
的衝擊而變得蕩然無存，燈火與月亮交織的畫面，在另一首〈月與
哀愁〉中成了詩人心理不安惶惑的問句：

> 月亮升起／若一株哭的雨樹／一些散落的燈火／在煙霧沉
> 沉的山村／若流落荒郊的幽靈／在黑夜的林子裡頭／是蟲
> 泣和鳴禽的鬼號　（113）

異化的心靈景觀發展到最高潮，月亮的傳統文化形象顯得扭曲不堪、
支離破碎，甚至面目全非：「月亮升起／若一張沒有眼睛的怪臉／
窗外是流螢冷冷的叫喊」（114），那已經不是中華文化傳統的象徵
符號，那是一個異化的中國性符碼，失去中國性的中國性象徵符號。

　　六○、七○年代的馬華中國性現代主義堅持純粹的中國性，在
意識上陷入中國文化傳承，在詩句中一再召喚屈原的文化血緣關係

（黃錦樹，1998：129）。屈原在天狼星諸詩人如溫任平、溫瑞安、黃昏星、周清嘯、藍啟元、張樹林的筆下集體表現出一個典型的形象：流放。黃錦樹認為他們寫屈原的主題就是「自我流放」，堅持唱著傳統、古老、不合時宜的歌，彷彿承擔了整個文化的血脈。天狼星弟子謝川成把溫任平多首書寫屈原的詩總稱為「屈原情意結」（謝川成，1981：94-111），從溫任平鼓吹實踐開始，他的詩社子弟加以發揚光大，藍啟元的詩集《橡膠樹的話》和張樹林的詩集《易水蕭蕭》裡頭就有多首詩觸及屈原端午的主題或題材。這種現象隱隱成為一股寫詩的風氣，詩人一提起筆就馬上想到屈原、端午、龍舟、粽子，直到八〇年代後期因為另一場政治風波，一時詩人競相描寫屈原，企圖通過謳歌屈原來喚醒華族的傳統文化意識，不少年輕詩人也加入「屈原情意結」的行列，可謂把屈原的身價推到最高潮[6]。

屈原有詩〈九歌〉，艾文也寫了十首〈九歌〉，以楚辭名稱翻寫再鑄新詞，他的宗旨不在於原詩中的忠君愛國形象，他力圖扣合自我面對的欲望和死亡的精神面貌交織予以詮釋，全詩所採用的異化語言情調為它鋪上一層西化病態的色彩，傳統古典的象徵色彩被消減到面目全非，忠君愛國的正義形象衍異為性愛飢渴和模糊不清的

---

[6] 此處指的是八〇年代後期華、巫種族衝突的政治局面，當時詩壇上湧現不少的「感時憂國詩」，詩人舉辦《動地吟》詩朗誦會巡迴演出，代表人物有傅承得、游川、小曼，其中不少詩作者書寫屈原的中華文化精神，抒發政治禁忌的敏感題材，尤其是游川和傅承得的《聲音的演出》中不乏觸及政治上敏感的題材，筆者當時亦曾目睹游、傅二位詩人朗誦詩作，配合音樂的氣氛撩撥醞釀，在場者無不對之動容，可謂三十年國家獨立以來詩界活動的一項突破。

身分屬性，充滿中國性的詩題，卻在詩人的超現實語境中成為異化的中國性。由於此詩過長，茲引最後一節以見其異化景觀：「喝茶／吃飯／泥壺的黑影／水聲中／幽靈升起／總是濃濃的藥味／總是那雙面／枯槁的骨／橫過／手掌心／兩頭刺痛／雙親」（1973：46-47）。這樣異化的中國性，以書寫技巧的角度來說，是為「隱匿主題」或「剝離主題」，無論是隱匿或剝離，都是一種異化的表現，中國性從主要的位置失落到邊緣的地帶（心態）。

六、結語

　　六〇、七〇年代的馬華現代詩，論者一般上指責它為異端、崇洋、晦澀難懂、沒有關心現實生活，這些評語只是觸及表面似是而非的現象，意味著說這些話的人看東西過於膚淺表面化，以語言文字的表象來論斷現代詩人崇尚西洋文化、詩人的關懷面向不夠大眾化、詩人關在象牙塔內雕琢文字而詩題材沒有現實社會性。今天我們以歷史的後見之明來閱讀《大馬詩選》，以及其他同時代的現代詩集，整體來說這些詩具有以下這些特徵：

　　[1]、詩人在特定的歷史情境下面對身分定位和文化屬性的雙重危機。

　　[2]、詩人藉西方文學、文化思潮的現代性入詩，包括技巧和思想觀念。

　　[3]、技巧的轉移和習仿豐富了馬華現代詩的文字表現，思想的汲取則影響了傳統文化的語言象徵符碼，帶來病態扭曲的

語言異化。

[4]、詩人的處境和影響焦慮，從失去自我與尋找自我的複雜糾纏心態在詩文本裡顯而易見。

[5]、詩人面對失去自我的死亡焦慮情境，與鬼魂幽靈展開辨證對話。

[6]、詩人的傳統文化象徵系統產生異化，是現代性／西化的侵蝕結果，與外在現實的失去自我的焦慮錯亂的歷史演變的結果（內憂外患）。

馬華現代詩的「現代性」是西方／台港文學技巧和思潮混合的移植特性，交織著一些鄉野傳奇的本土特性，它有別於西方高度發達／腐敗的資本主義社會文化，也有異於中國性現代主義自我流放的現代感性。時間是無情的，歷史也是無情的，這些六○年代早熟的現代詩人，以周喚、艾文、沙河、李有成、江振軒、黑辛藏、紫一思、李木香為代表，在七○年代後期即已紛紛停筆。他們的詩以大量超載的意象和隱晦的語言情境來表現文化心靈的失落，也藉此抗衡現實社會的教條化政策，和馬華文學主流的現實主義文學。七○年代後期有不少年輕詩人開始冒起，這些年輕的一代非常引人注目，無論是在意象或語言的運作皆可看出變的跡象，比如《大馬新銳詩選》（1978）中的沙禽、子凡（游川）、張瑞星等。其中沙禽和子凡的詩風格儘管不相同，但他們採取一種對現代主義和現實主義兼收並蓄的語言轉化運作，終於為八○年代的馬華詩壇引出另一條可行的道路。今天我們看到六○年代的現代詩人大都已經停筆，這些前行代詩人至今還有寫詩的不會超出十位，計有王潤華、沙河、陳慧

樺、淡瑩、黃昏星（李宗舜）、溫任平，比較《大馬詩選》裡頭的二十七位詩人，在比例上少得可憐。還在創作的詩人的語言風格也出現很大的轉變，有者在現代和寫實之間孜孜經營，有者揚棄現代文學技巧，改用明朗淺白的寫實詩風。歷史後見之明告訴我們，這些前行代現代詩人在某個時期表現了那個時代的時代性質，雖然他們的整體表現是略帶生澀感傷的。

引文書目：

艾　文（1973）《艾文詩》，美農：馬來西亞棕櫚出版社。

李向平（1997）《死亡與超越》，上海：上海文化出版社。

張樹林（1979）《易水蕭蕭》，美羅：天狼星出版社。

張樹林編（1978）《大馬新銳詩選》，安順：天狼星出版社。

張錦忠（1995）〈馬華文學：離心與隱匿的書寫〉，《大馬青年》10 期，頁
　　　　53-62。

陳應德（1997〔1999〕）〈從馬華文壇第一首現代詩談起〉，收入江洺輝編
　　　　《馬華文學的新解讀》，吉隆坡：大馬留台聯總，頁 341-354。

紫一思（1977）《紫一思詩選》，吉隆坡：馬來西亞學報月刊出版社。

黃錦樹（1998）《馬華文學與中國性》，台北：元尊文化出版社。

楊建成（1982）《馬來西亞華人的困境》，台北：文史哲出版社。

溫任平（1977）《流放是一種傷》，美羅：天狼星出版社。

溫任平（1986）《文學‧教育‧文化》，美羅：天狼星出版社。

溫任平編（1974）《大馬詩選》，美羅：天狼星出版社。

劉小楓（1997）〈現代性問題的累積〉，《思想文綜》第 2 期，1997/02，頁
　　　205-228。

謝川成（1981）《現代詩詮釋》，美羅：天狼星出版社。

藍啟元（1979）《橡膠樹的話》，美羅：天狼星出版社。

[1999, 2003]

馬華政治詩：

感時憂國與戲謔嘲諷

一、前政治詩：感時憂國，好發議論

　　二十世紀八〇年代後期，馬來西亞爆發政治動盪，其中一場政治大逮捕，一場司法界大風暴，報業傳媒被令休業，以及吉隆坡一名軍人槍擊事件弄得人心惶惶，是這場政治風暴的高潮點。這場政治大逮捕，史稱「茅草行動」（Operasi Lalang）[1]，在一九八七年十月廿七日展開，堪稱為馬來西亞民主歷史上最黑暗的時期之一，更

---

[1]「茅草行動」事件始末可上網參考「維基百科，自由的百科全書」網站中的「茅草行動」條目。有關馬來西亞華人政治從一九六九年的五一三事件到八〇年代末茅草行動的精彩分析與評論，見潘永強〈抗議與順從：馬哈迪時代的馬來西亞華人政治〉，何國忠編《百年回眸：馬華社會與政治》（吉隆坡：華社研究中心出版，2005），頁 203-232。

常被拿來與一九六九年發生的五一三事件相提並論。在茅草行動中，共有百多位朝野政黨領袖、華教人士、環保分子、社運分子以及宗教人士被捕，使整個社會陷入一片人人自危的氛圍當中。當時，馬來西亞政府援引《馬來西亞內安法令》扣留他們，卻始終未能提出他們危害國家安全的證據加以提控。同時，三家報章，包括英文報《星報》、中文報《星洲日報》及馬來文報《祖國日報》（Watan）也被勒令關閉。事件的起因是一九八七年間，華人社會為反對政府派遣不諳華文的教師擔任華小行政四個高職的不合理措施，十月十一日在吉隆坡天后宮舉行由政黨和民間團體聯合的抗議大會，因政府當局不予理會，抗議大會成立的行動委員會號召從十月十五日起，一連三天，有關的華小舉行罷課抗議。過後政府當局於十四日同意進行協商，所以罷課抗議的行動最後取消。儘管罷課抗議行動取消了，但是卻給了馬來人一個平台來作出強烈的反彈，當時巫統青年團召集了一萬名會員舉行萬人大會，會議上譴責馬華公會領導人、董教總和反對黨之間定下的協議，同時要求當時的馬華副會長兼勞工部長辭職。民族衝突正在醞釀的當兒，卻發生一宗殘暴的意外，在吉隆坡秋傑地區（Chou Kit），有個馬來士兵亂槍射斃了一名馬來人和兩名華人的事件，引起了兩族之間的騷動。一九八七年十月廿七日開始，首相馬哈迪以種族關係緊張為理由，展開大逮捕和查封報章的「茅草行動」。

　　在這段時期裡，很多馬華詩人面對這個政治事件，無論是用詩來抒發悲憤的心情，或藉詩來議論政治局勢的傾斜，詩人紛紛揚棄隱喻象徵的筆法，用一種明朗寫實的筆調，表現他們感時憂國的時代

面貌。在這個時期的創作行列中，詩人傅承得（1959-）受到社會和政治局勢的衝擊，面對文化民族的危機和困境，他在詩中表達了心中的複雜深刻感受，交織著悲憤、無奈、恐懼、失望、不滿、憂慮、苦悶等情緒，寫成了一系列的「政治抒情詩」，感時憂國是這些詩的基調，結集成他的第二部詩集《趕在風雨之前》。這部詩集堪稱是八〇年代馬華詩壇最重要的詩集之一，對於八〇年代的馬華文學來說，它的時代意義也是無可取代的。

　　傅承得在這部詩集中寫明是「政治抒情詩集」，其用意相當明顯的，他在宣告讀者，詩集中的詩雖以抒情筆調為主，但詩人要表達的毋寧是一個相比於「抒情」更加「大我」的政治主題。抒情是傅承得寫詩擅長的表現手法，早在傅承得第一部詩集《哭城傳奇》時，他的抒情風格已經顯露無餘。在《趕在風雨之前》這部詩集中，他更融合了抒情語言與政治的關懷面向，因為對他來說政治詩是任何一個身處亂世的寫作者所不能忘懷的。當時詩人將寫詩的重點擺在政治、文化、民族、國家等主題上面，一般上詩語言充滿了重重的憂患意識，文字運作趨向明朗、平易和散文化。傅承得也顯然意識到這一點，他在詩集的自序裡替他的明朗語言辯護，如是表白：「我的手法轉向明朗和淺白，是因為只有這樣，讀者才能產生共鳴。而自我的最大希望，是時下感覺有心無力的華族青年，能藉這些作品發洩苦悶，進而激勵振奮，教方向明確，熱血沸騰。」[2]由此可知，他在寫一系列政治抒情詩時，詩語言是有意識的轉向明朗淺白，是

---

[2] 傅承得《趕在風雨之前・序》（吉隆坡：十方出版社，1988），無頁碼。

詩人的時空意識和入世的性格觀念，令他的詩語言作出明顯的改變調整。

〈驚魂〉一詩見證了八〇年代末馬來西亞政治動盪最嚴峻考驗的一幕，很具象的傳達了詩人心中的憂患意識。茲引詩第一節：

> 在夜色驚疑不定的時刻
>
> 我又為你，提起沉重的筆
>
> 在這敏感的大都會，月如
>
> 有人開槍，放火，並且殺人
>
> 消息像最狂囂的黑死病
>
> 凌晨一時，半數的住民
>
> 自酣睡中醒轉，呻吟
>
> 有的，因為卜卜的槍聲
>
> 有的，急急的叩門，有的
>
> 惶惶的電話和傳單
>
> 不同方向的惡耗
>
> 卻有相似的恐懼與悲憤[3]

這裡詩人藉一些具體的發生事件，頗成功的勾劃出身臨其境的驚險氣氛，因為詩的形式和語言貼切的提供讀者意識的感知，詩的語言和形式為感時憂國的題材和精神面，支撐起一道堅固結實的架構，這是《趕在風雨之前》中的政治抒情詩最成功的地方。[4]

---

[3]　《趕在風雨之前》，頁 37。

[4]　亦可參考鍾怡雯〈遮蔽的抒情——論馬華詩歌的浪漫主義傳統〉，評論傳承得

　　感時憂國的悲憤不滿情緒如果無法做到節制或控制，往往流於好發議論，甚至對現狀不滿的宣洩。在這方面最常犯上此毛病的是游川（1953-2007）和艾文（1943-）諸詩人，他們注重詩人與讀者間的溝通問題，試圖在溝通和詩藝上求取折衷和協調，但往往因為在詩中大發議論，過度宣洩對現實的不滿，非文學的企圖蓋過藝術處理手法，致使他們在八〇年代末的政治詩成為社會議論的詩版本，詩質無法彰顯，讀者因此無法在詩的藝術形象的表現中引起共鳴和感動。比如游川在一九八七年寫的〈一覺醒來〉：

> 一覺醒來
> 夜竟然滲暗了我的天地
> 呵軟了我全身
> 窒熄了祖宗靈台的香火
> 唬啞了孩子背誦正氣歌的瑯瑯書聲
> 抹黑了書桌上大半部馬來亞建國史
> 沾呀染呀竟然倒翻了我的墨汁
> 向街頭巷尾一路散發開去……
> 這一切全在一覺之間發生
> 叫我怎敢再入睡？
> 叫我怎能再安睡？[5]

詩集《趕在風雨之前》說：「《趕在風雨之前》壓抑了情感，正面迎向現實本身，敘事與抒情平衡得恰到好處。壓抑和節制，使得情感蘊含沉鬱和厚度。」見《馬華文學史與浪漫傳統》（台北：萬卷樓出版社，2009），頁 101。
[5] 游川《游川詩全集》（吉隆坡：大將出版社，2007），頁 169。

這首詩的寫作年份跟傅承得的〈驚魂〉同年，兩者都力求明朗淺白，以求跟讀者沒有產生窒礙的溝通，〈驚魂〉藉詩人的抒情感懷來感染讀者的思緒，〈一覺醒來〉卻是採取一種較婉轉側面的告白方式，來企圖喚起讀者的閱讀感受。游川在詩中嘗試運用以小喻大的對比技巧，避免詩旨太露和張口見喉的弊病，詩最後以相似句子的重覆兩次說「叫我怎敢再入睡？」結束，製造一種焦慮兼激昂迫切的語氣，來渲染事件的嚴重、無奈、失措效果。游川這首〈一覺醒來〉在他同時期的詩作中，已經算是較具有藝術感染力了，其他詩作嚴重到淺白如白開水般的文字，在詩中大量議論的語言形式如同詩人直接說教，讀者很難感同身受而引起共鳴。究其實，詩的語言畢竟不同於時事議論文章的文字，把議論文的語言形式移植到詩句中，有其先天上的局限性和偏執性。今天的讀者再回頭去閱讀這些作品，感受不到詩句中的憂患意識，而且時過境遷，人事已非，熱烈激昂的情緒早已經冷凝，詩句中過度的議論也可能造成讀者厭煩，很難在讀者心中產生閱讀期待的迸發感染力。

　　邁入九〇年代前期，馬來西亞的政治局勢從八〇年代末的動盪尖銳演變到變革平和，搭上電子科技工業的全球化浪潮，這個時期政經文教表面上開放樂觀，普遍上呈現出一片欣欣向榮的新局面，工商業發展蓬勃神速，帶領馬來西亞脫離農業社會踏進工業社會，大型都會轉型成功崛起。不少八〇年代末書寫政治詩的作者，由於長期累積的憂患意識逐漸成為一種思考的習性，在面對這個時期的國家社會的轉型新局面時，無法很好地把握住現代工業化所帶來的都市化的精神脈搏，詩人們還深深困擾在風雨飄搖的社會憂患意識，

無法作出適當的時代語境調整，他們的詩語言形式頓時陷入「跟不上時代」的窘境，有者結果是喪失了語言，或詩語言表達跟時代語境的斷裂。

　　游川、艾文等詩人面對這項危機，大量在詩句中好發議論或重複自我的憂患意識，他們在九〇年代過後逐漸減少發表詩作，似乎也是意料中事，艾文甚至在這個時期過後停筆，完全退出詩壇，要直到二〇〇八年才開始重拾詩筆。傅承得面對同樣的困境，處境也不比游川和艾文好到那裡去。他的政治抒情詩風格在《趕在風雨之前》出版後就已經徹底完成，如果再以同樣的表現手法來呈現九〇年代的政治主題，那只能算是自我複製，不只無法突破自己以往所取得的成績，也將造成詩語言與時代精神的身心分離的斷裂。傅承得顯然也意識到這個問題，他嘗試改變思考方式和語言習慣，如他在一九八七年過後所寫的〈因為這個國家〉（1988）、〈告訴我，馬來西亞〉（1988）、〈我們愛不愛您，馬來西亞？〉（1988）、〈問候馬來西亞〉（1988）和〈馬來西亞注〉（1989）等詩，都是他的轉型作品。但是比起《趕在風雨之前》集中的詩作，他的努力成果顯然不甚理想，這些詩大部分都流於粗糙淺白、散文化的句子，詩中充斥概念化的思考尤為嚴重。筆者在一九八八年初讀到這些詩作時已經意識到這一點，並替詩人擔憂，後來寫了一篇評論〈風雨中的一枝筆──有關傅承得及其政治抒情詩〉，裡頭說：「筆者並不反對詩的明朗和淺白，但令筆者擔憂的是過度明朗化和淺白致使詩質稀薄的後果。傅承得近來的一些詩作，就有這種傾向。身為一個詩人，這種傾向所含的危機自是不待言的。……我想真正的問題，不

在題材的把握或是寫實的詩風，而是自《趕在風雨之前》過後，傅承得對於這一類詩的思考方式和語言習慣沒有作出適度的調整或是更新。」[6]

　　如今看來不幸言中，翻開他的第三部詩集《有夢如刀》，集中的政治詩如〈和效忠樹談天〉（1990）、〈獨立廣場〉（1990）、〈憤怒代筆〉（1990）和〈大選有感〉（1990）等詩，這些詩作中大發議論，議論政治的觀點甚至比時事評論更加了無新意，詩題材太過直接表露而沒有經過藝術手法的錘煉，令這些詩作顯得草率急就章，不可耐讀。比如〈和效忠樹談天〉的好發議論，無法深刻表達政治語境的敗筆，還有〈憤怒代筆〉整體上給人一種「淺顯的痛快」，而沒有深刻的感受。我想最重要的問題是傅承得還沒有找到一種新的政治詩語言或詩想，來表達出九〇年代轉變中的政治社會語境。《有夢如刀》集中的政治詩不是傅承得這部詩集中最好的作品，他寫得最好的反而是那些以個人感情和私己小我的吟詠詩句。後面這一類詩才是《有夢如刀》這部詩集的精華所在。但我們還是可以讀到這樣凝練飽滿的短詩〈路上聽聞〉（1990）：

> 經過甘文丁
> 便到了太平
> 長途巴士司機
> 這樣對旅客說明

---

[6] 張光達〈風雨中的一枝筆──有關傅承得及其政治抒情詩〉，《風雨中的一枝筆》（吉隆坡：大將出版社，2001），頁111。

難道竟沒別的路

可以抵達目的地

後座有個聲音

帶著顫抖探聽[7]

這首詩頗能做到含蓄而不失諷喻，短短數行白描的寫法，很生動具體的勾勒出凝練飽滿的涵義。首先，詩第一句的「甘文丁」（Kemunting）是馬來西亞北部霹靂州一個小鎮的名字，這裡有全國最惡名昭彰的扣留營監獄，這所監獄的扣留犯，大部分都不是普通的犯人，而是政治異議分子，或那些在馬來西亞內安法令、煽動法令下被逮捕的政治犯，尤其是在一九八七年政治動盪時期的「茅草行動」，政府逮捕為數不少的反對黨人士、政治異議分子、華教人士，他們都是未經過任何法律上的審訊，被扣押在這個甘文丁扣留營。「太平」（Taiping）是靠近甘文丁的另一個小城市，舊時南北大道還沒竣工時期，南下北上吉隆坡和檳城的長途巴士一定會經過這個地點。詩句中提到太平，與甘文丁的強烈對照之下，令人想到太平盛世與亂世惡法對照的巨大落差，字裡行間造成一股巨大的反諷意味，強烈的帶出詩的政治諷喻。傅承得在這首詩中不發一句議論不提政治立場，以幾個簡單的隱喻動作，讓詩句充滿了飽滿的意義，餘味無窮。類似的表現手法似乎可以提供詩人對政治詩的未來方向若干啟示。

---

[7] 傅承得《有夢如刀》（吉隆坡：千秋事業出版社，1995），頁 51。

　　傅承得和游川等人的政治詩跨越八〇年代末到九〇年代前期（約在一九八七年至一九九四年），我把他們的政治詩歸類為九〇年代馬華文學的「前政治詩」，基本語調是明朗淺白，好發議論，感時憂國，充滿憂患意識，以國家社稷為己任，文化將亡匹夫有責的擇善固執。他們在八〇年代後期以一種感時憂國的語言形式，頗生動貼切地表達出那個時代的政治面貌和社會精神，而且該時期的政治詩因為對華族的政經文教前途感到悲觀，以致這些文化憂患意識的詩作往往被中國性偷渡，有極為濃厚的中國文化情意結。邁入九〇年代之後，馬華政治詩的表現形式一再重複、語言也因襲之前的文化存亡悲憤傷感氣氛，形成僵化制式的寫法，詩人無法掌握時代變遷的新精神面貌，而大部分寫政治詩的作者逐步減產或停產。

二、後政治詩：戲謔嘲諷，荒誕不經

　　一九九五年馬來西亞的全國大選，執政黨挾著世紀宏願的先進國計劃和經濟發展列車，幾乎橫掃所有的席位，獲得空前壓倒性的勝利，反對政黨的聲音被淹沒[8]。這期間取得勝利的執政黨經歷各自黨內的黨職選舉，平靜的政治局勢底下實則充滿了暗流洶湧。當時人民關注的政治課題，如金錢政治、菜單政治、改朝換代、朋黨主

---

[8] 潘永強認為：「在宏願政治和經濟騰達的威力下，華人選民降低了過去的抗議意志，而走上政治順從的階段。」見〈抗議與順從：馬哈迪時代的馬來西亞華人政治〉，何國忠編《百年回眸：馬華社會與政治》，頁221。

義和裙帶政治，都是執政黨國陣一黨坐大的後遺症。[9]在制定政策方面，全國大選過後，人民普遍上對政府的私營化企業政策多有不滿，因為他們看到政府一方面宣告抑制通貨膨脹危機，高喊「零度通膨」的消費口號，另一方面又接二連三調高私營化企業的基本設施繳費和稅收。一般上人民對這些措施政策滿腹牢騷，但也顯得無可奈何，因為國陣在全國大選後大權在握，所有政府當局所制定的法令和政策很容易在國會裡以多數票表決通過，嘲諷的是這種現象的局面是人民在大選中給予全力支持和委託的結果。

　　詩人身處在這樣的政治局勢中，對現實社會裡所聞所見的不公不義提出抗議，藉詩的表現形式和語言文字為這個時期的政治亂象見證。這個時期發表最多政治詩的詩人是鄭雲城（1963-），一九九六年是他寫政治詩的全盛時期，他在《南洋商報》的副刊〈南洋文藝〉上發表一系列的政治詩，大力針砭時弊，一年後結集出版政治詩集《那一場政治演說》，是馬華文學第一部收錄全部政治詩作品的詩集。鄭雲城沒有在詩集的自序或任何文章內提出對政治詩具體的詮釋和觀念，他對政治詩所持的標準為何，我們唯有去他的詩集

---

[9] 「國陣」，國民陣線的簡稱，馬來西亞執政黨，由多黨聯合而成。國陣是早期「聯盟」組織的擴大，聯盟成立於一九五五年，由巫統（「馬來西亞全國巫人統一機構」的簡稱）、馬華公會、印度國大黨三大政黨組成。一九七四年由當時馬來西亞首相阿都拉薩將聯盟改組為國民陣線。國陣的規模非一蹴而成，而是聯盟先通過在某些州議會中與其他政黨合作的經驗，漸次構築出來的「大結盟」。一九七四年過後，歷經多次的全國大選，成員也先後增加到十三個政黨的結盟，執掌馬來西亞的政權至二○一八年。

中尋找答案。雖然如此，他還是在自序中透露一些蛛絲馬跡，提到
「為什麼標榜政治詩？」：「其實那是我一向關心的領域，在物慾
繁華開始進入狀況的馬來西亞，政治就是這個樣子嗎？其實，這也
無所謂馬來西亞，因為在九十年代，甚至在許多時候，你也很難去
區分政治的是與非。所以，我只有冷靜的通過詩來說一些故事，一
些關於政治生態的故事。」[10]由此可見，鄭雲城並不是寫政治詩來
表明他的政治立場，或者藉謾罵發洩來反對某個政治事件。

　　這時期的重大政治課題和事件，幾乎都被鄭雲城寫進他的詩集
《那一場政治演說》，比如寫馬來西亞的金錢政治的詩〈金錢政治〉：

> 一些躲在夾萬
>
> 一些躲在瑞士銀行
>
> 一些躲在妻子的戶口
>
> 一些躲在澳洲黃金海岸的別墅
>
> 一些躲在孩子商業的宏圖大計裡頭
>
>
> 而他，依然兩袖清風，在黨大會
>
> 對著越演越炙的金錢政治痛心疾首
>
> 泣不成聲[11]

詩第一節重複出現五個「一些 xxxx」句子，造成詩的節奏緊湊情勢
嚴重，令人感覺金錢政治無孔不入，無所不在，而且詩句也越拉越

---

[10] 鄭雲城〈自序〉，《那一場政治演說》（吉隆坡：東方出版社，1997），頁 1-2。

[11] 《那一場政治演說》，頁 193。

長，表示金錢政治的泛濫猖獗有加深的趨勢，只是用幾個白描的事物來交代金錢政治的嚴重性，因為語言形式的經營得體，短短數行詩句顯得自足意義飽滿。

第二節三行的反諷更見白描功力，把金錢政治與政客的演出諷刺得入木三分，可謂表現出戲謔嘲諷的本色，讓戛然而止的詩句餘波盪漾。除了〈金錢政治〉，其他詩作如〈私營化計劃〉、〈政治協商〉、〈偷渡者〉、〈印報機開動了〉、〈黨的分裂〉等詩都是馬來西亞九〇年代中期後所發生的重大政治事件，對於熟悉馬來西亞政治社會背景的讀者來說，讀來更能心領神會，對於海外讀者來說，也未嘗不可當作一般政治社會亂象來看待，這些詩大都能從具體政治事件中書寫出社會現象的普遍意義。

除了鄭雲城對書寫政治詩一以貫之，這期間還有其他詩人如林金城（1963-）、楊善勇（1968-）等人也交出不少的政治詩。這些六字輩的詩人的政治詩，以主題或題材的意識形態來分析，可簡略為這些特徵：（一）詩人站在人民階級的角度發言，或者透過第三者的距離來說話，以示其旁觀者的角色。（二）多為社會中下階層發出強烈的代言和控訴，對政策偏差投以高度的質疑或諷刺。（三）反官僚、反壓制、反社會體制的異化。以政治詩的語言來處理，則有這些特徵：（一）採取冷嘲熱諷，戲謔嘲諷，荒誕不經的反諷態度作出針砭評價。（二）採用第三者敘事的冷靜手法，顧左右而言他，增強戲劇或諷刺效果。（三）語言文字傾向淺白、生活化、口語化。[12]

---

[12] 鄭雲城出版於二〇〇七年的第二部政治詩集《雲城的政治詩》，延續其一貫

　　不同於九〇年代前期的「前政治詩」所表現的正義凜然感時憂國的沉痛悲憤心態，九〇年代中期以後的鄭雲城、楊善勇、林金城等人的政治詩語言可視為九〇年代年輕詩人群所興起的都市精神語言。這些六字輩詩人大都在都市中長大和生活，他們對都市精神內在的感受是真實和深刻的，因此他們的政治詩已經遠離了八〇年代政治動盪、民族文化風雨飄搖的憂患意識，取而代之的是一種對民主社會制度的嚮往，政策霸權和政治傾斜的戲謔嘲諷，語言刻意表現出荒誕不經、玩世不恭和非理性的政治亂象，政治主題往往在詩句中被詩人寓言化／預言化，反面角度的批判嘲諷一掃以往政治詩中慣常帶有的悲憤沉痛氣氛。當然這些政治詩的缺點是語言文字傾向散文化，甚至過度淺顯透明到張口見喉的地步，造成詩的藝術價

的對政治社會現象戲謔嘲諷，這部詩集較引人注目的是全書企圖以「安華事件」作為馬來西亞政治情境的新起點，為這個馬來西亞重大政治事件及其後引起的風波效應，作為貫穿全書的反思提供一個切入點，也為馬來西亞九〇年代末到廿一世紀的政治發展提出一個全新的經緯視野。關於引起全球注目的「安華事件」，一九九八年九月二十一日，正當馬來西亞副首相兼財政部長安華的政治勢力與名聲如日中天之際，首相馬哈迪突然宣佈逮捕安華，他指出安華是一位同性戀者，並且犯下「雞姦」罪名，道德敗壞，然後下結論說：「我無法接受一位『雞姦者』成為這個國家的領袖」。事情爆發後，馬哈迪首相的親信幹部在馬來西亞發起一連串的反同性戀運動，強調同性戀違反伊斯蘭（回教）文化。對於這個全球轟動的事件，坊間社會的評論皆認為是馬哈迪與安華之間的政治鬥爭，所引發的政治風暴。在這起政治事件中，安華被法庭判刑，成為階下囚，至二〇〇五年始被釋放出獄。這方面的論述分析可參考楊聰榮〈從安華案談馬來西亞的馬來文化、伊斯蘭教與同性戀的關係〉，《東南亞區域研究通訊》12 期（2000.12），頁 84-92。

值不高，徒然流於詩人的社會議論或政治批判文字。基本上這是政
治詩一般的局限和難度，好的政治詩應該力求藝術深度和政治觀點
的平衡思辨。

　　一九九八年，台灣詩人余光中來馬，接受傅承得專訪時說出他
對政治詩的看法：「它到底不是散文或雜文。它是詩，所以講究場
合、場景和意象。……對主題不能太近，也不能太遠，當然也不能
太直接。直接的譴責，恐在詩的藝術上於事無補，只是痛快一些而
已。如果沒有藝術的感染力，政治事件過去了，時代感淡了，如果
詩裡沒有更多的東西，只是為某個事件發洩而已，偶爾快語一兩句
是可以的，通篇快語恐怕發洩光了。……政治詩應該突出事件荒謬、
矛盾的或可笑的一面，憤怒當然可以，不過有時用幽默和諷刺等間
接的手法會比較持久。政治詩往往也要由小見大，由短暫見長久，
讓不同時空的讀者能夠以此類推，就是他的處境也彷彿如此。」[13]
余光中對政治詩的觀點值得詩人借鑒，我們發現馬華這個時期出色
精彩的政治詩一般上都具有余光中所說的那些長處，有意從事書寫
政治詩的作者如果也能以此類推，相信必能避免一般政治詩的弊病。

　　九〇年代中後期的馬華政治詩，把政治詩的語言從感傷高蹈轉
向成荒謬嘲諷。這種轉移和改變，對照整個馬來西亞政治時空語境
也有跡可尋，更是九〇年代年輕詩人興起的都市精神息息相關。因
此我把一九九五年以後的政治詩稱為「後政治詩」，基本特徵是荒

---

[13] 傅承得〈藏火的意志在燧石的肺里──余光中訪談錄〉，《南洋商報・南洋文
藝》（1998.07.08）。

誕不經、戲謔嘲諷。尤其是九〇年代末的「安華事件」，令馬來西亞社會和大眾思想觀念引起極大的衝擊，這個時期的政治詩，延續「後政治詩」對政治現實戲謔嘲諷的語言特徵，只是更多了一層探討思辨民主政治制度和人權平等觀念作為訴求的切身議題[14]。這項語言特色延續到廿一世紀，新生代詩人如呂育陶（1969-）、翁弦尉（1972-）、林健文（1973-）等，透過戲仿和解構的後現代視角策略來書寫馬來西亞政治，依然方興未艾。

[2001]

---

[14] 一九九七、一九九八年發生兩個重大事件，即金融風暴和安華事件，嚴重影響馬來人政治趨於分裂，馬來人選票在一九九九年的全國大選流失一半，但華人選民選擇維持現狀，給予國陣強力支持。潘永強認為這跟華人在金融風暴期間，馬哈迪以反傳統方式和強勢領導者的手法處理危機有關，由於華人社會和企業界希望穩定和發展，對他強勢穩定經濟情勢有功留下良好的印象。見潘永強〈抗議與順從：馬哈迪時代的馬來西亞華人政治〉，何國忠編《百年回眸：馬華社會與政治》，頁 203-232。弔詭的是，馬哈迪在國內和國際的高大形象，一方面提升馬來西亞在國際上的聲望，另一方面也使得馬來西亞政治民主進程嚴重萎縮倒退。後面這一點是廿一世紀馬華政治詩書寫的關懷焦點。

從遮掩到裸裎

──馬華情色詩初探

1・甚麼是情色／情色詩？

　　情色（erotica）與色情（pornography）的分別，在於前者是兩性心理的複雜渴求透過性慾的表現，達到一種兩情相悅的程度，而後者純粹是兩性交歡的暴露畫面，沒有任何心理起伏的狀態可言。以如此簡易分明的定義引申出去，所謂情色詩，傳統的說法是情詩滲入性慾和身體器官的描寫，比如美國詩人惠特曼（Walt Whitman）著眼於身體各部分的描寫，並渲染情慾的起伏波動，透過情色的畫面而產生美感[1]。在九〇年

---

[1] 在文學裡，情色與色情的概念並不截然界分，前者通常指 erotica，具有感情滲透情慾或身體感官的描繪特質，而後者則指 pornography，純粹的性器官或性暴力的展現。但也有人把 erotica 稱爲「唯美色情」，把 pornography 稱爲「暴力色情」，比如廖炳惠在〈色情文學：歷史回顧〉一文中便說：「暴力色情文學是刻意誇張性能力或器官，表達出某種性別（通常是男性）的濫用力量，去侵

代世紀之交的馬來西亞，工商業文明的蓬勃發展，資訊媒體的影響無遠
弗屆，地球村的雛型若隱若現，電子媒體無孔不入，現代文明正面臨空
前的考驗。處在這樣瞬息萬變的時代格局當中，因此本文所指稱引用的
情色詩，除了以愛情和性慾交織爲經緯的傳統的性愛詩，也涵蓋了那些
涉及性行爲、性器官、感官刺激、肉體享樂等題材手法的詩，它可以是
情詩，也可以不是情詩。對馬華文壇來說，將愛情與性慾熔於一爐的情
色詩，雖然數量不是很多，但也有出色的表現。探討馬華情色詩的論述
文章，就筆者的記憶中，似乎還沒有人以學術性的角度來處理過，馬華
文學有成績可觀的情色詩而沒有論情色詩的評論文字，除了與馬華文學
的評論風氣低落有關外，最大的原因乃是馬來西亞社會普遍上的傳統保
守觀念，很多人還無法認同接受性觀念拿來公開討論，甚至很多作家也
把情色和色情混爲一談，把「情色文學」當做單純的色情文字來看待，
擔心這些文章會毒害青少年的思想意識。

　　的確，文學作品中的情色畫面包括了社會人士所暢談的帶有罪惡墮
落的性慾舉動，尤其是衛道人士所憂慮和不齒的性愛挑逗，但它卻絕不
只是這些表相門面的膚淺功夫，除了罪惡與墮落，情色文學所表現的旨
意還有借色情的黑暗面來做反面教材，表達野性另類的美感，企圖顛覆
權威中心體制的壟斷局面。透過情色書寫，詩人表現出一種生機勃勃的

犯、強暴、侮辱、醜化另一個身體。唯美色情文學則把性器官視作身體與另一
個身體達到圓滿溝通與解放的媒介，因此把做愛與愛撫鉅細靡遺的描繪，但始
終保持身體的神秘、美妙，而且往往在色情之中透露出某種意識。」但他也同
時認爲很難對這兩個文類作出涇渭分明的定義。廖炳惠論文見《回顧現代》（台
北：麥田，1994），頁 269-273。

創造力，愛的熱情於坦誠中爆發，成爲個人或集體的心理慾望。如此的情色詩的飽滿含義，正是本文所著眼和嘗試加以討論的方向。以這樣一個廣義的角度來探討情色詩，會令我們更容易掌握詩人的書寫動機，觀察詩人們如何從傳統社會的性禁忌的遮掩閃躲過渡到近年的性觀念開放後的門戶大開，進而把情色赤裸裸的呈現出來。

2‧政治隱喻的策略書寫

詩人書寫情色，以性愛和色慾爲題材，其出發點並不在於渲染色情、玩弄性事，更多的是在詩中表達道德良知的醒覺，或是對道德禮教世俗觀念的反駁。寫造愛的題材，卻頻頻在詩中顧左右而言他，大談關於社會問題和人權平等的政治制度，造愛或情色的議題只是一個幌子，詩人要扎判的毋寧是平日現實社會中的一些敏感課題，卻只能藉造愛的隱諱／隱晦性質和社會禁忌來透露另一個現實社會的政治禁忌課題。詩人方昂展現其一貫嚴肅而不失詼諧的筆觸，寫下〈繼續造愛（淨版）〉，且看此詩第三、四節：

> 是的，關於平等的問題
>
> 棕皮膚在上，黃皮膚在下
>
> 誰，在欺壓誰
>
> 兩情相悅是造愛唯一的姿態
>
> 至極端的也得在寒夜尋求一溫熱的肉體
>
> 唯有造愛才能塑成完整的自己

> 是的，關於日益壯大的頹廢
>
> 在個性慣常早洩的今天
>
> 在自我已經陽痿的世界
>
> 獸性的激動提升爲精緻的悸動
>
> 模糊的，形而上的，哲學的揶揄
>
> 在勃起中重塑夭折的雄性[2]

對詩人來說，造愛與華社困境的壓抑陰影已經融合爲一，一切在現實中無法實現的基本權利和身分屬性，只有遁逃去造愛的交媾裡得到補償與自我慰藉。詩人在「自我已經陽痿的世界」，因爲政治權力運作的不公平分配、自我隨時面對文化屬性和身分認同的焦慮危機，其中的心態扭曲成爲對造愛的無限佔有慾，企盼在「勃起中重塑夭折的雄性」，最後達到可能的臨界點，在高潮中大聲疾呼所有同路人：「造愛吧朋友，繼續造愛／乘造愛的意義還未模糊成隔夜的精液／且回到床上，在高潮之前／自慰：造愛是示愛唯一的方式／靈魂需要肉體的高溫融成一體／床褥的呻吟勝似戰場的呻吟」[3]。這首詩以造愛的情色舉動來反諷政治權力機制，對不公不義的國家政策提出抗議，情色在這裡卻成爲真理的代言人，正是我所謂的以情色手段來顛覆政治霸權的詩例之一。

　　另外一個詩人楊川的〈地獄變〉則透過求愛交媾的情色話語策略，來彰顯詩人自身對馬來西亞這塊土地的熱愛，雖然這個親愛的國家給詩人帶來重重的困惑傷感：「悄悄睡去／愛並不存在於交媾的慾望中／那

---

[2]　《蕉風》427 期，1988/11,12（雙月合刊），頁 50。

[3]　《蕉風》427 期，頁 50。

晚上／誰在我睡夢中啄食那片暮色／沮喪的靈魂甚麼都不是／我高舉
的山巒戀繞對岸的男子／透明是必須交還給顏色／無須悲哀或者／詫
異／放肆的晃過空盪的山徑／聽嬰啼的傷感／儘管骨骸繼續被想象捏
碎／但請不要憤怒／不要掀起淪陷的記憶／不要遊行示威，或者／絕食
抗議／在吻與吻之間／各自依偎在彼此的體溫吧／然後申請求愛的法
定手勢」[4]。對情色性愛的困惑如同對國家政治體制的困惑，其中的矛
盾心態殊無二致，國家的動盪不安局勢在詩人一再「不要」的期望聲中，
生動委婉地表達出一種欲迎還拒的愛與不愛煎熬心理狀態，楊川同方昂
的詩一樣遁逃到睡夢中、吻與吻之中以及彼此求愛的體溫裡去，如此的
語言策略不只凸顯了政治的荒謬情境，也同時顯露出性愛情色的更加實
質感和可靠性。

3・遮掩婉轉的情慾訴求

　　描寫情慾的詩歌和文章在一個性禁忌和保守傳統的國家社會裡，通
常都以一種遮掩間接的訴求語言來呈現，一方面避開遭受衛道人士的責
難，另一方面也為詩歌意境的氣氛感覺鋪上一層神秘美感。張永修的〈化
石魚〉寫一個「如魚得水」般的愛情，其中的愛慾纏綿婉轉的以一尾化
石魚來傳達：

> 我在你赤裸的泥裡
>
> 掙扎成脫水的魚

---

[4]　《南洋商報・南洋文藝》，1991/01/24。

　　　　吐納著生生死死的唾液

　　　　多想啊你覆蓋著我屍體的手

　　　　是水，撫我，淹我

　　　　以你所有的無情，守候

　　　　如墳上的墓碑

　　　　萬年以後

　　　　你我二合為同色的雕塑

　　　　竟難分難解

　　　　你當年的溫柔今日的頑固[5]

如此深情的難解難分，間接宣告至死不渝的愛情觀念，以魚和泥水的相濡以沫來交代出生生世世的定情，其中的性愛動作退為隱約的層次，但讀者還是可以在充滿愛慾纏綿的詩行中強烈的感受到情色性愛的慾望。

　　陳強華的〈都是貓惹的〉則藉貓的行動表現來探討情慾的心理狀態，在詩行中貓的慾望也就是詩人／敘述者的慾望：「突然有火花在心中迸射／我是貓／跳出／伏下來怒視著黑夜／前方是飄浮的螢火／逗引著我／這個世界虛幻如雲絮／而確實有／有說不出來的／如肉裡的細胞／蹲伏在心臟／靜默地／瘋狂地／卻圍困那顆火熱的心」[6]。一隻貓撩起的情慾令敘述者也隨著蠢蠢欲動，靜默和瘋狂兩面矛盾的心理掙扎，焦慮的心開始燃燒火熱。貓在西方文學傳統中多比喻為性愛的象徵物，波特萊爾數首以〈貓〉為題目的詩對此有令人激賞的發揮，詩句裡的貓

---

[5]　《蕉風》448 期，1992/05,06，封面內頁。

[6]　陳強華《幸福地下道》（吉隆坡：大馬福聯會，1999），頁 64-65。

容或沉默神秘之感、叫聲柔和幽深、傾訴仰慕之情、美眸和身段的視覺聯想，火熱的觸發感官氣氛，皆與情色和性慾有不可分開的關係[7]。失眠的人移情爲失眠的雄貓，對貓的神秘矛盾個性勾起詩人左右爲難患得患失的心情，因爲詩人面對著心理訴求和道德觀念的兩難折騰。陳強華寫雄貓的心聲：「這時候失眠／難免有些尷尬／鼓脹的慾流衝上咽喉／火熱的舌尖想席捲甚麼？／不禁挑剔起蝨子／撕裂夜紗，以銳利的趾爪／癢，癢，癢／／隱匿在樹梢的月啊／爲甚麼不沿著夜的背脊滑下呢？／響著煩躁的熱帶天空／緊貼著屋脊，有人問起／Mahu, tak mahu？」[8] 馬來文的擬聲擬義頗貼切的表現出貓擺盪在要不要性愛或現實需求的矛盾情境中，如此的困境也是身爲詩人的陳強華以及所有的馬來西亞華人所共同面對的兩難。同貓的西方傳統象徵一樣，月亮也是情色詩中所常被引用的主意象之一。月亮的完美聖潔形象在文學家的筆下竟成爲性事交歡的象徵物，表面看起來很奇怪，其實認真思索是有跡可尋的，把月亮和性事拉上關係，因爲月亮盈虧與女人的月事有關，而在保守傳統的思想觀念裡，女人做愛懷孕都與月亮的上弦下弦有著極大的關係，男女做愛也被西方激進的女權運動人士當做是男性侵略女性的暴力手段。這一類以月亮或貓叫的情色詩在西方極爲普遍，在文學史的累積發展之下，隱隱成爲一脈相承。而在馬華文學，情色詩還不算非常普遍，以貓和月亮爲性慾主題的詩，數成績最可觀的詩人要推艾文在七〇年代出版

---

[7] 詩人白靈在《一首詩的誕生》一書中也點評波特萊爾三首以〈貓〉爲詩題的作品，著重在貓的主意象與感官特性分析，與本文的側重點不盡相同，讀者可自行參考比較。白靈著《一首詩的誕生》（台北：九歌，1991），頁 171-172。

[8] 《幸福地下道》，頁 63。

的詩集《艾文詩》，詩集中有很多首詩觸及病態隱晦的性愛，並採用大量的月亮／圓月和貓的陰森詭異氣氛來表現。關於艾文在六〇、七〇年代的現代詩的情色性質與時代意義，我將會在另一篇評論文章裡對這一點深入的探討，這裡暫且略過不談[9]。

4‧文明與自然的性愛辨證

　　情色的體驗範圍即是肉體上的，也是心理層面上的。大部分傳統的抒情詩或情詩，把男女交歡愛撫時的慾望訴求壓抑在語言表相的背後，尤其是在肉體上的生理需求，更加被作者有意避開不談，只表現心理感情的美好浪漫假面，真正的兩性心理起伏狀況比這些要複雜得多。從情色文學的角度來看，傳統的抒情詩語言無論如何情真意切，山盟海誓掏心挖肺，其實它充滿了虛偽空洞的假道德和世俗觀念標準。美國心理學家馬斯洛（A.H. Maslow）分析愛情的狀況時說：「這種想親近的願望不僅是肉體上的，而且也是心理上的」[10]。也就是說馬斯洛同時承認性愛是包括了肉體和心理兩個層面的意識狀況，一般上無論是肉體或是心理上的慾望，在動情的狀況之中最需要的是撫慰、擁抱、親昵、示愛等刺激動作，靠著這些條件來尋求快感，繼而達到一種靈肉交融的舒適狀態。

---

[9] 關於艾文詩作裡的性愛隱喻與病態特色，我在〈現代性與文化屬性——論六〇、七〇年代馬華現代詩的時代性質〉一文略有提及，基本上艾文運用超現實語言和感官體驗來處理性愛的題材，形成一種異化的個人色彩，更與傳統中國的象徵符碼大相逕庭。

[10] 馬斯洛著，許金聲等譯，《動機與人格》，北京：華夏，1987，頁214。

快感會帶來性高潮，而對於傳統兩性觀念來說，性高潮與傳宗接代當然是密不可分，這些都是人類生理上和心理上很自然的一部分，所以所謂的情色思想並不是什麼毒藥害物，本來就沒有甚麼好遮掩隱瞞閃閃躲躲般見不得人[11]。我們應該大大方方的表現描寫性愛色慾的語言文字，如果這是與文章內容或題材旨意有必要掛鉤的話，尤其是時時強調表現「真」的文學藝術，更是不必去在意世俗觀念或道德意識。但我們也不得不承認，文學作品既然是某個時代某個時期某個特定社會的產物，詩人作家無論如何灑脫超俗，那個時代的社會輿論和思想觀念或多或少侷限和引導了文學作品的趨勢和表現方式。

　　方昂的〈大廈 vs.河邊貧民區〉藉男性陽物的隱喻，諷刺了發展蓬勃的現代都市的陰暗面：「高高地勃起／那是都市的雄性／驕傲地抵著天空／宣佈：我／成熟了／／他的尿道開始潰爛／梅毒日益擴散……」[12]。都市文明的高度發展，一幢又一幢的建築物大廈競相朝著天空升起，這個驕傲的景觀與男性的陽物勃起，展現雄性的風光同樣值得驕傲？詩人方昂的意圖顯然是反面評價，因爲我們只看到男性／都市繁榮的一面，另一面不爲人知的墮落腐敗才是本詩的主旨。這首詩反諷了作爲一個充

---

[11]　當然這是比較樂觀的說法，整個社會主流體制和道德批判依然穩固霸道，性與色情的禁忌污名深透民心，很多時候這些主流的意識形態觀念已經深深內化（internalised）於社會群衆的思想認知，成爲一種不辯自明理所當然的「普遍常識」。晚近的性別論述對這些議題有深刻精彩的剖析和批判，主流思想觀念的合理性和正當性正開始受到動搖。主要專書可參考傅柯著，尚衡譯《性意識史》，（台北：桂冠，1990）。

[12]　《星洲日報・文藝春秋》，1991。

滿英雄氣概的男人其實也有失敗黑暗的一面，大廈作爲男性的陽物崇拜
情結，自有其象徵隱喻的普遍意義，它在短短數行中鞭辟入裡批判了都
市情意結的男性沙文主義，顛覆了男詩人慣常表現的男權至上觀點。

　　同樣以都市景觀──建築物的意象語彙來描寫性愛動作，都市的發
展和男性的性交動作交替翻騰，頗有電影蒙太奇的視覺效果，這是陳強
華的〈震盪〉：「那些建築／趁著我們睡眠時／明目張膽地勃起／一抽
／一縮／緊緊地揰入椰林／一些椰林轉身，逃逸／椰子擊碎夢中的玻璃
／想想廣闊的明天／除了歡呼／沒有其他選擇／那些建築／舉起勝利
手勢／（你插得太深啊）／把頭挺得更高／閃出初夜的喜悅」[13]。在這
裡建築／男性對比椰林／女性，男性的進攻侵略性質與女性的默默接受
被動性質成爲一種宿命，椰林代表柔弱無力的女性軀體，對於代表男性
的都市建築的侵略性（陽物的一抽一縮動作），她們顯得那麼無助，逃
走或歡呼，都是沒有選擇的地步。最後的喜悅勝利是所有男性男權主義
的勝利，女性只有淪爲男性的發洩物。這首詩的男性扮演主宰者的角色，
卻巧妙的藉都市／椰林（文明／自然）的辨證關係遮掩隱匿了起來，情
色的描寫常常不是處在兩性對等的地位，這點尤其在保守傳統的國家社
會，女性的身體被佔有，男性處於主導地位，剝削女性的身體自主權。

　　在詩中描述性愛而曲盡隱晦之能事，都市建築發展侵吞田野椰林的
大自然景色，成爲男性向女性性侵略的動作象徵，雙方的強弱實力高下
立判，令情色性愛蒙上一層文化控制權爭霸的陰影，無疑是閱讀情色詩
一件意外的收穫。除了文明破壞自然的隱喻批判，情色的隱喻也展現在

---

[13]　《南洋商報・南洋文藝》，1998/05/16。

山水的盡情醞釀中，比如張光達的〈山水‧潑墨〉：「一場兵荒馬亂／踐踏我不住顫動的胸口／袒露的軀體輾轉成／四處奔竄的山水／／山水中／烽煙四起／花朵飄零／一點點殷紅／是最後一道淋漓盡致的／潑墨／／我在波濤起伏的白床單中／看到他正喃喃捲起／一張揉皺不堪的宣紙／一片片龜裂剝落的容顏」[14]。通過山水畫中的烽煙戰場來映射性愛交歡的激烈場面，渲染交疊性事和戰事的悲壯淒慘局面，到第二節的性事高潮，也就是山水畫的最後成敗的一筆，頗有對藝術感情抱著破釜沉舟的勇氣決心。此詩在描寫情色方面，不免也採取一種遮掩迴避的隱約美感來呈現，詩中的山水畫就是表現美感的比喻手段，來達到性和藝術同步同理的目的。

5‧靈肉享樂的情色快感

傅柯（Michel Foucault）說：「對真實的肉體享樂感興趣，瞭解它，介紹它，發現它，一心要看到它，講述它，把握住它並且用它去迷住其他人」[15]。由於社會不斷進步發展，傳統的性觀念也不斷受到衝擊修正，造成性在社會層面上不斷被提出來公開討論，報刊媒體也開放對性觀念問題的思考辯論，況且九〇年代的馬來西亞正邁向跨國際多媒體的世界潮流，網際網路電腦資訊時代的降臨更加令人們的傳統性愛觀念受到動搖，人們對性有更進一步的瞭解和新的詮釋，不再以躲閃遮掩的態度談

---

[14] 《星洲日報‧文藝春秋》，1991。

[15] 《性意識史》，頁63。

論性和情色議題，男女雙方都勇敢果斷的對性愛暢談感受，對做愛的滿足享樂也不再羞以啓齒，而是如傅柯所言的講述它和把握住它。

看看張光達的〈愛情1988〉如何講述和把握住肉體的享樂滿足：

> 在平坦的河床一隅
>
> 我們隨著流水
>
> 遊魚般滑入對方的體內
>
> 複流出體外
>
> 就是這般舒爽
>
> 雖然水的溫度是冷了些[16]

詩句中帶有一股喜悅亢奮的性生命力，如此自信滿足的做愛講述在八〇年代的馬華詩作中並不多見。這樣的性表達方式更是勇往直前永不言悔的：「你把蠟燭移過來：／一件完美的設計／必須在燃燒中形成／愛也一樣」[17]。蠟燭的陽具象徵並不是獨創，中外的詩人多有觸及，比如台灣的詩人羅智成的名句「一支蠟燭在自己的光焰裡睡著了」。這裡的引述不在於貼切的蠟燭意象，而是性愛的動作顯得果斷俐落，性享樂成爲詩的意義核心。

兩性肉體交歡的激烈動作在夏紹華的〈末日前書〉有更直接奔放的描述：

> 骨骼在煙火裡爆裂的聲響，血，劇痛地狂嘷著
>
> 朝向鏽黃色的圓月，而他，遊盪於她胸脯間的氣味裡

---

[16]　《蕉風》421期，1988/12，頁38。

[17]　《蕉風》421期，頁38。

　　在黑夜猙獰的眼臉下，用貞操射精，呢喃道：

　　我們將沿靠單行道遠去，為了叩悼昨日的眷戀

　　讓我們生個孩子[18]

詩中的男女敘述者面臨一個歷史性末日沉淪的悲慘局面，在這樣危急淒慘的時候格局當中，造愛卻成了重要的一件事，唯有造愛的痛苦享樂矛盾心態，才能釋放一切重擔，傳宗接代更是性觀念的原始起點，這首詩的科幻語言運作使詩中的性愛描寫顯得詭異而深具爆發力。

　　夏紹華的〈末日前書〉的語言運作雖然顯得艱深異化，但對兩性之間的情感頗為看重，字裡行間仍隱約透露感情的真摯保守。當情色的焦點不再凝集於「情」，而只是渲染「色」的誘惑時，性的動作表現得更為詭異，如沙河的〈舞2〉：

　　雄性的火開始在兩股燃燒

　　大理石地板的反光

　　在香水味中死去

　　多麼狡點的旋律都會死去

　　當叛逆的酒精在體內計謀著

　　一張失貞的床

　　而沿著你傾斜的雙肩

　　必是我每一寸失守的

　　城池[19]

---

[18]　《南洋商報・南洋文藝》，1996/04/17, 04/24。

[19]　《南洋商報・南洋文藝》，1996/09/18。

這裡詩人要探討的是現代都市資本主義中，軟性娛樂與色情意識的共謀關係，情慾在都市裡每一個空虛寂寞的心靈燃燒，人性存在的迷惘彌漫在每一個外表鬧熱的都市角落，詩裡行間對身體感官與情慾訴求帶有隱約婉轉的批判意味。

6・身體器官的顛覆力量

情色書寫，女體通常是被動的一方，男性主宰著一切滿足慾望的地位，比如上面提到的陳強華的〈震盪〉裡男性對女性的性初夜侵略，女性根本沒有發言權，一切全由男性的觀點來看待性愛。但嚴格來說，馬華情色詩的描寫還是相當保守的，至少它在某個程度上還是講述傳統的浪漫情感的，又如夏紹華的〈末日前書〉中還是相當保守的，因爲它在艱澀詭異的詩句裡含有浪漫遐思和傳宗接代的傳統觀念。九〇年代馬華文學出現的後現代風格，基本上已經與上述的詩作有明顯的不同，雖然夏紹華、陳強華等人也在詩中描寫情色性愛的激烈畫面。情色詩越來越露骨大膽，性器官不再是寫詩的禁忌題材，詩人正視情色的本質意義，不再理解爲生殖交易的傳統觀念，情色描寫的範圍包括了同性戀、偷窺癖、自戀癖、手淫、易裝癖、受虐／施虐等傳統上被視爲變態心理的戀情。許裕全的〈身體語言〉企圖顛覆傳統的性觀念和道德觀：

> 如果可以，手寧願選擇
>
> 削掉頭顱戳穿雙眼剁斷二足
>
> 連軀幹也嫌棄不要
>
> 顛覆大腦中樞操控的庸俗程式：

> 抽煙、愛撫、自慰、書寫
>
> 打揖、掌摑、挖鼻屎……[20]

詩人採用庸俗的程式來顛覆虛假的道德意識,用身體上的六個部分去挑戰和挑釁傳統的性愛觀念,以背德來反道德,以猥瑣來反清高,以冷靜的筆觸解剖現代生活的情色困境,詩人在〈唇〉一節中宣告:

> 唇說:卸下我
>
> 卸下我善變的糖衣
>
> 別在你不經意的脖子上,抑或
>
> 領角小小的腹地
>
> 這是我今夜盟誓予你甜蜜、堅貞的
>
> 咒語:讓全天下妒嫉的媚眼
>
> 統統缺氧死去[21]

許裕全藉顛覆手法來正視肉體的意義與性愛的嶄新觀念,這首組詩可以情色詩的思考格局來看待,更能夠從各章各節中掌握其深層意義,其中有種種傳統上視爲病態的性愛情慾描寫,如唇裡大膽刺激的感官享樂,乳房的享樂依戀,心臟的男同性戀心理錯亂病症,腳的思想和行動的分崩離析,都很自然而然的在詩句中流露出來,彷彿不費吹灰之力。

　　關於〈身體語言〉的深入探討分析,筆者在〈走出自己的跫音〉一文裡這樣說:「現代人的生活現象和感情性格被長久壓抑,心理上產生一種扭曲,精神上失去平衡,遂產生一種錯亂狀態,女人以性愛作爲塡

---

[20]　《星洲日報・文藝春秋》,1997/02/16。

[21]　《星洲日報・文藝春秋》,1997/02/16。

補這些空虛，男人則集體挫敗、萎縮、窘困、變態……。新生代的年輕
詩人，身處現代／後現代高度文明的都市情境，面臨台北／吉隆坡滿目
虛假墮落的情色困局」[22]。我是這樣覺得這首詩必須透過情色文學的觀
點來論述，方能凸顯它的意義。陳雪風在〈讀詩的期待〉裡透過傳統保
守的道德世俗觀念來看許裕全這首詩，無怪乎他會認爲整首詩顯得肉麻
和低級趣味，掌握不到新生代詩人的後現代語言傾向和情色語言的顛覆
意義，更使他失去讀〈身體語言〉的焦點所在，只能夠擺出道德禮教的
思想意識斷言許詩粗俗錯亂[23]。〈身體語言〉的詩語言無疑具有後現代
觀念的影響，尤其在最後一節〈腳〉中的思想和行動的嚴重分離，更是
緊緊的把握住後現代所津津樂道的「無知覺的意念」[24]，把它單純的看
作「詩想」非常錯亂反而暴露出讀者的僵化意識形態，捉不到詩作者／
敘述者思想意識的核心深層意義。至於作者是不是有意後現代的問題，
我倒不會感到有什麼問題，有時候作者閱讀寫作所受到影響在作品中不
經意的流露出來，就連作者本人也是始料不及的。

　　情慾的解放是個人自由享樂的重要方向，這與個人追求自由自主有
著極大的關聯，身體即是構成情色主題的一個很重要的部分，追求自由
也意味著追求身體的解放和自主性，不受他人擺佈和控制，這本是女性
主義的重要論述，今天的情色文學也挪用來指「身體的自主權」。控制
他人的身體含有濃厚的政治權力爭霸意圖，性事和權力的糾纏不清會令

[22] 張光達〈走出自己的跫音〉《星洲日報・文藝春秋》，1997/02/16。

[23] 陳雪風〈讀詩的期待〉《星洲日報・文藝春秋》，1997/02/16。

[24] 詳見馬樂伯撰，蔣淑貞譯〈處在邊緣上的後現代主義：衍異論宣言〉《中外
文學》第 17 卷，第 8 期，1989/01，頁 31-61。

身體的自主性消失，因此要求情慾的解放和權力脫鉤，就要從審視瞭解自己開始。傅柯討論身體權力的複雜關係時指出要支配和察覺自己的身體，唯有通過身體權力的審閱貫徹，最終導向對自己身體的慾望[25]。後現代出現的文學感性，賦予藝術趣味更勝於意義詮釋，佛克馬（Douwe Fokkema）認為後現代無深度無崇高點並不表示就是沒有意義，如同其他文學主義觀念，後現代的遊戲方式在文學和藝術中都有其支援點，它們具有一種更廣泛的文化意義，其實是含有顛覆改造本質的深層意義[26]。類似的思想觀念可在趙少傑的〈那個濕潤的夜晚〉中透露一些「無意義」的意義：

> 在那一個夜晚
> 我驚然發覺實在而濕潤的
> 虛無感與挫敗
> 沒有父親在旁
> 沒有母親在旁
> 並且重覆像是支離破碎的鏡頭
> 高聳豐裕的誘惑以及
> 唾罵的成績單[27]

詩中的敘事者面對一個虛無與實在的矛盾情境，他手淫自慰只是心理和

---

[25] 詳見 Foucault. (1980) "Body / Power", *Power／Knowledge: Selected Interviews & Other Writings*, Colin Gordon. Ed. New York: Pantheon Books, 1980. p.56

[26] 詳見佛克馬、義布思著，俞國強譯《文學研究與文化參與》（北京：北京大學，1996），頁 96。

[27] 《南洋商報・南洋文藝》，1996/08/16。

生理上的需要，以審視察覺自我來尋求性慾的解放，追求身體的自主性，詩句裡頗多對手淫詳細描述的感受和體悟，坦誠不猥瑣的支配了自身的慾望：「除了快感／以及餘溫／我彷彿跌入時光的防空洞／恍惚地越過了幾個散亂的年代／思想情緒／我站在醒覺的大鏡子前／洗滌每一條牽動視覺的神經線／細察／自己的／每一部分」[28]。九〇年代的年輕詩人採取一種截然不同的態度審視自我，赤裸裸的絲毫不遮掩躲藏的敞開身體來與讀者坦誠面對，令那些假道德衛道人士感到無地自容，所有的身體權力歸還給身體的自身擁有人，撕破了虛假的道德謊言。

7．嘉年華遊戲的多元性

　　性解放的意義在於顛覆傳統的虛偽道德觀，解構了以道德假面來霸佔他者的身體擁有權的謊言。新生代如許裕全、趙少傑等人不再循規蹈矩，安份的接受主流霸權來擺佈自我的身體屬性。對傳統虛偽的道德觀念進行調侃，以及對同性與異性的情感慾望一視同仁看待，試圖打破傳統的二分法概念，張光達的〈一生〉有生動精彩的描繪：

　　　　他對我的愛顯得那般熱烈

　　　　俯下身動作小心翼翼

　　　　輕輕地吻舐我的乳房

　　　　我不是一個隨便的現代男子

　　　　對於忠貞的世俗觀念我有時堅持

---

[28]　《南洋商報・南洋文藝》，1996/08/16。

　　配合他切入投射的角度

　　欣喜發現一片茂密的原始叢林[29]

這裡所謂堅持忠貞的世俗觀念，其實是反話，顛覆傳統的語言策略，把性愛情慾投射入大自然的和諧意象中。一種新的交合模式取代和解構了傳統的性交歡模式，糅合了遊戲、歌詠、調侃、抒情、辨證等嘉年華（carnivalesque）的多元化風格[30]。詩第三段：「他有時因此遷就我的愛／俯下身調整一些細節／改換另一個全知觀點的位置／營築最奔放的水乳交融／在遼闊疲軟的原始叢林中心／四肢旋轉頭顱唱歌／兩顆堅挺的乳房毫無保留地攤開／我在上面移植逐日萎縮的盆栽／他在下面演習風水學／死亡是再生的唯一管道」。遊戲和開玩笑的書寫方式，比如詩第二段的「我想有些事必須交代清楚／以免天線的磁場遭受干擾」，忽然又一本正經的轉換嚴肅的口氣：「索取彼此豐饒的內涵本質／是兩個人一輩子的事」，迂迴轉折之間第三段的充滿自信快樂奔放的性愛場面：「四肢旋轉頭顱唱歌／兩顆堅挺的乳房毫無保留地攤開」，情色享樂的極限往往與死亡牽連在一起。情色和死亡的糾纏關係，古今中外的文學作品不勝枚舉，尤其是在小說中的佈局描寫，更是充滿著愛恨交織

---

[29] 此詩寫於一九九八年十二月廿日，曾投寄給馬來西亞某大報，編者不採用所給予的理由是題材過於敏感和超越報館的色情界限尺度，過後未發表。

[30] 我嘗試利用俄國文評家巴赫汀（Bakhtin）的嘉年華會觀念來推銷給馬華讀者。王德威給嘉年華會的定義：「要求我們暫時拋棄或逆轉平常的繁文縟節和禮教秩序，是故癡騃卑賤者得於此時一躍而為萬人之上的聖王，而諸般身體器官和性的禁忌亦成嘲謔誇耀的目標。嘉年華式的場面充滿了生命原始活力與光怪陸離的想象。」王德威論文見《眾聲喧嘩》（台北：遠流，1988），頁 244。

的情慾象徵。在這首詩中，情色性愛與死亡並時並存，但它在享受性愛的同時雖然意識到死亡的在場，卻沒有產生對死亡的絕望恐怖感覺。死亡對詩人來說是再生的唯一管道，人類經由情色經驗，體悟和通向死亡，再由意識死亡的意義而超越自身的存在意義，這種超越自身的存在形成一種「超自我」的透徹頓悟，也就是以情色與死亡去撞擊那道禁忌和生命的無限潛能，獲得充實和昇華的生命力。

　　〈一生〉最後一段把性愛的包容和解放通過身體快感的語言運作，表現得「任性盡情」：「我想有些話可以讓人銘刻在心／足以承載形體遭電擊間的震痺／他不是一個禁慾的現代男子／憂鬱的體味散發強烈的訊息／我在情慾高漲的風暴中理解純熟溫柔／那是他輕輕地吻舐我的乳房／我用一生一世的乳房佔據這片叢林／靈魂和肉體不斷解散複又迎合／一切顯得任性盡情／任一個陌生人輕輕吻舐一生」一生一世陪伴在側交歡裸裎的枕邊人竟是一個陌生人？如此荒謬的現實情境無疑是二十世紀末人類的集體真實感受，在自身與他者之間，我們只能任選其一，其他的都是不切事實的虛幻假像，成為漂流在空氣中現實裡的陌生符號。事實證明，我們常引以為榮的瞭解對方和通過意識形態來控制對方的身體權力，其實是一種片面的認知，一種普遍預設的強制性的教育機制。唯有以叛逆來把握自身的具體存有，否則在身體的權力操作中逆來順受失去自我，壓抑自我而喪失主體性和多元性。

8・廿一世紀馬華情色詩的方向

　　檢視馬華文學近年來的情色詩，八〇年代的詩人對性愛情慾書寫採

用大量的隱喻象徵，語言文字傾向保守含蓄，九〇年代後期的新生代詩人漸漸改變這種書寫方式，以截然不同的嶄新面貌較激進自信的語言策略來應對時代的變動和思想觀念的多元化格局。可以預見的未來廿一世紀的馬華七字輩和八字輩新生代詩人會把世俗保守的道德觀念揚棄，在詩中藉情色性愛的坦誠解放表達出一種嶄新的身體快感。當然一些詩人仍然會繼續採取政治隱喻的書寫策略，來反映政治政策的不公不義，社會資源的不均壟斷，教育文化的打壓變質，只要這些現象繼續存在的一日，詩人作家活在「失身恐懼」的焦慮心態裡，性愛無疑是詩人失去自我屬性心理上不得已的補償，或是採用更積極尖銳的語言來期待「收復失地」。

　　從本文提到的六種情色詩的風格發展來看，有一點倒是令人欣慰的，雖然馬華情色詩產量比不上歐美或台港的情色詩，但它所呈現出來的多元化的觀念和風格，也算是涵蓋了情色詩的各式各樣的層面意義，包括了傳統和前衛的思想意識。這篇論文沒有引用女詩人的作品作為例子，倒不是我對女性帶有歧視，或是男權至上的因素作祟，而是很遺憾的說我手頭上找不到適合的女詩人情色作品，她們寫很多的抒情詩，但那絕不是情色詩，我想女詩人在這個議題上保持沉默，可能是保守的心態作祟，也或許是其他原因，希望這篇論文只是一個開始，能夠收到拋磚引玉的作用，來日還可以再加以擴充。

　　站在世紀之交的歷史門檻，如何從馬來西亞的本土來面對世界大潮流新文化，來建構情慾的新感受和新定義，繼而讓情色文學的「身體語言」與政治文本產生對話交會，這不僅是我本人的思考方向，也是所有馬華詩人可以發揮的書寫策略，向廿一世紀宣告一種文學詩歌的嶄新

格局。

[1998, 2003]

陳強華論：
後現代感性與田園模式再現

前　言

　　評論家陳慧樺在〈大馬詩壇當今的兩塊瑰寶〉一文中說陳強華的詩風抒情而浪漫，從早期的詩集《煙雨月》的活潑開朗、青春稚嫩色彩，到《化妝舞會》中的都市現代化、文明與自然的衝突等大我主題，到八〇年代末期的《那年我回到馬來西亞》中的社會關懷和政治批判，陳慧樺一針見血指出：陳強華的抒情節奏甚至浪漫都還在那裡，仍那麼濃烈（陳慧樺，1999：70-75）。這是頗見勁道的說法，展讀陳強華從台灣負笈畢業返馬後的兩本詩集：《那年我回到馬來西亞》（1998）和《幸福地下道》（1999），詩中的語言文字無論是寫實明朗、後現代技巧或淺白溫和的鄉土語言，這個抒情而浪漫的本質始終不離不棄，如影隨形的隨著陳強華的「前中年時期」跨入

詩人的中年時期作品中。

　　詩人陳強華，一九六〇年生於馬來西亞檳城州，台灣政治大學教育系畢業，出版詩集《煙雨月》（1979）、《化妝舞會》（1984）、《一天、一天》（與趙少杰、黃麗菁合著，1997）、《那年我回到馬來西亞》（1998）和《幸福地下道》（1999），曾創辦「魔鬼俱樂部」詩社，主編《金石詩刊》、《向日葵》文學雜誌等，曾獲星洲日報花蹤文學獎詩歌組推薦獎，是馬華詩壇上重要的詩人之一。我在這篇論文裡主要檢視陳強華於九〇年代出版的兩本詩集，探討詩人的語言文字特色從浪漫抒情轉向後現代主義觀念、社會關懷與政治批判的剖白式抒情語言、前中年時期的幸福生活浪漫色彩、童年與鄉土的緬懷浪漫想像。作為一個融合了現代詩技巧、後現代觀念與鄉土寫實的詩作者，陳強華詩中的後現代語言透過對鄉土家園緬懷、社會現象省思，表達出一種浪漫而抒情的本質，從中展現出後現代與本土性在現代詩裡的辨證式對話。陳強華詩在馬華現代詩的發展脈絡和文學史定位中的重要性由此可見一斑。

一、返馬時期：後現代遭遇本土現實

　　陳強華早期的作品明顯深受台灣詩人楊澤和羅智成的影響，尤其是他在語言文字和氣氛的經營上，詩裡行間的浪漫抒情、婉約修辭、現代知識分子的淑世襟懷，以及詩行中透露出來的文化鄉愁和生命告白都是他早期詩作的特色，也在在印證他深受楊澤、羅智成的抒情詩風格的模仿。

　　誠如陳慧樺指出，陳強華在八〇年代留學台灣時深受台灣現代詩人如羅智成、楊澤、苦苓和夏宇等人的影響（陳慧樺，1999：70）。我們幾乎可以這麼說，他的抒情浪漫風格深受楊澤、羅智成的影響，而他的後現代觀念和技巧手法卻深受夏宇的啟發，他的後現代技巧返回馬來西亞之後還有更極端的發展，例如他在《那年我回到馬來西亞》詩集中的「類似時期」部分的詩作，大都寫成於返馬後的一九八五～一九八八年間，其中的〈類似愛情走過〉直接表明詩人師承台灣後現代詩人夏宇，詩的語言文字很明顯的模仿夏宇的《備忘錄》：「你抄寫夏宇詩句／只是為了安慰自己／「寫你的名字，／只是為了擦掉。」／微笑，裝著是個好天氣／驚訝於這許多／來不及留意的雲霞」（陳強華，1998：65）。這些詩句一反傳統現代主義的力求博大精深，採用一種生活化／口語化／平庸化的語言文字，半開玩笑又似乎漫不經心的調侃玩樂，來面對日常生活中任何單調乏味的現象和事物，企圖捕捉心靈上一剎那間留下的意識痕跡。類似在漫不經心平靜的語氣中帶著一股隱約的嘲弄反諷式質疑與模擬，在陳強華這一輯詩集中俯拾即是。這種後現代主義反深刻反強調理性的美學觀念，投射到文字作品中變成口語般散漫零碎的思維意識，取代了傳統上視詩為貴族血統文體的地位，在〈類似散文情懷〉中陳強華用白描明朗的文字來抒寫他對詩的嶄新觀念：

漸漸不喜歡濃縮的詩句

多層的含義

透不進閉塞的思維裡

隱藏著的目的斷翅

　　　　恐怕你不再喜歡詩

　　　　貴族血統的文體

　　　　逐漸消失，再過若干年

　　　　我們隨著歷史學家

　　　　在風中追尋殘缺的韻腳　　（72）

陳強華的後現代技巧手法在〈類似詩的質料〉中更為極端，這首詩企圖呈現出前衛詩的形式概念，其中有講求形式設計的具象詩，意象拼貼的後設詩和文類泯滅的語言形式。詩第一節中「筆記 1：書櫥」，左邊是「層層寂靜的塵埃，還有老掉的蜘蛛」，右邊是「螞蟻悠閒地爬過，成群的螞蟻」排成斜梯形，表現螞蟻在書櫥上活動爬行，呈現螞蟻的動態畫面，對比於塵埃和蜘蛛的沉靜寂寞，中間則以上直下排了大小詩人的名字，還有一些生活中的物體列於最底層。詩人很明顯的是在用文字來繪製書櫥的圖像狀態，陳慧樺說詩人陳強華企圖以文字直逼（approximate）現實（陳慧樺，1988/10：8）。這首詩表面上看來是在以圖像入詩，利用詩文字的排列設計來表現描繪物體的外在形象狀態，這是第一層次的讀法。但是我們不要忘了，詩人選擇的材料無論是經過精心汰選或是任意並置，意象與意象之間的排列無論是有意或是偶然，我們在詩的名單裡面讀到一些潛在的訊息和暗示，詩句中浪漫主義的大詩人如拜倫、徐志摩高高在上，潛意識中彰顯出陳強華的浪漫主義傾向和師承其來有自。而台灣現代派大將余光中、楊牧、瘂弦緊接在後，與台灣的年輕詩人楊澤、羅智成隔開於一道屏風，表示文學典範的轉移和交替，詩人陳強華

自己的名字處於羅智成和楊澤之後，暴露出詩人的傳承和對自我的定位。這種後現代觀念的物象任意並置倒不經意透露出後結構主義對權力話語在文本內的隱喻，絕不可單純視作傳統現代主義所主張的「純詩」（poesie pure），要求詩人「以詩思想」（Penser en Poesie），追求詩形式設計來達成一種完美獨特的純粹藝術效果為主[1]。

　　〈類似詩的質料〉第二節「筆記2：備忘錄」已不只是單純的圖

---

[1]　純詩（poesie pure）是法國象徵主義詩派的觀念術語，於一九二六年伯雷蒙（Henri Bremond）發表《純詩》（La Poesie Purc）一書與論述，闡述關於純詩的思考。基本上伯雷蒙的純詩理論有以下幾點：[1]、詩是神祕的、一致的；[2]、詩外在於理性知識；[3]、詩外在於含義；[4]、詩是音樂。以這些觀點來對照陳強華的詩作，尤其是《那年我回到馬來西亞》的〈後記：出發〉裡的觀點，陳強華似乎頗認同這種純詩的詩觀念，但他在該詩集裡沒有提到純詩和伯雷蒙，我的這個觀察有待向本人求證。我這裡的意思是指詩的純粹性，如同伯雷蒙說的：「詩的純粹特性應在於一種神祕真實，即我們所謂純詩的存在、放射、變換而一致的行為之上。」後來中國詩人穆木天由此發揮提出：「我們的要求是純粹的詩歌，我們的要求是詩的世界。」穆木天據此主張「以詩思想」（penser en poesie），詩人必須先找出一種詩的思維術，寫詩時得用詩的思想方法來作出形式上無限的變化。這些象徵主義詩人排除了寫詩（寫作）作為一種社會文本參與活動，其中所可能與當代的政治語境和權力體制結構產生的互動性質與心理（無）意識。關於純詩的詳細論述，可參考金絲燕《文學接受與文化過濾》（北京：人民大學，1994），頁281-289。有人在文學評審會議上強調說陳強華的詩多屬於以詩論詩的詩類，也就是作者純粹用詩本身的觀念來寫詩，在生活中思考詩的存在意義，然後用詩把它記錄卜來。這個概念頗似我上面所提到的純詩，但它沒有象徵主義所具有的文化語境和意識，基本上來說並非這個看法不能成立，而是我更關懷的是詩人書寫的文學體制和文化語境，如何透過書寫行為被滲透到所謂一個純粹性的文本內。

像詩或具象詩了，西方的前衛詩把這種看似任意羅列名詞物件的寫作概念稱為拼貼性格（collage），透過這些物件的羅列，打破內容與形式的藩籬，凸顯語言（文字排列）是一種不確定（uncertainty）的素材，具有多重指涉的功能，擺盪在虛實之間，要求讀者積極運用自我的意識感覺介入文本內。陳慧樺用後現代理論家哈山所提倡的副詩（para-poetry）或後設詩（meta-poetry）來指認這首詩（陳慧樺，1988/10：9）。我倒認為後結構主義的語言詩（language-poetry）也不失為一種閱讀方法。語言詩派的先鋒麥尼克（David Melnick）和蕭笛雷（Raphael J. Schulte）認為詩句的任意羅列造成詩句裡的敘事斷裂，形成許多障礙，有待讀者自由填補連接空隙，充滿各種可能的文本意義[2]。

同樣的詮釋角度也可引用在這首詩的第三節和第四節中，之所以在這裡大量引用後現代主義和後結構主義對語言敘事的斷裂拼貼性格，以及要求讀者參與創造文本意義，目的是想指出陳強華這個時期的詩作充滿了鮮明的後現代技巧和風格[3]。陳強華在這本詩集的〈後記：出發〉中也透露出他對後現代觀念的執著：「後現代主義根本否認意義的存在，因而拒絕闡釋。後現代主義文學藝術文本強調表演和形式甚於意義和內容，拒絕對語言或其他元素作有意識的選

---

[2] 關於語言詩派的代表人物 David Melnick 和 Raphael J. Schulte 的論點，可參考焦桐〈前衛詩〉，《台灣文學的街頭運動》（台北：時報文化，1998），頁 88-91。

[3] 陳強華的後現代詩還可以包括：[1]、任意羅列名詞，例子有〈試擬己巳年計畫〉、〈預告〉。[2]、遊戲化的語言，例子有〈淺薄的規則〉、〈攝影進行曲〉。[3]、精神分裂式的平面化語言，例子有〈類似空白記憶〉、〈淚雨〉、〈現在〉。

擇，因而其作品力避首尾一致的安排，而訴諸感官的直接性。有時
覺得自己在寫詩時，強調表演和形式，甚於意義和內容。現代詩一
定要強調意義和闡釋嗎？這是見仁見智的問題。你讀不懂我的詩沒
關係，請不要強硬闡釋。我的詩拒絕闡釋。」（129）拒絕闡釋的陳強
華在〈類似鐵的柔情〉中模擬四種通俗音樂版本入詩，比台灣女詩
人夏宇的〈某些雙人舞〉更大企圖心，他企圖把四種音樂，即抒情
搖滾、重金屬搖滾、卡拉 OK 和狄斯可恰恰提煉成詩，讓詩的意象、
形式、格律、節奏與歌的意境情感作出完美的結合，他在搖滾頹廢
的語言文字中仍有嚴肅積極的一面：「唉，生活本是燒熱的熔爐／靈
魂是不易熔化的物質」（85）。因此他的後現代主義觀念本身充滿自
我解構的行為，在另外　首〈和 Blue 的電影記憶〉中存有戲謔嘲諷
與認真嚴肅兩股相反的意圖，共時共存的自我解構傾向尤其強烈：

> 我沿著繽紛街景走下去
> 存著破壞性傾向
> 甚於創作衝動
> 規範、傳統、成見
> 踢向天邊的石子
> 褒揚是率性真情
> 我一直堅持的美德
> 運用黑色幽默
> 對神祕莫測事物多一分關注
> 維護那一切被侮辱的　（18）

詩中「維護那一切被侮辱的」的認真嚴肅與「存著破壞性傾向」的

戲謔嘲弄同時並置存在於字裡行間，顯示陳強華的後現代主義雖然在形式技巧上可以去到盡頭，但是他的思想意識對後現代的虛無頹廢仍有所保留。

陳強華在一九八三年回到馬來西亞，其後幾年剛巧經歷國內一連串的政治風波與社會動盪。在一九八五年至一九九〇年間，這段時期是馬來西亞國家社會捲入一連串政治風暴的非常時期，其中有政黨爆發激烈的黨爭、華社面臨合作社經濟醜聞、國家司法界面對一場司法權自主性危機、華文教育與文化的合法性地位受到衝擊、種族衝突和政治白色大逮捕。當陳強華帶著他那類似後現代主義的詩風回到馬來西亞，馬上面臨這塊土地國家的政治現實和社會公理問題，本土的社會現實議題衝擊他的心靈，也衝擊著他的後現代觀念視野，因此在這個課題的思考上他顯然調整了以往的前衛技巧手法，改為一種抒發個人理想情懷、省思族群前途與嘲弄現實國家體制交織成的自我剖白的詩形式，即是說他以個人的抒情語言來思考心中所關懷的正義、公理、愛情、理想。這些種種有時因為透過外在的現實社會政治現象來渲染和編織，形成這些詩作的寫實性強，關懷面向極廣，但是其詩想卻是靠著抒情語言的浪漫本質來支撐。

陳強華在《那年我回到馬來西亞》的「藍色時期」作品中自成一種獨特的抒情揉合寫實色彩，這些詩從陳強華把它編排放在詩集的第一個部分，就可見出詩人對這些作品的重視程度。這些「藍色時期」的詩都以抒情筆調寫給一個名叫 Blue 的女子，Blue 是陳強華筆下最忠實的傾聽者，以便他把自己慷慨激昂的陳詞、熱血沸騰的心和憂患愁苦的情緒赤裸裸掏出來。當然這個名叫 Blue 的受眾，並

不一定指涉某個真正存在的女子，她（他）可以是任何一個與詩人
一起生長在這塊土地上的大馬人。採用第二人稱的敘述對象，只是
為了方便詩人自我剖白其憤怒不滿和失落憂慮，這個自剖式的抒情
語言，透過其感傷兼孤寂的氣氛裡很容易感染給廣大的讀者群眾，
讀者頗能夠感染到詩人在字裡行間的情懷和理想，於整體上來說陳
強華處理這些「藍色時期」的詩在氣氛的營造上可說是成功的。

　　他在同名詩題為〈那年我回到馬來西亞〉中寫道：「那年我回到
馬來西亞，Blue／再開始策劃著另一次的遠遊／街上霓虹燈暗淡／
在怒謗指陳的風雨處／正如預期使我理想冷卻的因素／／正如預期
必須愁坐斗室／在稀疏的社會廣告分類版上／尋找繽紛色彩的遐想
／而我熾熱的情緒／隨著鉛印的墨字高漲／經濟个景、黨爭、種族
極化……」（15）。詩中的社會背景正是八〇年代中後期馬來西亞所
面對的一連串政治風波效應社會動盪非常時期，其中「風雨」一詞
指涉的是當時華社在政經文教方面所面臨的集體挫敗與憂患意識。
如同馬華另一個詩人傅承得在他的詩集《趕在風雨之前》裡藉大量
的風雨風暴的意象，來經營他對馬來西亞近代這個非常時期的政治
史提出控訴和批判，陳強華同傅承得一樣，兩者都是以一個忠實傾
聽者為敘述對象，來抒發詩人心中的苦痛和複雜情感，兩者同是以
抒情語調來對這個社會現象作出省思。但不同於傅承得詩語言的激
烈悲憤的深切痛苦，陳強華的抒情語言較為溫婉兼流露一股無力感，
帶有嘲弄現實且自我反諷的浪漫氣質[4]。

---

[4]　有關傅承得詩的評論與陳強華詩作的比較論析，參見陳慧樺〈大馬詩壇當今

　　這個「藍色時期」的詩作糅合了現實觀點和浪漫抒情語調的表現手法，其詩語言的質地受到楊澤的啟迪可謂相當明顯，其他如寫生活沮喪與對現實不滿情緒的〈每句不滿都是愛〉、〈告訴你失業的況味〉、〈1990 年初寄給 Blue〉等詩溫婉地對現實作出抨擊，自剖了詩人內心的焦慮和無奈，在詩句的字裡行間流露出詩人內心衝突的愛（理想）與不滿矛盾心態。對現實體制和政治社會的不滿抨擊，在這幾首詩中有更為直接表白的書寫形式，如〈他媽的不公平〉、〈繼續做愛〉、〈日益壯大的頹廢〉和〈讀《鳥權》直喊他媽的〉等詩中，直喊「他媽的不公平」的詩人用一種白描寫實的呼聲寫下如此散文化的詩句：

　　　　管它許多人是否在意

　　　　關懷社會，用詩見證

　　　　在卅歲後逐漸喪失勇氣前

　　　　仍有深深莫名的憂愁與憤懣

　　　　還時常提醒你

　　　　這真他媽的

　　　　不公平　　（108）

但是詩人對這個國家這塊土地畢竟存有一份深厚的感情，因生活不

兩塊瑰寶〉一文，又評論傳承得詩集《趕在風雨之前》時期的感時憂國憂患意識的寫實語言文風，可參見：張光達〈風雨中的一枝筆──有關傳承得及其政治抒情詩〉，《風雨中的一枝筆》（吉隆坡：大將出版社，2001），頁 104-113；以及張光達〈馬華政治詩：感時憂國與戲謔嘲諷〉，《人文雜誌》第 12 期，2001/11，頁 101-107。

斷擠壓受到挫敗而顯得空虛的詩人猶有如此的堅持執著：「生活停滯不前／要證實生命流暢，真的／讓我在無塵的風中舒發吧／像一朵雨後綻放的木槿花」（110）。詩人陳強華對於自己在現實與理想之間的衝突尷尬處境，有著一分自覺，就是這份自覺意識支撐起他的愛和理想。他追溯現實人間與詩魂屈原的辨證關係，也是對這份愛與理想的堅持執著混雜憂患意識的必然結果，他藉端午節的典故來傾瀉他的文化憂思：「關於愛，詩人／一襲自溺的楚楚衣冠／甦醒後，靈魂仍舊感時憂國？／……／沿著露濕的路徑／日常迷你巴士，在紅綠間／反反覆覆地停止與前進／我穿過紛擾的唐人街流域／密集的軀肉，疏遠的心啊／吆喝起落，空洞如蟬鳴／找不到佩蘭帶玉之士／不死的詩心絞成一團痛」（37-38）。

　　唐人街名存實亡，在熙來攘往的人潮中，詩人遇不到任何一個可以溝通的人或管道，他的心情絞痛可想而知。在抒情語調的浪漫情懷背後，我們讀到詩人陳強華師承楊澤、羅智成的古典中國與文化憂思的唯美浪漫，這些原來不曾在陳強華的詩作裡消失，它穿越中國古典文化的凋零失落與現代感懷的惆悵失意，行吟於吉隆坡的巴生河流域和已然變質的唐人街角落。

　　陳強華在〈離騷七章〉中對詩人屈原愛國情操的憑弔與詠嘆，對詩人屈原被流放的心靈世界與政治語境的緬懷追思，其中所產生的文化意識和理想抱負凝聚為一份愛，這份愛或感情正是陳強華在其詩中一再傳述和始終不變的信念。詩人這一份愛貫穿他的思維與詩維，護持他那於現實生活中的傷痛苦悶的意志：

　　關於我的愛，詩人

> 一雙疲憊的腳，還未停歇
>
> 一顆發燙的腦，仍須轉動
>
> 一團滾熱的愛，繼續流傳
>
> 五月的詩魂啊，我呼喚你
>
> 我傳述著你的真理
>
> 我繼續寫著我的詩　　（39）

在這裡屈原（或楊澤等抒情浪漫詩人的代言人）成了傳遞文化薪火
的重要管道，在陳強華抒情語調略帶傷感失控的情緒中，對本土現
實和社會現象作出含蓄的嘲諷與批判[5]。

二、前中年時期：幸福生活與公式化人生

　　陳強華出生於一九六〇年，邁入九〇年代剛好是三十歲了。這
個時期以後的詩人把他自己的創作稱為「前中年時期」，他在《蕉風》
454 期的「陳強華詩輯」裡說：「面對著中年時期的到來／我已揚棄
了青春的激辯／詩已經很少晦澀了。」（1993/05,06，封面內頁），但
是這並不表示他不再堅持寫詩，他說：「人到中年，可是也不見得要

---

[5] 關於端午節慶與詩人屈原在現代中文詩裡的書寫現象，陳大為曾對此母題作
過詳盡的論析，他以「流放母題」、「殉國母題」、「召魂母題」、「節慶母題」四
個面向來概括現代詩人謄寫屈原的內涵。基本上陳強華數首書寫屈原的詩作也
不能跳脫出這四個層面範圍，侷限在傳統認知和價值觀裡的一種典型化摹寫（陳
大為語）。見陳大為〈謄寫屈原——管窺亞洲中文現代詩的屈原主題〉，《亞細亞
的象形詩維》（台北：萬卷樓，2001），頁 197-238。

寫好詩，因為好詩句並不容易獲得。但我勢必還要努力去寫，窮一
生去寫好詩」（同上）。

步入九〇年代，馬來西亞的政治局勢從動盪尖銳演變到變革平
和，政經文教表面上開放樂觀，詩人面對這樣的社會大環境，再加
上結婚以後的生活和步入中年時期後，他的後現代語言技巧有漸趨
寫實淺白的改變，嘲諷現實的書寫習慣也逐漸由幸福甜蜜和浪漫溫
和的語言文字取代。閱讀陳強華在「前中年時期」的作品，在語言
文字上給予人一種非常強烈鮮明的色彩，那就是詩句裡的幸福浪漫
兼溫和淺白的遣詞用字，在主題的取向上有兩個重要的面向：[1]、
幸福浪漫的生活影。[2]、對鄉土與童年生活的緬懷。

幸福生活的主題無疑在詩集《幸福地下道》中佔有舉足輕重的
地位，除了書名取「幸福」一詞以外，詩集中多首詩都在抒發詩人
的幸福生活片段，浪漫溫柔的筆觸洋溢字裡行間。他在〈你可以和
我談詩〉中這樣積極看待生活：

> 或許你不見得要懂詩
>
> 感覺會長大成型
>
> 美、浪漫與愛情
>
> 請堅持積極生存下去
>
> 讓我知道你正喜歡詩
>
> 這樣可以嗎？ （1999：106）

詩中洋溢著一股溫柔甜美的浪漫語調，在日常生活化的語言文字裡，
讀者很容易感染到詩人對平凡生活中一些感懷和省思。幸福的聲音
在〈現在〉一詩中與敘述的妻子一致和諧，如此美好：

　　　　我正準備寫首詩

　　　　捨棄繁複的後設技巧

　　　　編輯先生會喜歡的

　　　　近似於充滿生活氣息

　　　　全世界慶祝森林日

　　　　妻說：「我感到我們是一致的，

　　　　正確的心理表達，

　　　　是永遠幸福的理由。」　　（122-123）

詩人在公園裡觀察植物和人生百態，內心充滿幸福的感覺移情投射
到植物的身上，詩人所觀察的物象遂也有了幸福美好的色彩，如〈公
園〉一詩第二節：「在薔薇叢林深處／隱藏著幸福的花瓣／露珠在百
合的指尖上／三四個老人喝茶奕棋／放衣懸掛在竹叢裡／音樂把陽
光隔開／植物們把臉朝向黃昏」（151）。這些詩行不單只是反映詩人
的生活剪影，而且還透過詩人對生活的觀察思考來審視生命的意義。
比起《那年我回到馬來西亞》詩集中的詩，這些詩少了一些前衛技
巧手法的錘鍊，卻多了一分冷靜溫而不失浪漫甜蜜的色彩。國家政
治現實社會的轉變，詩人個人生活的幸福安定，使到詩人逐漸對一
切不公不義的現象有所保留，詩人陷入一種理想與現實的衝突困境，
最終他寫下〈結構簡單的愛〉，企圖以一種冷靜抽離的心態角度來淡
化這個現實體制的不滿：「面對著中年時期的到來／來唱一首抒情慢
板的歌／（嗚，嗚，嗚）／我已揚棄了青春的激辯／在我日益晴朗
的想法中／對不可切斷的血緣／對容易挫敗的族群／對逐日茁壯的
國家／對永不完美的世界／已經／絕對／沒有／憤怒／／真的，／

真的。」（104）

　　陳強華甚至直接以〈幸福〉為詩題，把幸福擬人化：

　　　　我餵幸福

　　　　這豢養的幸福

　　　　日益肥壯

　　　　繞著房屋奔跑

　　　　汪汪叫

　　　　暴躁地踐踏庭院草地

　　　　嗅聞、抓搔、喘息

　　　　當風已退避

　　　　匿藏在青春期鼓脹的膀胱

　　　　幸福狠狠撒一泡尿

　　　　迷失在歲月圍築的欄柵

　　　　幸福終將衰老

　　　　生命也有孤獨無助的時候

　　　　我只想聽到幸福的聲音

　　　　幸福是一隻狗　　（35）

幸福被詩人比喻為一隻狗，在詩人的生活裡緊密跟隨，成為詩人親密的伴侶。詩人的幸福生活被樂觀的形象化和浪漫化之餘，卻因為詩中有意無意的疑惑，暴露出詩人對幸福甜蜜生活底下所潛藏的不安憂慮，現實體制的壓制從來就沒有在詩人那甜蜜幸福的生活裡消失不見，詩人在孤獨無助的時候只能發出一句微弱的聲音。此詩在追求和擁抱幸福生活的面向，把幸福比擬成一隻狗，字裡行間洋溢

流露的甜蜜可愛語氣，反諷地卻因為採用狗的譬喻而產生自我解構的可能。把幸福比喻為一隻狗，無論如何都令人想到「寧為太平犬，不做亂世人」的心理寫照。意味著詩人的生活雖然安定，家庭作業雖然美滿幸福，但是被詩人抽離排拒在生活重心之外的現實政治或社會環境何曾消失在詩人的視野內，詩人所面對的社會環境依然充滿了不公不義，在幸福生活的背後隱匿著另一種悲哀，他在〈床上詩〉中對此有所感觸：「夜晚真的很漫長啊／長久以來，姿勢僵固／這隻手應是風濕痛的俘虜／也許還另有未成形的象徵／隱匿在悲哀的枕裡」（61）。詩人的生活起居雖然充滿了幸福美滿的色彩，但是白天過去夜晚降臨時，詩人面對孤獨自我的省思，意識到現實社會有太多的束縛和壓制，對幸福的認識自也產生一種宿命的觀點，這種對幸福既嚮往渴望又猶疑害怕的矛盾複雜心理，在陳強華這個階段的詩句中多得不勝枚舉：「右手陳舊的睡衣已褪色／愛情學習腹語術／如果失手變不出白鴿／如此意外地到達幸福／總是宿命，我不敢推開」（61）。在床上睡覺的詩人猶自不肯放棄思考幸福生活與現實束縛的兩難處境，一方面他的家庭生活的幸福美滿近得伸手可觸及，另一方面他身為一個現代詩人的敏銳思考和感受，又讓他體會到現代人生活在現實體制裡，雖然政治體制看似在家庭生活之外，但是這個外在世界的枷鎖卻無時無刻不反過來牽制束縛脆弱的幸福生活。幸福在這樣的大環境氣候下，自然是產生似近實遠的矛盾焦慮。這種對幸福充滿兩難困境的焦慮感受在〈沿著虛線〉一詩中有精彩生動的描述：

因握有虛無而逐漸壯大

　　與日膨脹的狂妄

　　沿著虛線

　　義無反顧地撕下

　　翻越過生活的斜坡

　　幸福是伸手可及的

　　幸福也是遙不可及的　　（80）

陳強華的詩吸收了早期浪漫抒情的語調，因此他在書寫現實社會的
題材時，常有對社會體制作出含蓄的嘲諷批判，更多時候呈現的是
對現實不滿的焦慮無力感。在《那年我回到馬來西亞》時期的詩大
致如此，雖如前文所述，有一部分的詩作已經對現實社會作出嚴厲
激烈的控訴，但是這類的詩畢竟不多，而在《幸福地下道》裡的詩
也大致如此，或者也因為其秉性使然，陳強華所擅長書寫的詩風格
語言屬於較含蓄委婉，它的批判力道帶有反諷嘲弄的面向，而不是
激烈的抨擊吶喊。他在〈魚群〉一詩中對幸福生活背後的環境社會
束縛壓制有更為深刻的體認，詩中藉魚群的生活處境來影射現實社
會中的人群，以及人作為現實主體的侷限和荒謬困境：「魚群快樂地
生活／魚群誠實地生活／等待糧食定時投下／隔著堅實的現在／透
過良好的打氣系統／看見透明的未來／在水缸中展開漫長的旅行／
無休止地游動，翻身／滑過塑膠海藻／想看一看／望不到的海群」
（1999：29）。生活在水族箱裡的魚群表面上看來似乎優遊自在，充
滿了快樂和幸福，其實認真思考的話，這些魚群被水族箱的環境局
限在一個充滿束縛和壓制的處境，敏銳的詩人從中看到了自己的生
活困境，在幸福生活的背後有著重重的限制和無奈，只能在其中有

限度的重覆一種無聊的動作，流露出詩人面對無力改變的人生困局。
詩人對現實人生的失望已是不言而喻，他並沒有在詩中作出沉痛的
控訴或譴責，但是他的書寫行為本身已具體的表現出身為一個詩人
的自覺意識和反思能力。

在面對公式化人生時，陳強華流露出另一種不同的態度來面對
這個無力改變的現實困境，他在〈排列詩的碎片〉中說：

在如常的生活辦公室中
我常常暗自詛咒
每天來回同樣的路途風景
上班打卡下班打卡
上班打卡下班打卡

讓我出點差錯吧
期待一粒被拋出的石子
落入生命平靜的湖面
激起漣漪，無數漣漪

讓我出點差錯吧
讓我是一列前進的列車
在轉彎處意外出軌
偶爾誤班，遲到也好　　（58）

詩人是刻意地期望出差錯來面對極度刻板的現實生活制度，甚至採
取一種不同主流體制的觀點來抗衡這個人生公式化的無奈困局，這

種書寫策略表面看來是一種逃避，實際上可算是一種「詩化的抗衡」
（poetic resistance）。對現實體制含蓄的批判，採取另一種不同於主流
的觀點態度去面對（或逃避）現實生活的束縛限制，類似「詩化的
抗衡」反應在詩人陳強華的童年與鄉土的緬懷情境中，尤為熾烈。

三、田園模式再現：童年歲月與鄉土情結

　　童年書寫可說是一種回到過去式的逃避，但同時也可看作是另
一種抗衡，作為前伊底帕斯（pre-oedipal）階段的童年，其所對抗的
是成人那充滿理性、計算和制度化的世界。詩人作家藉童年經驗或
回憶童稚歲月的純真可以凸顯成人世界的虛偽和現實體制的束縛，
藉此批判了俗世體制運作的僵化意識形態和虛偽建制。從這個角度
來看，童年書寫自也有其積極的一面，絕不是一般人所認知的消極
的逃避。

　　張漢良在〈現代詩的田園模式〉一文中提出「田園模式」
（pastoralism）的文學概念，他認為田園詩可分為狹義的與廣義的兩
種，狹義的田園詩指田園的或鄉土的為背景，以及謳歌自然的題材。
廣義的田園詩還包括了詩人對生命的田園式關照與靈視，諸如對故
國家園、失落的童年，乃至文化傳統的鄉愁。田園模式的追求，其
立足點是現世的，詩人的觀點是世故的，他身處被科技文明摧殘的
現實社會，懷念被城市文化與成年生活取代的田園文化與童年生活，
於是藉回憶與想像的交互作用，透過文字媒介在詩中再現一個田園
式的往昔（張漢良，1976/08：81）。

　　採取這樣一個角度來閱讀陳強華的詩作，我們發現到詩人一再透過詩作來緬懷過去的浪漫歲月，其中隱含著一種渴望時光倒流的願望。他在〈稻米〉一詩中以童稚歲月的稻田土地來對照眼前疲累的城市生活，童年歲月在詩人的記憶和想像裡，充滿斑斕的色彩，而城市生活卻令人感覺疲累不堪：

> 行走在童年的阡陌上
> 在歲月與記憶之間
> 觀察打架魚斑斕的色彩
> 時間的嘴唇像水蛭緊貼傷口
>
> 月亮比較瞭解我們
> 我們還有美好的想像
> 如今我們比泥土還累
> 住在城市的情人還沒睡
> 眼前晃動著
> 故鄉起伏如浪的稻香　　（136-137）

在上引的詩句中，童年歲月的稻田泥土、打架魚與月亮等景物充滿了美好可愛的回憶，是詩人用來對比成人世界生活的俗世沉悶公式化的映照面，童年的緬懷與鄉土的記憶想像交織融合在一起，顯然的是詩人陳強華以此來抗衡成人世界現實體制的書寫策略，詩句中沒有任何激昂或悲痛的控訴，卻處處流露一股對生活反思的含蓄語調。如同張漢良指出，田園模式反映詩人的回歸原始狀態，但它絕非逃避文學（escapist literature），田園詩清晰地照出詩人的存在危機，

因此任何對現實的消極批判，都是詩人對田園理想積極的追求（張漢良，1976/08：92）。陳強華的詩句看似不對現實社會作出任何批評，實則以這個間接婉轉的修辭策略手法來提出詩人的反思。另外一首〈打架魚〉則更推前一步，把自己對童年歲月的回憶，全面投入耽溺在記憶與想像的世界之中，完整呈現出詩人二十年前童稚歲月的純真活潑：「時間的唇印／像水蛭緊貼傷口／童年滴下又積聚／流下的血／一定會撫慰／我的傷痛」（1999：124）。童稚歲月的純真美好有時也以少年的執著感性出現，效果其實與童年的心境相似，詩人寫他年少時期的理直氣壯和堅持自我的風采：「斑斕的色彩／因為驕傲／通過憤怒的血管顯現／年少時／可以橫衝直撞／可以焦頭爛額」（125）。對比於二十年後的中年時期的詩人在垷實生活中屢遭挫折：「二十年後／……／血淋淋的頭顱／在現實的輾轉下／垂頭喪氣／佝僂，頹廢／或再不信任自己」（126）。

詩人在這首詩的最後透過對童年的緬懷，寫出自己對少年時代理想的執著感性，以便讓自己永遠保持年輕的心態銘刻在書寫的當下時刻：「打架魚／魚打架／魚架打／這樣的下午把打架魚／組成幾個可能的排列／紀念那些遙遠的童年／我們曾是永不言輸的／打架魚」（127）。這種堅持永遠年輕和永不言輸的心態，可說是與上述以童稚歲月作抗衡的詩作相互呼應。童稚歲月或年少青春時期是詩人再現為抗衡現實生活體制的精神泉源，也是另一種將過去理想浪漫化的方式，其詩語言帶有抒情浪漫的本質。在〈鬆脫的水龍頭〉一詩中詩人明知童年的歲月已消失，一如鬆脫的水龍頭滴達流失的水聲，逐日侵蝕詩人的記憶，但是過去作為一種抗衡現存體制的精神

泉源，卻時時提醒詩人這些美滿甜蜜的記憶，以便詩人能夠把這些
過去浪漫化為理想的狀態：

> 當告別新村的亞答屋時
>
> 都蹲在水龍頭下的印度婦人
>
> 已消失在黃昏中
>
> 這一路的街景
>
> 刻烙在我童年的心版　　（100）

浪漫主義詩人常在他們的詩中呈現浪漫理想（romantic ideal），浪漫
主義的代表詩人華滋華斯（William Wordsworth）便認為通過回憶昔
日童年的時光和鄉土自然的情懷，將現在已經失去的光輝
（epiphanies）在詩中藉緬懷想像捕捉下來，形成一種浪漫主義的昇
華（romantic sublime）。解構主義論者已針對此書寫現象作出諸多批
評，他們認為這些浪漫理想是對已失去的源頭的天真懷念。在解構
主義論者眼中，浪漫主義者的做法是逃避現實兼自欺欺人，變成將
理想永遠投射於不能重現的過去[6]。

的確，現實中的童年鄉土固然是永不再復返，然而在心靈上，
它卻已被刻烙成永難磨蝕的版圖，因此在詩人心靈上童年永遠沒有
消失，它可藉回憶來重建和保持永遠的年輕，並在一再重覆的書寫
行動中，記憶的童稚歲月已含有某種程度的虛構想像成分在內，並
非真實完整的過去。如同後現代主義論者詹明信（Fredric Jameson）

---

[6] 有關解構主義批評家對浪漫派詩人的批評分析，可參見 Harold Bloom, *Poetry and Repression*, New Haven: Yale U.P., 1976.

所觀察到的那樣，「懷舊」（nostalgia）是後現代文化的通常現象，個人的記憶往往呈現支離破碎的狀態，因此詩人在回憶與想像的交織情形下，童年記憶無可避免會產生片斷與跳躍的現象，真實與虛構的敘述混合在一起（Fredric Jameson，1989：517-537）。這種田園模式的追求不是詩人記憶或童年往昔的恢復（restoration），而是一種再現（representation）。再現，對於後現代或後殖民（post-colonial）時期的文化批評理論來說，包含了再詮釋與再定位的政治立場，它有兩層意義，一是指政治上的「為誰說話」（speaking for），一是指藝術美學上的「再呈現」（re-presentation）（Gayatri Chakravorty Spivak，1994：70）。從這個觀點來看，詩人的童年記憶與想像，就不是往事史實的復原，而是詩人為了回應現實體制政治束縛，所採取的書寫策略，從中開發被壓抑的情慾、欲望、思想等價值觀，這些都具體的在童年往事的追憶中表達出來。於是我們讀到上面引詩中的「已消失在黃昏中」一句，其中透露出詩人在緬懷童年的純真歲月時，他清楚明白這些記憶中理想的一面已經成為過去，這一切追憶只是詩人自身的回憶與想像再現的一種錯覺。

在〈翻閱舊作〉中，陳強華讓時間雙腳倒退回原點，然後開始沉緬入他的童年歲月和年少生活。這首詩寫詩人童年時期的生活片段，一再緬懷過去的美好日子，詩的語言文字如同詩人的記憶那般優美細膩、流暢鮮活，無論是寫景敘物，意象取喻或節奏氣氛的營造渲染，表現出詩人駕馭文字的巧思才氣，新穎貼切與抒情造境的書寫能力。我們看到詩人陳強華在意象和情境上的出色表達：

我穿著童年的雨衣

　　　　到草叢去亂嚷

　　　　煙霧裡堅挺的大鳥

　　　　飛翔

　　　　划過

　　　　淺藍單調的天空封面

　　　　我親眼看見

　　　　一顆索淨的露珠墜落

　　　　如一顆巨大飽滿的愛

　　　　暗藏著瘋狂，打嗝　　（78-79）

詩中流暢優美糅合抒情浪漫的語言本質令整首詩充滿飽滿豐富的情感，也在詩人悠然自得出神的童稚視野內，將他那明淨理想的自我空間完整呈現出來。比克林（Michael Pickering）在談到西方民間音樂的發展時，指出民間音樂隱含著一種將過去理想化的傾向，但是其中也不是不可以帶出批評力量：「一個已經過去的世界的『回溯式理想化』會阻礙進入未來的建設發展而形成危機，但它同時也可以通過對當前現實施予更加迫切的壓力，幫助建構及維持一種帶抗衡性的自尊，藉以對抗支配階級體制的羞辱，而這本身已是創造思想和存在的努力方式的最好和重要部分」（Michael Pickering，1987：39-40）。換句話說，只要每一個人可以在現實社會中的壓制困境裡找到心靈理想的空間，形成一種肯定自我空間的思考方式，就可以如比克林所說的「抗衡支配階級的羞辱」，因此在詩人陳強華這些書寫童年歲月與鄉土緬懷的作品中，便是「一種帶抗衡性的自尊」，體現出比克林所說的抗衡成分。

　　童年歲月與鄉土情結的書寫，可以被視為詩人開啟自我心靈空間的鎖匙，打通現實支配體制和理想精神泉源的橋樑，這些俱可以轉化為面對現實桎梏的力量與自覺。可以肯定的是由此所產生的力量足以令詩人洞察社會現存的問題，進而在詩句中或含蓄委婉或強力批判既存體制的運作方式和意識形態。

結　論

　　在八〇年代中後期，剛從台灣返馬的陳強華帶著他的抒情浪漫感性與後現代主義風格的書寫手法，引起馬華詩壇的注目，頗受馬華年輕詩作者群的歡迎。這個時期的詩，前者主要表現在他以一個名叫 Blue 的傾聽者為傾訴對象的一系列「藍色時期」的詩作，詩中的抒情浪漫與憂鬱敏感語調有著楊澤、羅智成的影子，而後者的後現代前衛藝術觀念可追溯上夏宇的聲音，主要表現在一系列「類似時期」的詩作。當然無論是後現代或是抒情感性，這本詩集《那年我回到馬來西亞》中的作品對於本土現實和政經文教的省思與探討卻又是那麼實在本土，詩中所潛在含蓄的憂患不安意識也是與上述台灣現代詩人不同的。這類揉合後現代與抒情浪漫的聲音，我在這裡姑且稱之為「後現代感性」，乃是陳強華詩的一項特色。在其後的詩集《幸福地下道》裡這個特質透過幸福生活的片段抒寫、對童年與鄉土家園的緬懷表達得更為凝練飽滿，形成馬華現代詩發展脈絡裡一種鮮明獨特的聲音。

　　詩人陳強華獨樹一格的後現代抒情感性語言色彩，以介入本土

現實社會和文化憂患意識為其詩想所在，力接九〇年代馬華社會的
普遍舒朗的政治環境和生活態度，無不顯現出詩人陳強華書寫的時
代訊息。陳強華是馬華詩壇上重要的代表性詩人之一，我們從他的
詩作中風格與世界觀的變異，得以探測出馬華詩人作家與馬來西亞
國家社會整個文化環境、政治變遷之際的互動關係，這也是馬華現
代詩發展上值得考究的現象和意義。陳強華自有其不易的根本個性，
那就是他那抒情浪漫感性的本質和後現代前衛藝術的觀物態度，在
詩人的整體作品中道出了詩人與生活（世界）的辨證關係。

引文書目：

Fredric Jameson, "Nostalgia for the Present," *South Atlantic Quarterly* 88.2
　　　　(Spring), 1989, pp.517-537

Gayatri Chakravorty Spivak, "Can the Subaltern Speak ?" in Patrick Williams &
　　　　Laura Chrisman, ed. *Colonial Discourse and Post-colonial Theory: A
　　　　Reader,* New York: Harvester Wheatsheaf, 1994, p.70.

Michael Pickering, "The Past as a Source of Aspiration." *Popular Song and Social
　　　　Changes in Everyday Culture: Popular Song and the Vernacular Milieu.*
　　　　Philadelphia: Open UP, 1987, pp.39-40.

張漢良〈現代詩的田園模式〉，《中外文學》第 5 卷，第 3 期，1976/08，頁
　　　　80-93。

陳強華，〈陳強華詩輯序言〉，《蕉風》第 454 期，1993/05,06，封面內頁。

陳強華《那年我回到馬來西亞》，吉隆坡：彩虹出版社，1998。

陳強華《幸福地下道》，吉隆坡：大馬福聯會，1999。

陳慧樺〈寫實兼寫意——馬新留台作家初論〉，《蕉風》第 419 期，1988/10，
　　　　頁 8-10。

陳慧樺〈大馬詩壇當今的兩塊瑰寶〉，收入江洺輝編《馬華文學的新解讀
　　　　——馬華文學國際學術研討會論文集》，吉隆坡：大馬留台聯總，
　　　　1999，頁 70-75。

[2002]

從國家大論述到陰性書寫、文本政治
——林若隱、呂育陶的後現代視角

前　言

八〇年代後期，馬來西亞社會面臨一場政治風暴，無論是政經文教各領域，幾乎都深受其衝擊和影響，而對馬來西亞華裔來說，這個時期乃是國家獨立及五一三事件以來，華族史上所經歷過最嚴峻的政治身分認同危機和考驗。馬華作家普遍上都意識到這個現象並把它反映在作品中，馬華詩中的感時憂國與民族文化憂患意識在這個時期因應而生，過後迅速達到最高點，詩人紛紛以一種「寫實兼寫意」的語言技巧來抒發（或發洩）心中對現實憤懣的塊壘，如傅承得（1959-）、方昂（1952-）、游川（1953-2007）、小曼（1953-）、黃遠雄（1950-）等人的「感時憂國詩」或傅承得的「政治抒情詩集」即是這個時期的產物。幾乎同一時期，也就是在八〇年代末期，馬

華詩壇浮現一些嶄新的詩觀念，如都市視野、科幻領域、電腦語言、消費文學、本土／邊緣意識、環保意識、意識形態論述、多元種族的多元文化觀、文明衝突與整合，這些觀念引導九○年代的馬華詩方向，有更多姿多彩的表現，膽大心細的嘗試，顯示馬華詩壇不甘於被現實主義文學所壟斷的新局面。以上所提及的種種嶄新觀念和語言意識，其實正標示著馬華詩人，尤其是一群六字輩以降的年輕詩人的詩語言，正轉向一個後現代主義觀念的道路前去，有別於現實主義與現代主義的語言結構，後現代觀念無論在詩的形式、思想、表現、語言各方面都有翻新出奇的成績。這些詩在當時的政治社會大環境中冒現，看起來似乎與社會現實格格不入，其實不然，仔細探討這些詩的社會脈絡早已有跡可尋，馬來西亞的工商業領域成功轉型，城市人口激增，大型都會崛起，國家邁向電子電腦的先進領域，上述種種現實客觀現象與這一時空的詩作所形成的交互關係，是緊密相隨的。而在文學集團方面，八○年代末期一些年輕作者的文學刊物如《椰子屋》、《青梳小站》開始引介後現代主義，介紹一些台灣的後現代詩人，而採取開放創作風氣的《蕉風》也陸續翻譯和介紹海外的後現代理論與文學作品，在這些文學刊物上，不少年輕詩人寫了後現代風格的詩，其中林若隱（1963-）、呂育陶（1969-）、蘇旗華（1969-）、翁華強（196?-）等人是其中的佼佼者。

在這方面，無疑的林若隱的詩具有代表性，她的詩揉合政治局勢的危機意識與社會變遷裡一種後現代的語言視角，也重新檢討了文學和現實之間的虛實關係。但本文的重點是在探討林詩中一個更為深層的結構，即其詩在面對國家民族大論述大題材時，如何思考

女性主體性在這樣一個時代結構裡的佔據位置，利用國家論述與傳統文化的縫隙中，實踐一個女性詩人獨特的陰性書寫與瑣碎政治，從中建構出女性自我的主體身分認同。林若隱這個書寫的面向使她有別於當時其他馬華詩人的後現代作品，筆者肯定她身為一個（女）詩人的語言自覺和身分認同，她在九〇年代馬華詩裡的重要性自是不言而喻。

　　另外本文也一併探討呂育陶詩的後現代語言與文本政治相接合的最佳示範，呂詩擅長精心設計多重後現代的表現手法與語言結構，企圖解構傳統政治觀念的盲點，顛覆主流霸權體制的話語概念，營造出一個多元多音多變的後設表現形式，讓各個不同的意識形態或話語觀念產生對話或質疑彼此的正當性合理性，甚至藉以瓦解傳統政治與美學的二元對立模式，釋放出文本中語言所存有的異質性與流動性。而在歷史向度上，呂詩的語言形式和敘事結構因為其混雜的性格，具有多重矛盾的聲音或視角，可見出詩中的後殖民與後現代觀念兩相接合又排斥的擺盪立場，無疑的詩人對現實社會變遷的觀視角度和反思起著極為重大的作用。筆者肯定呂育陶在詩中展現高度的文學語言自覺，他的後現代詩作可視為馬華六字輩詩人中的集大成者，也對後來的七字輩詩人的後現代語言轉向奠下基礎，其在九〇年代以來的馬華詩壇的重要性由此可見一斑。

一、林若隱：從國家大論述到陰性書寫、瑣碎政治

　　林若隱寫詩的起步很早，早在七〇年代後期的天狼星詩社時期

就開始嶄露頭角，到八〇年代中後期的成熟詩藝表現，令人注目；以及九〇年代初的驟然停筆，令人惋惜懷念女詩人那獨特凝練的語言視角。我們幾乎可以說，林若隱是馬華詩壇八〇年代以來最重要最出色的女性詩人，是繼七〇年代的方娥真（1954-）、梅淑貞（1949-）、淡瑩（1943-）、李木香（1954-）等人過後最具有代表性的女詩人之一。這樣一個頗為出色的詩作者，卻在整個八〇年代的馬華文學評論中不見深入的討論，毋寧是一件令人感到遺憾的事。我在這裡想針對林若隱在八〇年代後期、九〇年代初期停筆前的詩作，以一個嶄新的角度來評論和詮釋林詩中的女性意識與語言特色。

八〇年代中的林若隱詩語言顯然深受台灣詩人楊牧、楊澤與羅智成的影響，最明顯的莫過如〈落雨了，城落了一地鱗瓦〉（1987）和〈這一輯是關於愛的〉（1988），其他如〈貓住在五十七條通的巷子裡〉（1989）、〈看畫記〉（1988）、〈橫街記〉（1989）的抒情覆杳句基調與迴旋斷句運用得當，承繼的也是楊牧、楊澤一貫的抒情風格和富含象徵意義的語言意象。這裡暫且撇開林若隱的詩語言意象不談，先就林詩在馬來西亞八〇年代中後期的文本脈絡來看，當時的國家社會正面對一連串政治風暴的動盪時期，其中有政黨爆發激烈的黨爭、華社面臨合作社經濟醜聞、司法界面對一場司法權自主性危機、華文教育與文化的合法性地位受到衝擊、種族衝突和政治白色大逮捕，林若隱的〈貓住在五十七條通的巷子裡〉顯然是在這個歷史脈絡下產生的文本。這個當年華社在政經文教各領域所面臨的集體挫敗與憂患意識的文本脈絡，八〇年代後期的傅承得、游川、小曼、方昂等人的「感時憂國詩」對此現象作出直率的抗議，

語言上除了部分承襲中國左翼文學傳統的「批判現實主義」，道出華族普遍上的不滿憤怒，但詩句中充滿理想感性的民族文化憂患意識與身分認同的省思，仍不脫「中國性－現代主義」的餘緒[1]。幾乎在同時期發表的〈貓住在五十七條通的巷子裡〉，卻呈現出截然不同的語言面向，不同於馬華政治詩主流的感時憂國與憤懣激情，林這首詩的敘述語言避免了激情和悲憤的「干擾」[2]，借著藝術的處理流露出一種冷靜理智、對現實保持某個距離的藝術觀察力，不直接批判現實社會從而避開了「意識形態的妥協」[3]。從這個角度來看，這首詩可能隱約印證了黃錦樹的期待，政治上意識形態的不妥協，形成馬華文學天生處於流亡的狀態（diaspora in born）[4]。詩句中「也不用爬牆，也不用敲門／也不用大聲吶喊／移民這種事／私奔一樣／傳得最快／『那年南來／是慌張的……』」[5]，刪節號暗示移民流離的狀態永遠持續、未嘗停止的時刻，從身體地理上的移民到心靈意識上的流亡，一種馬華（後）現代主義流放詩學的浮現，在一個政治非常時期、民族大敘述的憂患意識高漲時期，類似的語言視角

---

[1] 承襲中國左翼文學傳統的「批判現實主義」論點見黃錦樹〈東南亞華人少數民族的華文文學：論大馬華人本地意識的限度〉，《香港文學》221 期（2003.05），頁 58。

[2] 劉育龍〈詩與政治的辨證式對話──論 80 和 90 年代的兩本政治詩集〉，《馬華作家》9 期（1999），頁 121。

[3] 《香港文學》221 期，頁 59。

[4] 《香港文學》221 期，頁 59。

[5] 林若隱〈貓住在五十七條通的巷子裡〉，《掀一個浪頭──第三屆全國大專文學獎專輯》（吉隆坡：馬大華文學會，1989），頁 80。

在當時被視為極「政治不正確」也是可以理解的，這種不附和主流意識形態的政治詩除了我的一篇評論文字〈和歷史一樣憔悴——讀林若隱的一首詩〉[6]，幾乎被排除在馬華文學評論的討論視野外，它／她的命運如同自身——和歷史一樣憔悴——見證了主流大敘述（grand narrative）的話語暴力（沉默往往是一種極大殺傷力的語言暴力），不然就是把它歸劃入政治詩的範疇，只談詩的語言風格和文字功力。[7]

　　林若隱另一首詩〈在黃紅藍白色如夢的國度〉中對心靈的流亡狀態有更為深刻細膩的敘述：

> 我以為經歷將帶領我跨越成長
>
> 但我的不安持續加重，迷惑加深

---

[6] 張光達〈和歷史一樣憔悴——讀林若隱的一首詩〉，《大專青年系列》3 期（1990），頁 138-141。

[7] 類似的論調見劉育龍〈詩與政治的辨證式對話——論 80 和 90 年代的兩本政治詩集〉，《馬華作家》9 期，頁 121。較令人欣慰的是這首詩當年奪得第三屆全國大專文學獎詩歌組第一名，評審之一的方昂在〈詩歌組評後感〉中如是說：「參賽作品以家國民族作為題材的佔相當比重，年輕作者對家國民族的關懷、省思與焦慮躍然紙上，這是令人鼓舞的現象，畢竟華族精英關心的不只是一紙文憑，他們的觸角也探及象牙塔外的國情民生，他們表達的方式容或粗疏淺顯，但年輕的心靈確實是呼應著時代的脈搏的。」方昂〈詩歌組評後感〉，《掀一個浪頭——第三屆全國大專文學獎專輯》，頁 90。把這一段話放置在當年的時代語境與主流文學中來看，正好呼應了我上面的論點，「感時憂國詩」的主流論述觸角（這裡是馬華文學頗有代表性的男詩人）伸及文學每一個角落，就連那些還未涉及實質政治和社會工作的大專學生寫作者群也不放過，總動員為這個民族憂患意識非常時期積極建構一個想像社群。

在新興的河域來回奔走

找不到突圍的出口——

在黃紅藍白色如夢的國度

我的朋友甲，他住在季候風自北往南吹颳

的通道上一生命，他常說

就像蒲公英花傘務必浮離散落

一旦飄越最後一座防風林

就是海洋[8]

在這裡弗瑞蒙（Susan Stanford Friedman）的「身分地理」（Geography of Identity）理論可以提供我們一探林若隱詩中的心靈上的不斷遷移現象，弗瑞蒙指出，身分不是單一、純粹的，而是充滿了多元、多變、暫時性、相互衝突和矛盾的，她將這種身分交會互動稱為「身分地理」，是一種歷史性的位置，多重知識的交集點，是一種不斷辨證的地域，是一種活動性的對抗空間、接融區、中介帶、邊境、前線[9]。換句話說，身分地理可以是一種空間，一種確實存在的地理位置，如上面引詩中的馬來西亞國度，幾百年來即面對各種西方文化（葡萄牙、西班牙、荷蘭、英國、美國）、東方文化（印度、中國、阿拉伯、日本）及在地土著文化的交流折衝。同時它也可以是一種想像空間，或心理上的意識空間，如文本，提供不同意識形態對話

---

[8]　陳大為、鍾怡雯編《赤道形聲：馬華文學讀本 I》（台北：萬卷樓出版社，2000），頁 87。

[9]　Friedman, Susan Stanford, *"Beyond" Gender: The New Geography of Identity and the Future of Feminist Criticism, in Mappings,* Princeton: Princeton UP. 1998, pp.18-20.

或對立。馬來西亞一直都是衝突強烈的身分地理，尤其是在八〇年代後期的政治時空，在動盪不安的時空底下，各種身分的張力、衝突更加明顯激烈，個體對自己各種身分的對立和認同也會充滿焦慮。在面對國家霸權、男性論述和族群主流話語的權威強制規範，林若隱詩暴露出女性身分地理中的矛盾張力，身處弱勢位置的她只能遊走在兩種或數種身分交會對抗的邊境，造成其身分地理上的不斷遷移，形成其思緒上的困惑與矛盾，然後選擇（身體或心理上的）出走、流放、越界、再越界，期望能夠找到一個身心安頓的歸宿。但是如同弗瑞蒙所說的，身分地理的後現代或後殖民處境，並沒有所謂「最初」和「最後」的定點，有的只是吉普賽人的遊歷或遊牧方式。林若隱最大的困惑在於，在國家霸權論述與（男性）族群主流論述間思考身分、遊走突圍，卻找不到一個可以安置己身的地方，無論是國家霸權或是族群論述，都沒有女性主體性的領土疆域，因此出走是唯一的選擇，夢是心靈上的一扇窗口供她逃逸。類似對身分地理的困惑和追索在〈Notes of Confession〉一詩中藉吉普賽女子的存在思考形而上的辨證：「當我重複辨證以一物追擊另一物／以一抽象併吞另一抽象，以波濤／拍擊龐大無際的循環，我深知／我必落敗如一轟然倒塌的巨人／／我的不安是否延自對於未知的透徹？」[10]，詩人的女性主體性意識讓她同時充滿信心與恐懼去面對外界的巨大侵略：「所有外來自信對於我都是巨大侵略／（我深知，這是唯一擊敗命運的機會）／是否我能帶笑勇敢地面對／一狡黠冷漠的吉普

---

[10]　林若隱〈Notes of Confession〉，《椰子屋》14 期（1989），頁 37。

賽女子？」[11]女詩人透過書寫敘述，在詩中盡情地思辨和爭辯各種衝突、矛盾、認同，主體在這個暫時的書寫行動過程當中，既可自我審視、瞭解己身的被壓抑的慾望，又可鬆動逃脫現實中穩定結構的邊緣弱勢處境。

　　身為馬來西亞華裔，八〇年代後期的政治風暴把他們的主體性排擠到邊緣與被壓迫的位置，感時憂國詩的（男）作者標榜一種民族與文化的身分危機和認同困境，集體在詩句中建構一種民族主義的文化身分與想像社群，這種傾向主流知識分子大敘述的思考方式，在國家政權主導的壓迫和邊緣化之下，基本上以中華文化為主要取向，強烈滲透了國家民族、道德正義與文化血統等等大規模、大格局的價值觀念。如果說，「國家」是一個以男性群體為根本的一個單位，而「國家主義」如許多女性主義學者所說的是一個男性群體所製造建構的一種意識形態，女性在其中的角色是相當令人質疑的，在國家主義和民族主義的號召下，男女需要團結以捍衛國家和民族的權利，可是在這樣一個國家主義和民族主義裡的男權制結構卻從未被要求檢討或受到挑戰，女性的選擇權永遠受制於傳統男權制下的性別歧視而無法彰顯女性主體性或自我意識。身為馬華現代女詩人，林若隱的女性身分顯然構成其詩語言在主流（男）知識分子論述所強烈強調的民族文化意識之外，另有其他一樣重要，構成其心理、知識、情感、追求等因素，在詩中有意識或無意識的表達出來。林若隱詩的語言顯然不接受八〇年代後期主流詩美學傳統與批判寫

---

[11]《椰子屋》14 期（1989），頁 37。

實的同化，她從男性的歷史知識與華族歷史記憶切入，卻在有關民族主義、道德傳統、文化情境與政治糾葛的大敘述、大題材中呈現或凸顯女性一己的聲音。就算是上面提及的〈這一輯是關於愛的〉一詩雖然詩語言象徵深受楊澤的薔薇學派影響，但是她在襲用台灣（男）詩人的語言形象時，我們也發現林若隱亦企圖在語言視角上轉化和顛覆男詩人的經典詩句，如詩第一首〈薔薇花開的季節〉就是最好的例子，她翻轉楊澤膾炙人口的薔薇意象，重塑了自我對薔薇（愛情）的看法：

> 在印度廟宇外頭的花檔子
>
> 我嗅到薔薇花香
>
> 然而我必須立刻推翻這想法
>
> ——我是已學習抬起頭的
>
> 而事實上天空並沒有飛鳥
>
> 只有幾片浮雲，或者說
>
> 一朵薔薇的幻影[12]

我們無從得知，究竟是林若隱的女性身分與角色，讓她警覺到自我身分無論是在男性文化大論述或是國家霸權的定位敘述裡，往往被安置在邊緣或從屬的地位，在這樣一個雙重邊緣從屬的位置上來抒發與尋找女性的聲音，是一項極其困難卻也是一個有自覺的女性詩人不得不採取的書寫策略。我們從她的詩作如〈馬來西亞和我的夢〉（1990）、〈八月三十一日凌晨〉（1989）、〈在紅黃藍白色如夢的

---

[12] 林若隱〈這一輯是關於愛的〉，《蕉風》419 期（1988.10），頁 32。

國度〉（1993）等可以輕易看見一個女性主體從男性的國家論述與歷
史知識切入，揭露傳統大敘述與霸權論述的空洞與假象，以女性自
我的身分換另一個角度去觀察、去自我呈現（self-representation），而
不是處於被呈現（represented）的位置。為了自我呈現，為了表達女
性生命自身，女性主義詩歌往往回到女性自身而抒寫個體生命體驗，
林若隱多首詩也致力於生命體驗的表現。因此，林若隱的詩中常常
出現「夢」的隱喻，夢是一個難以言喻、難以把握的廣闊空間，其中
隱藏著女性自我的情感、理想、慾望與生命，同時也隱藏了女性的
所有限制與困境，這個模糊難以規範的意象可以容納下女性的生命
意識，詩人在〈未結束前我在台上開一場露天演唱會〉一詩中以夢
破題，思考生命、理想、慾望和愛的種種命題，呈現出詩人主體的
內心世界與生活態度：「在夢，在苦，在愉悅，／在生命。在未結束
前我站在台上／開一場露天演唱會／唱我凋謝前的水仙瓣瓣／唱我
醒轉前的隔世紅樓／唱一切未來我來不及唱的悲苦／唱一切未來我
怕趕不及懊悔的懊悔……／／我唱不出來的／你高喊出來好不好／
你用大海的聲量湧激成山好不好／你用愛容涵著我好不好／因為
愛，我才能快快樂樂如風疾走／高唱時間、歷史、人類、自由如火
如荼／滾滾的長流」[13]。這個夢的隱喻在〈在黃紅藍白色如夢的國
度〉中一再出現：「夢中，飛魚形體一再出現／在倒退的海岸線，與
迅速遠離的／跳躍姿態之間──／我發覺，每一個夢／都處於尷尬

---

[13] 林若隱〈未結束前我在台上開一場露天演唱會〉，《蕉風》428 期（1989），封
面內頁。

邊緣。」[14]法國女性主義學者克莉絲蒂娃（Julia Kristeva）在論文中即肯定文學創作裡女性的潛在慾望可以被呈現或顯示出來：「文學揭示了一個受到壓抑的、夜間的、隱秘的潛意識的世界的某些知識，乃至有時是真理本身。……它從抽象的、壓抑性的社會符號、日常交流用語之中構築幻想和愉悅的園地。這種認同顯示出婦女從肩上挪開社會契約的種種獻祭重負，以一種更為靈活、自由的話語來養育我們這個社會的『慾望』。這種話語可以命名那些至今尚未成為社會循環之中的事物：第二性的身體、夢、隱秘的快樂、羞恥及憎恨之謎。」[15]可見女性書寫是一處可掙脫男性秩序規範，逼視女性真實的潛意識自我，女性主體性在上述林若隱詩中盡情表達，展現了女性深層潛在的慾望壓抑。

　　西蘇（Helene Cixous）在她著名的「陰性書寫」（ecriture feminine）理論中採取解構理論的角度來重新界定女性主義論述，打破傳統男性的二元對立的思考模式，提出女性書寫主體意識充滿顛覆與救贖意義的場域，解放與追求那個二元對立中被壓抑排斥的原型──陰性形式，不同於陽性形式的依賴掌控與征服，陰性書寫帶來對陳舊的成規、一言堂的論述形成顛覆的能量。西蘇在〈美杜莎的笑〉（"The Laugh of the Medusa"）一文中說，陰性書寫對男性霸權造成翻覆，「揚長一笑，打破一切真理」[16]。林若隱的女性詩人身分，形成她

---

[14]　《赤道形聲：馬華文學讀本 I 》，頁 90。

[15]　克莉絲蒂娃（Julia Kristeva），程巍譯〈婦女的時間〉，張京媛編《當代女性主義文學批評》（北京：北京大學出版社，1992），頁 365。

[16]　Cixous, Helene, "The Laugh of the Medusa" *New French Feminisms*, 1981. p. 258.

對此一現象頗為敏銳、時有省思，如〈魔術戲一場〉中的「真的不知道那樣尷尬的男人怎會／是承接一生一世的衣口袋」[17]，這裡林若隱有意打破和質疑「男主動女被動」的傳統秩序，透過觀看一場魔術表演來釋放自我主體的慾望想像，從中尋求一種陰性書寫的動力和泉源。

這種陰性書寫的動力，造成林若隱詩無論是在處理家國或政治的題材時，這些國家大敘述成為詩人思考女性自身的襯景，她的語言視角更多時候投注於自己生活的空間和女性的思維感覺，比如在〈八月三十一日凌晨〉與〈馬來西亞和我的夢〉兩首詩的時事背景皆與國家獨立建國的千秋大業直接相關，可是詩的語言敘述卻環繞致力於詩人自我的感覺和情緒的表現上，如本能的體驗、對生活的熱愛感受、對生命本體的內在神秘性探索，走向詩人的下意識層面狀態，徹底告別了因為國家大敘述慣常帶有的載道路線。林若隱詩的觸角轉向女性生活自身的時候，必須努力在男性話語的主流論述體系中尋找和建立自己的聲音，因此首先就要拒絕「感時憂國詩」的規範用語，有意通過一種陰性書寫來確立自我的語言。「感時憂國詩」的寫實載道文風或批判寫實主義必須被徹底揚棄，以便能夠放手表現女性書寫的心靈體驗、詩化情感的模糊性、形象思維的神秘性質等內心世界。在八〇年代後期、九〇年代初被引介到馬華詩壇的後現代理論適時提供了林若隱一個語言的嶄新表達方式。在〈八月三十一日凌晨〉一詩中，詩人筆下的國慶日只是眾多日子中的一

---

[17]　林若隱〈魔術戲一場〉，《金石詩刊》2 期（1988），頁 39。

個平凡日子，「馬來西亞萬歲」的口號淪為空洞虛假的承諾，充滿
調侃無聊、乏善可陳的生活片段：「八月三十一日凌晨我在狂鬧的
城市中心／點起一根菸，男人說：賽車是不可錯過的／／有人飛駛
過時拋來一堆嗚嗚哇哇吶喊／馬來西亞萬歲 I love you，但男人沒有
說過／任何承諾。他說：你淋濕了？」[18]國慶日的國族論述和宏偉
大敘述意義在這首詩中被詩人稀釋解構掉，換來的是一種生活化口
語化的詩語言來處理生活中的瑣碎情景，其中自有後現代詩人自身
存在的普遍體認。

　　因此毫不誇張的說，林若隱後期停筆前的詩，尤其是發表在《椰
子屋》14 期上的大部分詩作如〈Notes of Confession〉、〈浮在海上的
教堂〉、〈空中花園 1989 樣本〉、〈世紀末交響曲〉、〈八月三十
一日凌晨〉等都是詩人有意識的「自覺」，「用自己最把握的形式」，
「以後現代主義的概念玩一個十分漂亮的形式」[19]。無論是有意識
的取經或是受到後現代主義的影響，上述這些詩中的後現代語言轉
向是很明顯的，尤其試比較之前那些深受楊澤、羅智成的抒情婉約
的詩語言，這個改變造成林若隱的詩告別現代主義講求技巧結構的
文風，走向日常生活的平庸、個人化片斷化的生命感受、私密的女
性主體意識、以及極為瑣碎平面的角度切入男性話語主流論述的政
治場域。〈八月三十一日凌晨〉與〈馬來西亞和我的夢〉二詩把國家
論述置之腦後，在瑣碎的日常生活中充分的表現出女性思維和女性

[18]　林若隱〈八月三十一日凌晨〉，《椰子屋》14 期（1989），封底內頁。
[19]　莊若、桑羽軍訪問〈解構林若隱〉，《椰子屋》14 期（1989），頁 35-39。

的語言形式，寫出一種無序、非邏輯、清醒的思考與下意識的流動，其中現實與夢幻交織在一起，詩語言流放著一種陌生異樣的光彩：「遠方朋友回來了，說：怎麼更瘦了？／是嗎？我想說：不是應該說『馬來西亞我回來了！』的嗎？／那樣子很陽光的樣子……／／總有一個可以種植口口以及夢的／好地方──如果」[20]。這種語言心靈的流放狀態既是陰性的、同時也是後現代的特質，構成一個後現代女性對主體感受與生活空間的反思，某種程度上實現／實踐了女性主義理論所追求的陰性書寫與瑣碎政治。至此我們可作結論：林若隱詩中的（女）敘述者行動（mobility）除了受到國家論述、民族論述和文化論述的箝控，還深受其性別面向的影響。林若隱拒絕主流大論述，轉而擁抱小敘述（petits recits），進而在心靈和精神上遊走或逃亡，不只挑戰了傳統男／父權視角和家國體制，並因此可能帶出解放女性行動限制的無限潛力，成為後現代或後殖民時期女性行動政治最具顛覆性的位置。

二、呂育陶：後現代的政治／美學、文本政治的解構策略

　　呂育陶是馬華新生代詩人中的佼佼者，出生於一九六九年，馬華六字輩詩人的尾巴，時間上可說是標示著馬華文學／新詩一種嶄新的語言的到來，位置上卻帶有承先啟後的意味，既承襲六字輩詩人所擅長的文本結構，又往往出人意表的在詩語言中表現出後現代

---

[20]　林若隱〈馬來西亞和我的夢〉，《椰子屋》18 期（1990），封底內頁。

詩的文本解構策略，這個林若隱在九〇年代初期停筆前所孜孜建構未竟之業的後現代風格，卻在呂育陶那裡看似不費吹灰之力得以貫徹實現。可以毫不誇張的說，如果說林若隱念茲在茲的是開拓一個時代風貌與（女性）主體性在現代詩中的思考對話，呂育陶則顯然對這個時代的政治社會變遷展現了一個高度成熟的文學自覺，成功將馬華新詩的語言轉向，朝向一個後現代書寫的表達模式。

　　呂育陶的詩無論在表現形式、技巧手法、語言結（解）構、思（詩）想各方面，都是他熱衷探討的書寫場域，其中多元、拼貼、解構、後設傾向等形式手法成為他作品常見的特色。這些嶄新的話語形式和表現手法顛覆了馬華文學傳統的寫實文風，也告別了馬華現代詩所孜孜追求的深刻圓融的完整結構藝術概念，呂育陶在九〇年代的馬華文學位置標示出一種嶄新話語形式的來臨。馬華文學讀者必須拋開傳統上寫詩讀詩的線性時間觀念，嚴正看待這個馬華後現代詩潮的冒現。呂育陶的詩集《在我萬能的想像王國》（1999），可以看出詩人向後現代取經（徑）的明顯意圖，無論就語言或形式結構，詩人在作品中玩弄拼貼、後設、遊戲、解構等今天看來已經習以為常的書寫策略，在九〇年代初期發表時令人刮目相看，也令人對他有更多的期待。《在我萬能的想像王國》證實了呂育陶身為詩人的能耐與自覺，在詩文本中藉一種後現代的視角，面對全球化時代裡資訊文化與都會的高度發展的不可逆向性，詩人的書寫意念與都市精神的多元多向度息息相關，也積極與時代語境展開對話。都市書寫的題材與精神意識在早期的呂詩中成為一個鮮明的特色，論者多以這個都市書寫的角度，指出呂育陶的詩作深化了馬華的都

市詩。[21]

　　我在《在我萬能的想像王國》的序中曾經指出，基本上呂育陶的後現代觀念積極建構於都市、科幻、歷史這三個層面上，而在都市與科幻題材的處理上，受到台灣詩人陳克華、林群盛的影響頗深，無論是詩語言的習仿或文本互涉等方面，都是不容否認的事實，如陳大為明確指出呂的〈G公寓〉（1996）與林群盛〈那棟大廈啊⋯⋯〉（1988）的血緣關係：從較宏觀的詮釋角度來看，呂詩三分之二篇幅不免陷入林詩的陰影當中[22]。下面我要探討呂育陶詩另一個相當重要的面向：後現代的政治／美學觀念辨證、文本政治的解構策略。

　　傳統的觀念是，只要詩作的題材或文本中涉及觸及政治事件，論者便很自然不假思索的把這些詩作歸劃入政治詩的範疇[23]。這樣的看法顯然很容易窄化一些含有政治題材作品的深度與複雜性，也容易忽視作品文本中的文本政治的異質性面向，這也是為何我在論述八〇年代末、九〇年代中的馬華政治詩時，刻意不提及林若隱、呂育陶、林健文（1973-）等人的原因。這裡並不是要一概否定論者

---

[21] 這方面的論述可參考張光達〈詩人與都市的共同話題——序呂育陶詩集《在我萬能的想像王國》〉，收入呂育陶《在我萬能的想像王國》（吉隆坡：大將出版社，1999），頁1-18。又見陳大為〈感官與思維的冷盤——九〇年代馬華新詩裡的都市影像〉，《亞細亞的象形詩維》（台北：萬卷樓出版社，2001），頁147-168。
[22] 陳大為〈感官與思維的冷盤——九〇年代馬華新詩裡的都市影像〉，《亞細亞的象形詩維》（台北：萬卷樓出版社，2001），頁155。
[23] 這樣的論點可參考劉育龍〈詩與政治的辨證式對話——論80和90年代的兩本政治詩集〉，《馬華作家》9期（1999），頁111-121。

對馬華政治詩的關懷探討，而是希望我們在對一位極富創意的詩人的詩文本作出分析解讀之時，不會造成買櫝還珠，或是對作品的創意結構視而不見，產生本末倒置的論述盲點[24]。在幾首書寫關於政治隱喻或政治事件的詩，如收錄在詩集《在我萬能的想像王國》中的〈後馬來西亞人組曲〉（1991）、〈資本主義國民宣言〉（1993）、〈在我萬能的想像王國〉（1992）、〈獨立日〉（1999），收錄在《有本詩集》中的〈造謠者自辯書〉（2002）、〈只是穿了一雙黃襪子〉（2001），這些詩穿插政治事件、歷史事跡、社會變遷的文化／文本脈絡，大體上都呈現了文本政治的意圖，絕不是直接複製社會新聞、片面議論政治事件、激昂批判霸權體制的政治詩／政治文本。

八○年代崛起的新歷史主義學者如葛林伯雷（Stephen Greenblatt）、蒙特羅斯（Louis Adrian Montrose）在評論文學藝術作品的時候，已經無法接受文化、藝術、政治活動只「反映」（reflect）底層經濟生產模式的說法，相反的他們認為文學、藝術也「參與」

---

[24] 一般而言，「政治詩」這個次文類廣為馬華詩壇所接受，近十年來馬華政治詩創作的質量亦甚可觀，但是論者對於政治詩的嚴格定義卻少深入討論，似乎詩人及評論者都把它視作一個不證自明的東西。關於政治詩的定義，因為牽涉到各家對「政治」一詞的分歧看法（比如可分為廣義的與狹義的兩類），而且論者的政治意識形態也深深影響定義的莫衷一是。台灣學者孟樊認為要辨析「政治詩」與「非政治詩」的分別，除了詩人創作時帶有的政治眼光，另外一個因素是意識形態評論家依據自身的政治立場來解讀作品，也可能使一首非政治詩變成政治詩。孟樊對政治詩的定義和解讀相當有啟發性，可供有意研究馬華政治詩的評論者參考借鏡，見〈當代台灣政治詩學〉，鄭明娳編《當代台灣政治文學論》（台北：時報出版，1994），頁315-353。

了當時的歷史演變，與社會相互推動（interact），對社會的變遷演化，發揮其潛移默化，甚至挑戰刺激的功能。換句話說，政治文本是作者站在官方意識形態立場或當權體制的優勢位置，單向的以政治事件和社會記錄來複製鞏固主流話語的正當性，粗暴的向讀者灌輸一套主流政治意識形態。而文本政治則不然，它的書寫文本中雖然不免觸及社會政治題材或時代脈絡意義，但更重要的是文本中所欲藉政治事件來達成文本的政治性意圖或策略，進而提出作者對某個政治現象的反思，或解構某個威權體制所欲鞏固建構的霸權話語的正當性和合法性。

這裡的文本政治當然含有文本的互文性意圖，所謂的「文本性」就是透過批判的閱讀或解讀的方式，將文本的脈絡及其批判的意義加以釋放，因此透過文本的分析，也就是詮釋的作用，文本發展成為一個未來的歷史或在社會實踐上形成其文本的歷史效驗（effects），透過這個方式，將讀者帶到文本的想像空間，透過論述的實踐而將它實現，並展伸它的意義，這即是「文本性」[25]。德希達（Jacques Derrida）認為文本裡頭的文字和概念交互指涉的觀念，也就是交互指涉的意義形成一種現實（reality），在解構批評中，針對傳統的二元對立觀念的對照方式，提出文本內在就有一種互文和衝突的矛盾邏輯，利用這個方式，把文本內在的互文與其中遭到壓抑或彼此糾纏的成分釋放出來，因此許多文本與身體的內在分類與矛盾，形成許

---

[25] 廖炳惠《關鍵詞 200：文學與批評研究的通用辭彙編》（台北：麥田出版社，2003），頁 255-256。

多互文的現象。文本政治所實踐或釋放的文本性與互文性，在文學文本中產生一個開放而非封閉的系統，這種文本形式既是解構的書寫策略，也是一種關於後現代或後結構的文本脈絡解讀方式。

在這一點上，呂育陶的詩示範了一個接合後現代觀念與文本政治的精彩例子，在〈造謠者自辯書〉和〈只是穿了一雙黃襪子〉二詩中展現出高度的文學自覺。〈造謠者自辯書〉一詩的形式結構存有多重可能性，在文類（genre）上它可以是詩、供詞、散文、作者手記、互聯網符碼、政治寓言的混合體，這種設計造成文類之不確定或非單一性，或抗拒任何將其定位為傳統詩歌形式的傾向企圖。這個「文學混種」（literary hybrid），讓文本擺盪在數種文類形式之內，帶有「反詩」（anti-poetics）的策略手法，常常被傳統批評家視為形構上的缺陷，而呂詩正是要利用這個「缺陷」來旁徵博引，再加上天馬行空的想像及遊戲嘲諷的語調，來大力擁抱這個多元多變多音的風格，基本上是運用巴赫汀（Mikhail Bakhtin）的「多音」（polyphony）觀念，讓文字的內在聲音，彼此展開對話，形成一種網絡關係，在語言觀念上呈現不同意識形態的針鋒相對，在敘述形式上則產生「降格諷刺」（parody）等作用，其中也貫穿了後現代的後設語言和書寫的解構形式（a deconstructive form of writing），打破傳統上將政治／美學（politics／poetics）對立之理論架構，成功地瓦解政治文本的單一視野和權威話語，建立一個文本政治的多重觀點。因此，此詩的解構文本凸顯了兩個問題，首先是政治／文類之關聯，亦即政治語境之不定即文類之不定，政治現象由不同或特定的角度來敘述時會產生截然不同的認知，而這個政治語境的變換不定也藉書寫文類的

轉換得以貫徹顯現。其次是政治／文本之關連，亦即政治語境與文本一樣變動不定，當政治議題由一端擺盪到另一端時，文學語言也由一種轉換為另一種，此種政治議題／文本政治的緊密連結，遂造成了政治語境的產生可視為文本式的，如同意義之產生，沒有一種政治現象是自然本質的、單一詮釋的、理所當然的。呂詩不只解構了霸權話語的「真相」、「真理」、「正當性」，同時釋放出那些被傳統主流或當權體制一再加以壓抑排斥或企圖邊緣化的話語敘述。

　　在〈造謠者自辯書〉中，經由每段供詞中的拼貼轉換的語言風格，與後設戲仿的敘事結構，這首詩成為一種不定的「雙重敘述」（double discourse），既開放又擺盪，既宣稱又質疑，既悠閒又嚴肅，既遺忘又難忘，既引述又諷刺，緊密結合文本政治的政治化文本（politicize the textual）與文本化政治（textualize the political）之方式，使詩文本的政治議題（或廣義的政治詩）成為一種創造性的書寫策略與閱讀活動，而非局限性的批評活動或單一視野的詮釋方位，瓦解了傳統正經八百的政治書寫。比如此詩的〈供詞 II〉一節：

　　　檢驗我的唾液，它比全部國有報刊的專欄更甜蜜
　　　檢驗我的血液，它比國花的花瓣更鮮紅艷麗
　　　檢驗我的骨骼，它比高掛國旗的旗杆更挺直
　　　檢驗我的毛髮、肌膚、肝膽心肺
　　　統統架構自椰漿飯、炒粿條、拉茶
　　　道道地地本地建築器材絕無舶來品

　　　在空調機管理得草木繁盛的新興都市

> 如果，設若，假定真有謠言
>
> 那一定是過境的颶風強行扯倒燈柱、電杆木
>
> 留下的瘀血[26]

但是此詩最具自我解構顛覆作用的，則非最後一段的〈捏造的供詞〉莫屬，詩人在其中設計一個「不可信賴的敘事者」，建構出誇大、偽裝、戲耍種種敘事策略手法，充滿了反諷的後設疏離與高度的文學自覺，不斷干擾讀者的觀視角度與政治認同，藉以凸顯敘事、意義與認同之間建構過程和再現機制。然而這些理論上的形式試驗必須置放在該詩文本中的歷史社會脈絡來審視，也就是在馬來西亞上個世紀末的一場政治變天的「安華事件」疑案，這個政治事件所引起的回響效應至今猶未消退，也唯有從國家社會的脈絡語境（con-text）才能進一步看出這首詩的文本政治意涵，也才能幫助我們深入瞭解〈造謠者自辯書〉為何有別於一般刻意標榜的馬華政治詩書寫。

　　同樣的〈只是穿了一雙黃襪子〉也是經由文本政治的「拆解」與「重組」，從中暴露出政治／歷史話語的虛妄，與官方意識形態勾結，再現國家體制的刻板形象與權力干預，如「逼視歷史課本」一節中所敘述：

> 國民同色的血液總安排在 5 月 13 口流出體外
>
> 場地換在海對岸赤道上真理被騎劫的島嶼
>
> 陽具上膛的暴民踢開法律的鐵柵
>
> 把無政府主義的精液播種在

---

[26]　呂育陶《黃襪子，自辯書》（吉隆坡：有人出版社，2008），頁 60。

一個不允許野狗般使用自己母語的少女子宮裡

僅僅，是為了她母親穿過一雙黃襪子？[27]

根據後結構主義理論的說法，「再現」（representation）不只是一種修辭行為，更是一種政治性的活動，如後殖民理論家史碧瓦克（Gayatri C. Spivak）站在底層人民與弱勢者的地位來替他們設想，來再現他們的想法以替他們發聲。這往往與再現的策略有關，如呂育陶將表達國家歷史的方式以一個弱勢者或普通平民的身分視角來發聲敘述，而不是從當權體制的官方版本來強化主流論述。因此在文本政治的檢視下，所謂「歷史」、「國家」、「族群」、「和平」等傳統大敘述也在後設之形式再現中被解構稀釋，達成拆解知識與權力的迷思。這裡對主流體制透過支配與主導的「大敘述」的暴力提出批判，採取一種後現代的書寫方式來與之抗衡，倒是與林若隱詩以女性主體性的關懷視角來否定傳統男性主流觀念有不謀而合之處。詩人往往不惜自我解構，成就了文字（論述）的虛構與幻覺，也暴露出文字（論述）的虛構與幻覺的面向。

　　整體而言，呂育陶的詩大致上展現了後現代主義觀念與文本政治相結合的最佳例子，無論是書寫都市現象、政治社會或國家歷史，呂詩都表現出後現代所強調的多元、流動、邊緣、差異與混雜等特色，質疑和揚棄了傳統現代主義美學的二元對立結構，更重要的是把國家與霸權大敘述加以揚棄解構，強調文本敘事的不穩定性和顛覆能量，因此其詩語言看似不對現實社會作出任何批判，其實卻在

---

[27]　《黃襪子，自辯書》，頁 68-69。

文本政治的運作下提出相當多而發人深省的批評和意見。這種後現代的書寫方式和觀視角度，在二十世紀末全球化時代的跨國資本主義文化形式席捲全球之際，其中科技、影像與生化時代的快速到來和高度發展，使它對現代人的生活習性與文化消費產生重大的影響，歐美世界的文學語言在經歷一連串的後現代主義洗禮過後，如今大都對後現代的語言特色有所共識，但是東方第三世界國家如馬來西亞的歷史現實因為本身具有的多重後殖民社會色彩，使得在談論這些國家的後現代文學時形成複雜的局面[28]。同樣的在閱讀呂育陶大部分的詩作時，除了對詩中鮮明設計的後現代語言形式和政治社會議題有所認識，讀者更不可忽略的是詩文本中以馬來西亞作為一個後殖民社會的歷史語境和文化脈絡，在這方面〈獨立日〉一詩無疑提供了一個佳例，這首詩必須把它置放於馬來西亞（馬來亞）政治、社會、經濟與文化的歷史時空和結構體制的大環境背景來檢視，這個後殖民國家的歷史現實與文化生態的演變發展，與詩文本彼此之間形成一種若即若離的交互作用。其中有對馬來西亞這個殖民地遭受多重殖民經驗的省思：

　　獨立日，微雨細細佈置早晨如秋。統治城市的國營電台
　　如常透露建設中的美好。幸福恍若永在，香腸與火腿
　　安然等待刀叉分析。高溫的理想已然冷卻成手中的咖啡。

---

[28] 關於馬華文學的後現代與後殖民的混雜局面，可參見張光達〈文學體制與六〇年代馬華現代主義：文化理論與重寫馬華文學史〉，二〇〇二年台灣暨南大學主辦《重寫馬華文學史》國際學術研討會論文。

殖民地的咖啡香從哥倫比亞，穿越大西洋印度洋和雨林遊走在

英式飯廳。獨立日，之前的無數夏日，殖民地的官員揮起

季候風揮起南下的草鞋，把我們七百年的安寧踩踏成

礦湖幫派娼館賭宅，把這土地隱藏的亮光匯成

他們救國的彈藥妻兒的衣裳。把瘦瘠的日子留給我們與子孫。

獨立日，之前的某個冬日，武士刀的寒氣凍結

他們臉上的笑容，狠狠插入他們生命的核心

把他們匯去北方抗戰的火炬兌換成花花綠綠虛擬盜版的香

　　蕉鈔。[29]

呂育陶詩的語言形式和敘事結構往往很難單純的被歸類為後現代或後殖民，而是成功巧妙地揉合混雜了兩者，在〈在我萬能的想像王國〉一詩的結尾處詩人如是說：

一名後馬來西亞人如我

已荒廢想像的旅途許久了

（更沒參加文學獎）

如今我準時上班、寫情信、翻閱早報

以石英鐘的頻率生活

小心地避開各類思想的戒嚴區

在口號與等號間走鋼索

趁經濟的暖陽未涼前多摘幾顆水果

---

[29]　呂育陶《在我萬能的想像王國》（吉隆坡：大將出版社，1999），頁128。

（且努力地，和錢幣造愛）[30]

無論就文本形式上或社會脈絡上的，詩裡行間都見出詩人調度歷史敘事／虛實與社會反思的關懷面向。

結　語

　　本文探討了九〇年代以來馬華詩中的後現代語言轉向，以八〇年代末期的林若隱與九〇年代的呂育陶詩為例，分析她／他們詩文本的語言特色與結構形式。馬華新詩的後現代語言轉向，及其後在九〇年代末的新生代詩人群中蔚為潮流，是在上個世紀最後十年間的事，時間上可上溯至八〇年代末期的林若隱、呂育陶。「茅草行動」時期的政治局勢使到詩壇湧現大量的感時憂國詩或「中國性－現代主義」，然而林若隱獨排眾議，在政治隱喻的陰性書寫中投注了女性自我的主體意識，同時利用個人生活空間的瑣碎政治來反思或質疑國家大論述和政治大格局的書寫策略，為當時主流政治詩的感時憂國與批判現實的文學氛圍中，呈現出一股異質的聲音，也為後來的馬華詩語言轉向試探出一條明路。馬華後現代詩的語言轉向，到了呂育陶手裡，得到充分的發揮和發展，種種後現代的書寫策略，如後設、拼貼、擬仿、解構、降格嘲諷、語言遊戲等等，在呂詩中的政治關懷／顛覆、歷史探尋／虛構、文化憂思／戲仿、國家定位／攪盪、及社會變遷中的後現代與後殖民混雜性格，盡情得以在呂詩

---

[30] 《在我萬能的想像王國》，頁 12-13。

中並置呈現，常常是揉合摻雜兩者，而顯現出文本政治的複雜多音面貌，也成功的質疑和顛覆了文學與現實的虛實建構關係。呂育陶的後現代與文本政治的語言特色，使得他有別於其他一味模仿或抄襲台港的後現代詩句的作者。他的後現代觀念與後設形式設計，有其文本政治的文化脈絡和社會語境為支撐點，可謂九〇年代以來馬華後現代詩形式設計與文本政治策略的集大成者。

[2004]

從文本政治到身分政治：
呂育陶的〈造謠者自辯書〉

前　言

　　本論文探討呂育陶詩集《黃襪子，自辯書》中關於書寫政治議題或以政治現實入詩的文本，以集中一首詩作〈造謠者自辯書〉為論述焦點，從各個不同的閱讀角度和理論方面思考文本的多重結構和政治性表達模式。論文分為三個部分，第一個部分從新批評的文本分析作為起點，分析〈造謠者自辯書〉一詩的語言文字表現，指出詩中強烈的語言反諷張力、雙重敘述與後現代（後結構）書寫的解構形式。以後現代對文類的形式批判功能來說，〈造謠者自辯書〉集多重文類於一身的後現代「文學混雜」表現形式，成功打破傳統文類的封閉視界，形成文本／政治的開放流動性。第二個部分以「文本政治」的書寫策略作為一種文本性的政治閱讀，文本被看作是一

種社會建構或文化實踐，對呂育陶書寫政治社會的詩作，從政治現實與社會語境的角度來思考文本的內在聯繫，因此這個部分扼要回顧了廿一世紀初的馬來西亞政治現實，由此反證出政治現實與官方說法的巨大差異，揭破當權體制打壓無辜人民的手段，暴露出政治霸權的無理荒謬。詩人利用了「殖民擬仿」的文本政治策略，透過複製和學舌主流體制的價值觀念，維持著表面的服從，以其人之道還治其人之身，對壓迫者的殖民威權加以反挫，並從中獲得逃避剝削或壓迫。第三個部分則以國族／族群想像建構的道地特質，省思官方與民間雙方都深懂道地特質在身分政治與文化再現所扮演的重要作用，詩人挪用道地特質的書寫策略，表達對官檢勢力的深刻體會，暴露官方論述的霸權暴力，為受壓迫者或弱勢族群介入政治批判和文化抗爭的活動空間，也為自身所遭受壓迫的創傷心理，提供一個自我認識的時刻。最後以歷史敘事與官檢制度的論述辨證，提出從文本政治到身分政治的抗議聲音與批判面向，作為理解呂育陶書寫身分政治的一大關鍵。

　　一九九〇年代末的政治事件，令馬來西亞社會和群眾思想觀念產生很大的衝擊，邁入廿一世紀，呂育陶這個時期書寫政治題材或思考政治議題的詩作，在他頗具特色的都市和社會視野之外，多了一層思辨馬來西亞的民主制度、人權觀念和歷史向度。在《黃襪子，自辯書》中，呂育陶透過反諷、雙重敘述、解構書寫、文類的新實驗、擬仿與挪用道地特質、官檢與自我審查機制的批判抗議，成為詩人深具創意的文本政治與身分政治的書寫策略和論述空間。推廣來說，這些種種書寫表現的文本性／政治性，同時也是理解當代馬

華政治詩學的重要基礎。

一、造謠者的雙重敘述：反諷 / 解構 / 文類批評

　　呂育陶的〈造謠者自辯書〉以造謠者的政治犯所書寫的三則「供詞」以及一則「捏造的供詞」，為詩敘述者「我」本身被政府提控的造謠罪名辯護，透過第一人稱敘述者的眼光角度來反證「我／我們」身為一名好公民的「不忍捏造謠言與供詞」，字裡行間充滿了反諷（irony）的語言張力，由此暴露出政治霸權體制的象徵暴力。[1]以新批評詩歌理論的角度來說，這種反諷的語言技巧，基本上要表現的是字面意思與實際所指的不吻合或脫節，也就是陳述描繪的事實與所感知的意義正好相反。比如〈造謠者自辯書〉一詩第一則「供詞（1）」中被控造謠罪名的敘述者「我」以一種反諷的悠閒口氣述說案發當日的情況：

　　　　案發當日我在網吧與情人聊天（性別我忘了）
　　　　寄了兩封電子生日卡三封求職信（內容我忘了）
　　　　在成人網站輸入信用社號碼（胸圍我忘了）
　　　　閱讀免費下載的完全山毛櫸栽種手冊（用料我忘了）

---

[1]　呂育陶〈造謠者自辯書〉收於詩集《黃襪子，自辯書》（吉隆坡：有人，2008），頁 59-62。這首詩是第五屆花蹤文學獎的得獎佳作，寫作時間估計約在一九九八年底至一九九九年初，花蹤文學獎的截止日期是一九九九年二月底，相關資料見《花蹤文匯 5》（吉隆坡：星洲日報，2001），頁 148-149。

　　當日天空花灑著陽光，祥雲如畫

　　（顯然是真跡繪畫）

　　飛鳥沒有宵禁，草木沒有騷動

　　我嚼著薄荷糖回家，閒閒地走

　　語氣清涼，乾爽（不躁熱、不辛辣、不反叛不改革）

　　沿途路人皆以羽毛交談，優雅有致

　　沒有人會以為羽毛——

　　可以伸展成令箭[2]

其中一種悠哉閒哉的日常生活方式貫穿字裡行間，在敘述者眼中社會照常運轉，人們的起居作業也一如既往，沒有什麼社會動盪不安的事件發生，這一切卻與敘述者被國家當局起訴他意圖散播謠言、破壞國家安全社會穩定的罪名，形成一個巨大落差及完全相反的反諷張力。

　　呂育陶通過詩中的幾則供詞以不同的敘述聲音和敘述角度，對一種戲仿虛構性和現實感的自省性反思，在敘述者和被敘述對象之間有意識地製造了出人意料的反諷的距離。「供詞（1）」的敘述者用一種既淡定描述的語氣，然而不無針砭的意味評論著案發當日的生活事件，從而揭示了政治霸權的荒唐暴力。「供詞（2）」繼續深化這個反諷的語言表現形式：

　　檢驗我的唾液，它比全部國有報刊的專欄更甜蜜

2　《黃襪子，自辯書》，頁 59。

　　檢驗我的血液，它比國花的花瓣更鮮紅艷麗

　　檢驗我的骨骼，它比高掛國旗的旗杆更挺直

　　檢驗我的毛髮、肌膚、肝膽心肺

　　統統架構自椰漿飯、炒粿條、拉茶

　　道道地地本地建材絕無舶來品[3]

作為此政治事件無辜牽連的供證人的敘述者，通過這番反諷的供詞和觀點，突出了雙重敘述聲音之間微妙的抽離和區別，由此戲劇化了經歷、時間、記憶與敘述（書寫）之間的關係。經歷時間與回憶重述之間的距離，使得敘述聲音和敘述角度滲入了敘述者主觀的評論，而敘述者的當下語境必然也會對回憶事件有選擇性的記憶，比如「供詞（3）」中的擬仿愛好和平追求正義但卻顯得犬儒心態的散文敘述，強烈凸顯了造謠者被控顛覆國家罪名與身為一名好公民奉公守法的供詞，兩者間嚴重不搭調。從不同的幾則「供詞」記錄顯示了政治事件的經歷一如文字形式表達的緊密關聯，從字面表述到諷喻再到二者與政治現實的相互交織，詩人／文本試圖挑戰現實／政治與表述／再現之間的界線／界限，表現在「捏造的供詞」中的敘述者（我／我們／公民／造謠者）與敘述對象（讀者／政府／代表國家的政治體制）一虛一實的互動張力，前者在網絡聊天室的「地球音樂」的行動，被後者詮釋為敏感可疑，充滿種族仇恨的暴力，將導致山洪暴發，帶來國家滅亡的後果，句中的「讀者很在乎」、「讀者深表關注」、「讀者大為緊張」、「我們被讀者告誡彈奏新天氣」 等一

---

[3]　《黃襪子，自辯書》，頁 60。

連串極度誇張的措辭，根本上動搖了「讀者」（包括現實中的讀者）眼中的造謠者「捏造謠言與供詞」的事實，這裡詩人很深刻的通過一個造謠政治犯的敘述視角，質問並瓦解了這一道虛（敘述／文字表述）實（真相／政治現實）交織的攻防線。在〈造謠者自辯書〉一詩中，這道攻防線既存在於文本形式之內，同時也穿透於政治現實之間。橫跨這道傳統觀念上視為穩固分明的現實與表述的界線，詩人利用新形式和實驗技巧的做法為政治題材的話語與書寫實踐另闢蹊徑，證明將「形式─內容」相互補充的搬演（mise-en-scene）[4]，嵌入此類文本是一項有效的策略途徑。換句話說，詩人以新形式和實驗技巧書寫政治話語，展現了高度文學自覺的表演性和策略性，形成很深刻的政治諷喻張力，而這個（多重）形式實驗本身總已是文本的文化政治語境的物質性基礎（即公眾體驗到的社會現象的一部分）。

　　如果我們以後現代主義的美學角度來說，〈造謠者自辯書〉一詩的形式結構有多重可能性，經由每段供詞中的拼貼轉換與後設戲仿語言，表現出後現代書寫的解構形式（a deconstructive form of writing），其反諷的意圖令各個供詞成為一種不定的「雙重敘述」

---

[4] 亦稱為「場景調度」。在後結構主義裡，這個傳統上用在戲劇的術語，有其特定的意涵。此一詞彙指的是文本如何安排進入意義展現的細節框架之中，強調文本細節、語言如何再現、建構其意識生產過程，引導讀者的閱讀焦點放在文本框架之內，仔細玩味其語言活動和錯綜複雜的事件排場。有關論點可參見廖炳惠《關鍵詞 200：文學與批評研究的通用詞彙編》（台北：麥田，2003），頁 166-167。

（double discourse），既開放又擺盪，既宣稱又質疑，既悠閒又嚴肅，既遺忘又記取，既引述又諷刺，成功地結合語言形式的政治文本化／文本政治化意圖。這個在文字語氣上既認真招供又戲仿諷喻的雙重姿態，尤見於詩的「供詞（2）」一節。詩人通過這個雙重敘述的反諷視野深刻表達敘述者面對體制壓迫所提出的批判力道，一方面對政治體制強加的「莫須有」罪名採取既正經八百又諷刺意味的迂迴策略，但另一方面又從這些矛盾衝突的語言文字內部瓦解霸權暴力的合法性。除了後現代解構形式的雙重敘述，另外〈造謠者自辯書〉在混雜多重文類於一身的書寫策略上亦有所建樹，它是詩歌、供詞、散文、引述、作者手記、互聯網符碼與政治寓言的混合體，這種設計造成文類之不確定或非單一性，抗拒任何將其定位為傳統（政治）詩形式的企圖。之所以如此，是詩人對馬華文學傳統的政治詩類型書寫，提出改寫與批評[5]。馬華政治詩的文類模式，自一九八〇年代以來的「感時憂國」及一九九〇年代的「戲謔嘲諷」兩大思（詩）潮和語言風格，前有傳承得、游川等人強烈鮮明的文化憂患意識和感懷抒情，後有鄭雲城直接對政府政策極盡諷刺挖苦之能事的對立

---

[5] 李有成在一篇討論王文興小說《家變》與文類成規的論文中說：「對一位作家來說，文類傳統就是他的作品所依附的脈絡，就是其創作所仰賴的文本之間互為指涉的關係。……因此，作家選擇文類本身就是決定或批評的行為。文類的選擇關係到整個作品的面貌，更是影響讀者和批評家的詮釋和批評。因此作家決定文類，也就等於決定詮釋的模式或方向。」這一段話可作為這裡對呂育陶的政治書寫文類的延伸思考。李有成論文見〈《家變》與文類成規〉，《在理論的年代》（台北：允晨文化，2006），頁 61-99。

政治立場，兩者皆無法再能滿足新生代詩人在世紀之交觀察馬來西亞政治現實，面對多元政治話語的衝突場域，所感受和體驗到的複雜心理糾結[6]。呂育陶書寫當代政治或以政治為題材的詩，適時為馬華政治詩次文類注入新形式實驗，再現馬華政治詩學的生機，詩人對某個文類表現出高度的興趣和努力開拓新局面，反映了詩人欲藉文類修正和改寫來解除當代政治社會與文學符碼雙重結合的限制。詹明信（Frederic Jameson）對文類的看法可以支持以上的論點：「文類在其冒現、強烈的形式中，本質上是一種社會象徵的信息，或是以其他術語說明，形式就其內涵和內部的探討而言，本身就是意識形態。該形式在完全不同的社會和文化脈絡中，重新挪用和重新形塑，而此信息仍堅持存在，但卻在功能上必須視為新形式……」[7]，作為一種社會象徵的信息，在批判當代政治霸權話語的新形式功能上，一種被後現代文學視為「文學混種」（literary hybrid）的書寫語言被挪用和形塑，讓文本擺盪在數種文類形式之內，帶有「反詩」（anti-poetics）的策略手法，而詩人刻意營造這個新形式實驗（或刻意設計傳統視為結構上的「缺陷」），將衝突與斷裂置於明顯的位置，打破傳統文類的封閉形式，從中暴露文本的意識形態，藉以串連起語言形式和政治隱喻之間的比鄰關係。

　　如果說傳統的新批評讀法採取一種「客觀」、「獨立自主」、

---

[6] 有關二十世紀後二十年間的馬華政治詩現象探討，見張光達〈馬華政治詩：感時憂國與戲謔嘲諷〉。

[7] Jameson, Frederic. *The Political Unconscious: NarrativeasaS ocially Symbolic Act.* Ithaca, New York: Cornell UP, 1981. p.141.

「不假外求」的論述姿態，其他外界的文化語境條件和經驗無從介入，純粹以作品論作品的文本閱讀方式，無視文本與文本之間互為指涉的成分，這個形式主義的閱讀局限，無法讀出〈造謠者自辯書〉一詩中文本／政治的多重批判力道[8]。後現代對文類的形式批判功能的角度，可以打破這個新批評和形式主義的閱讀局限和封閉視野，〈造謠者自辯書〉集多重文類於一身的後現代「文學混雜」表現模式，成功打破傳統文類對文學類型的穩定架構，也瓦解傳統文類的封閉視野，形成文本／政治的開放流動性。在這個閱讀基礎上，呂育陶收錄在詩集《黃襪子，自辯書》中關於書寫政治或政治思辨的文本，必須再結合「文本政治」（textual politics）的政治性閱讀策略，納入詩歌語言的反諷歧義形式中來審視，以期凸顯文本策略與政治批判間的微妙轉換和扣連，既做到解構顛覆單一話語的批評意圖，也同時串連起文本／政治／再現的內在聯繫。

二、造謠者的文本政治：政治 / 話語 / 殖民擬仿

　　我以為，呂育陶的〈造謠者自辯書〉及詩集《黃襪子，自辯書》中書寫政治題材的詩作，不應該僅僅被簡約讀作是政治批判的「政

---

[8] 布倫姆（Harold Bloom）曾指出：「有一個『常識性』的觀念，以為詩作是自身俱足的，無須指涉到別的詩作，其本身即有一個或多個可確定的意義。……不幸的是，詩不是東西，詩只是文字，是指涉到別的文字的文字，而那些文字又指涉到其他的文字，如此這般形成一個稠密的文學語言的世界。」Bloom, Harold. *Poetry and Repression*. New Haven: Yale UP, 1976. pp.2-3.

治詩」，無論是抽離社會文化語境的新批評讀法，或是關注於後現代美學語言特徵的形式主義讀法，都無法彰顯文本與文化語境的複雜辨證和緊密聯繫[9]。實際上，這是說，作者（詩人）寫出的文本，可能包含了超出作者意圖的涵義，詩歌文本可以放在特定的政治語境中重新解讀，文本中的「潛文本」（sub-text），包括書寫主體的倫理政治身分，或作為一種社會集體象徵的政治無意識（political unconscious），那裡面隱含的「文本性」（textuality）要比文字表面上所述說的遠為複雜得多。呂育陶書寫政治的數首詩作如〈造謠者自辯書〉、〈只是穿了一雙黃襪子〉、〈與 ch 的電郵，網站，電子賀卡以及無盡網絡遊戲〉、〈我的五一三〉等，皆呈現了「文本政治」的書寫意圖。不同於傳統上的文學批評觀念，只將文本視為書寫作品之言辭表達，獨立於作者、讀者和現實這些「非客觀」的要素之外，「文本」對後現代或後結構主義的理論家來說，指的是意義的空間與文化實踐，包括了社會機制中一切文化形式的實踐諸如書寫文字、攝影、電影、時尚、音樂、建築、環境等，都可以納進來作為文本分析的具體例證。下面將採用「文本政治」的觀點，來繼續探討那些新批評與詩歌美學技巧對文本分析的局限不足之處。

　　所謂「文本政治」，不同於那些直接對政治議題或新聞事件作

---

[9] 以新批評文本分析對呂育陶詩作〈在我萬能的想像王國〉作出概括性的一個例子見劉育龍〈詩與政治的辯證式對話──論 80 和 90 年代的兩本政治詩集〉，尤其該文第五節，稱呂詩為「高超的說故事技巧和文字功力」，見陳大為、鍾怡雯、胡金倫編《馬華文學讀本 II：赤道回聲》（台北：萬卷樓社，2004），頁211。

出是非二分法的價值判斷文本，也不同於站在官方意識形態或複製
當權體制的位置發言，單向的灌輸和鞏固一套主流話語的正當性。
「文本政治」的書寫策略，雖然不免也觸及政治社會議題，但更強
調文本藉一政治事件來傳達文本的政治性意圖，由此提出作者對某
個政治現象和歷史的反思，進而達成解構威權體制（國家、政治、
單元教育、種族主義、霸權機制）所欲鞏固建構的話語合法性。因
此「文本政治」於後現代的理論角度來說，含有「文本性」的批評意
圖。關於「文本性」，我們可以參考傅柯（Michel Foucault）與德希
達（Jacques Derrida）的兩種說法。根據傅柯的權力論述（Power /
knowledge），所謂的「文本性」就是透過批判的閱讀或解讀方式，
將文本的脈絡及其批判的意義加以釋放，透過文本分析，也就是詮
釋的作用，文本發展成為一個在社會文化實踐上形成其文本的歷史
效驗（effects），將讀者帶到文本的想像空間，通過論述（discourse）
的實踐而將它實現，並延伸它的意義。而另外一個對「文本性」的
看法是德希達的解構觀念，文本裡面的文字和概念交互指涉的意義，
往往形成文本內在的多音對話或矛盾衝突，具有解構和顛覆傳統二
元對立觀念的能量，將書寫文本中遭到壓抑的部分或彼此糾纏的成
分釋放出來。「文本性」所產生的話語衝突和批判能量，往往要依
靠互文（intertext）的現象來達成，因此「文本性」所具備的「互文
性」（intertextuality），在文本中引用其他文本，形成文本中一種多
音多義、闡發文本彼此的開放網絡系統，質疑並打破封閉單一的霸
權論述或官方的意識形態版本。這個結合了文本性和互文性的文本
政治書寫策略，既可以有效的展現後現代觀念的解構書寫，也能夠

形成政治性反思批判的閱讀空間。

　　在這裡，由於文本政治的書寫策略被看作是一種社會建構或文化實踐，我們對呂育陶的詩歌文本必須從現實政治與社會語境的角度來審視其內在聯繫。〈造謠者自辯書〉的社會政治語境因此必須被凸顯，以便我們能夠掌握文本的政治效驗和批判能量。讓我們回到文本脈絡，簡要勾勒上個世紀末到廿一世紀初的馬來西亞政治現實和社會處境。馬來西亞在上個世紀末的一場金融風暴和政治變天，帶來新的政治變遷和社會效應，一九九七年席捲亞洲的金融風暴，馬來西亞也無法倖免，政經架構飽受衝擊，一九九八年的政治動盪，即「安華事件」的風波效應，嚴重影響了新世紀裡馬來西亞政治架構的發展，尤其是國家政治骨幹的馬來人政治趨於分裂，反對政黨人士利用民間對「安華事件」所引起的不滿非議，發動了一場名為「烈火莫熄」（reformasi）的政治改革運動，組織成一個新的政黨聯盟替代陣線，企圖撼動執政黨的霸權地位。

　　這個時期民主人權課題湧現社會公共領域，在報章和傳媒上引起廣泛的討論，而社會公義、反貪污、官商勾結、霸權主義、金錢政治等政治社會議題成為民眾與反對派人士所共同關注的焦點[10]。「安華事件」對馬來西亞政治在新世紀的影響是相當明顯的，掀起新世

---

[10]　馬來西亞華團組織對此政治變遷提出了一些應對策略，一個著名例子是一九九九年的〈馬來西亞華人社團大選訴求〉，對此事件的詳細記錄參見黃進發〈訴求（1999-2002）：華裔馬來西亞人的「烈火莫熄」〉，收入鄭文泉、傅向紅編《粘合與張力：當代馬來西亞華人的族群內關係》（加影：新紀元學院馬來西亞族群研究中心，2009），頁61-86。

紀第一個十年的馬來西亞種族政治形態的轉型和變遷，它把國家各種政經腐化的面向推向前所未有的公開化，促使各個公民社會的非政府組織和反對派人士連成一體，透過種種訴求，要求政府落實基本人權、法治民主、透明化運作管理、反貪污腐敗的朋黨裙帶政治，及呼籲廢除國家惡法如內部安全法令、煽動法令、印刷與出版法令、官方機密法令、警察法令。作為執政的馬來人政黨巫統，在政治現實中大量流失馬來人的支持，其過去代表馬來人政黨的正當性大為削弱，同時又面對反對黨利用安華事件來勢洶洶的尖銳對壘，社會民間組織和群眾對政府處理安華事件的手法，均提出了強烈的質疑，這些都構成執政黨很大的挑戰和沉重的壓力。

　　面對政黨和民眾內外不利的現實條件，政府在世紀末過後，一直不斷喊話，揚言為了國家穩定和社會和諧的大前提下，不惜出動國家機器和法律機構來維持社會秩序，不忘對那些在網絡上發言評議政府政策的社會人士提出嚴厲的警告，一時之間這些在網絡上表達意見的社會民眾，在官方機構和政治人物、警方和主流媒體的論述形塑之下，被視為蓄意散播謠言來造謠惑眾和顛覆國家體制的叛徒，他們在網上的交流活動被官方大力指責為一切政治動亂的根源，當時的首相馬哈迪甚至在二〇〇一年，透過國家內部安全法令逮捕和扣留了數位反對派人士和政治改革派人士。

　　〈造謠者自辯書〉中的敘述者的「造謠者」身分，就是在這個歷史脈絡下因應而生，他們被套上造謠者的罪名身分標籤，按照官方說法他們的罪狀就是造謠惑眾，顛覆國家和破壞社會和諧穩定的

不良意圖。[11]

　　呂育陶的〈造謠者自辯書〉書寫三則「供詞」來為自己辯護，「供詞（1）」交代了敘述者日常生活作業的細節活動，社會裡一片安祥平和的氛圍，完全沒有草木皆兵的感覺，以一種平靜舒緩的語氣辯駁了執政當局所指責的社會騷動，推翻了被套上反叛國家破壞社會和諧的莫須有罪名，形成一個很鮮明的差異對比，由此表達出政治現實被官方說法所扭曲蒙蔽的情境。透過詩人文本政治的書寫策略娓娓道出，這一個遭到當權體制扭曲蒙蔽的政治現實被敘述還原其本來面貌，充滿反諷的批判力道，揭破當權體制打壓無辜人民的骯髒手段，暴露出政治霸權的無理和荒謬的暴政。「供詞（2）」敘述者宣稱其對國家的忠誠不二，以自我審查的方式，一連四句呼籲政府檢驗和正視其身體（身分）與本土性的緊密聯繫，強調其道地的馬來西亞公民身分的不容置疑，透過擬仿（mimicry）的形式，文本複製了官方話語或主流論述對國家疆界內一種固定、制式與同

---

[11] 此詩參賽第五屆花蹤文學獎，截止日期是一九九九年二月底，因此估計寫作時間約在一九九八年底至一九九九年初。「安華事件」在一九九八年底發生，及後引起的一連串政治風波和顯著效應，持續到廿一世紀前十年，造成執政者體制的動搖，民主人權的呼聲此起彼落。這段時期，當權者對政治異議者和政改人士一律視為造謠惑眾的滋事者，套上破壞社會和諧和國家穩定的罪名，隨時援引內安法令對付這些「造謠者」。呂育陶詩中的「造謠者」形塑，印證廿一世紀的馬來西亞政治發展和變遷，倒像是一項先見之明了。對於這個文本的時代語境和政治現實無視且無知，當年花蹤評審之一的異國讀者蔡欣會直言對此詩沒有好感，也就不足為奇了。

質性強的「想像共同體」（imagined community）觀念[12]。如同安德森（Benedict Anderson）在其著名的《想像共同體》一書中提出「想像共同體」這個概念，來說明民族國家如何透過官方語言、印刷資本主義（print capitalism）、小說、記憶、博物館等象徵資本（symbolic capital），和國旗、國歌、國家型的紀念儀式活動，以及種種音樂和節慶活動，讓所有居住在國土疆界內的公民，在閱讀、想像、記憶的同時性和持久性過程中，設定大家同屬一個社群，透過國家體制所制定的共同生活和行為規範，形成國家與國民的觀念，產生強烈的歸屬感和國族認同，以達成鞏固國家體制和政治利益的目的。對這個官方話語建構的馬來西亞國族的「想像共同體　」，在呂育陶另一首詩〈兩種速度旋轉的螺旋槳〉中有令人印象深刻的直述：

> 五十年，我們被指示：
>
> 要奉獻，要
>
> 愛國旗愛國語愛黨愛國歌
>
> 愛憎恨狗的鄰人愛依靠拐杖長大的哥哥
>
> 愛傾斜的天秤愛兩種門檻的國立大學
>
> 愛水供局愛收費站愛長官慢兩拍的掛鐘
>
> 愛愛愛
>
> 大規模地

---

[12] 廣被引用的民族國家「想像共同體」（也譯為「想像社群」）概念，見 Anderson, Benedict. *Imagined Communities: Reflections on the Origin and Spread of Nationalism.* New York: Verso, 1991.

　　　　政治正確地，愛[13]

敘述者複製主流話語的方式絕不可視為國家霸權支配下不具反省能
力的模仿作品，毋寧將其理論化為身處霸權體制支配（一種殖民體
系）之中一種政治性的擬仿表演，企圖讓文本中深具顛覆性的重複
（subversive repetition），不僅指向暴力與壓迫的政治體制結構，同時
也指向被壓迫與受到污名的行動主體。在這裡巴巴（Homi Bhabha）
的「殖民擬仿」（colonial mimicry）理論，可以被用來討論文本如何
透過陽奉陰違的文本政治策略來出奇制勝。從傅柯的權力／知識論
述和拉康（Jacques Lacan）的精神分析概念中得到啟發，巴巴提出「殖
民擬仿」的理論，對於巴巴來說，「殖民擬仿」探討第三世界的被殖
民者如何利用複製和學舌西方殖民者的價值觀念，將這些觀念加以
挪用甚至翻轉，反施其身，來積極介入殖民支配的模糊地帶，使殖
民威權受到衝擊和內爆，顛覆殖民者的主導地位和身分[14]。詩人上
述的引文利用了「殖民擬仿」的文本政治，雖然在這裡兩者的關係
是國家對應人民的關係，但國家身為壓迫者／強勢對應人民身為被
壓迫者／弱勢的關係，這種情形也可看作是廣義的殖民者對應被殖
民者的關係，詩人透過複製和學舌主流話語價值觀念，維持著表面
的服從，適時以其人之道還治其人之身，對壓迫者的殖民威權加以
反挫，並從中獲得逃避剝削或壓迫的論述空間。如同巴巴所言：「這
種擬仿的脅迫性正是在於其雙重視野，在揭露殖民論述的模棱兩可

---

[13]　《黃襪子，自辯書》，頁 82-83。

[14]　Bhabha, Homi. *The Location of Culture*. London and New York: Routledge, 1994.

時，同時也破壞殖民論述之威權。」[15]於是敘述者在〈造謠者自辯書〉的文本政治策略上，以一種極度誇張的姿態，戲劇化的動作，在文本形式上展示雙重敘述聲音擺盪在二元對立觀點的滑動與鬆動，進一步以殖民擬仿的表演策略，標記出在模仿重複主流話語之中的抗拒與批判，「於是我們不僅可以讀出言外之意，甚至可以試圖改變此話語是如此明顯收編，並常常強迫他人接受的現實」[16]。敘述者充分利用既處身在國家體制內卻遭到體制排擠在外的雙重位置，既被邊緣化又被中心收編的雙重矛盾位置，打破沉默介入文本／政治領域的契機，形成敘述／政治的能動主體（agency），有力地批判與鬆動霸權話語的正當性和合法性。

三、造謠者的身分政治：道地／官檢／歷史批判

在「供詞（2）」中，敘述者宣稱其對國家的忠誠不二，以自我審查的方式，一連四句呼籲政府檢驗和正視其身體（身分）與本土性的緊密聯繫，強調其道地的馬來西亞公民身分。在這裡敘述者挪用官方論述建構的道地特質，可以為身處被支配位置的敘述者佔據一個有利的位置，進而開拓政治介入的批判空間。有趣的是這個道地特質是以官方說法為前提來參考的，挪用國家體制所建構想像的

---

[15]　Bhabha, Homi. "Of Mimicry and Man: The Ambivalence of Colonial Discourse." *October* 28 (Spring1984). pp.125-33.

[16]　Bhabha, Homi. "Signs Taken for Wonders: Questions of Ambivalence and Authority under a Tree Outside Delhi, May 1817." *CriticalInquiry* 12.1 (1985). p.162.

認知符號如國旗、國花、國有報刊論述，再加上代表華巫印三個族群的日常生活飲食習慣，如椰漿飯、炒粿條和拉茶，表達其對國家絕對忠誠的「好公民」身分，企圖在挪用和擬仿的書寫策略中將之轉化為於己有利的場域，成為抵抗與顛覆霸權話語的一項利器。據用道地特質或強調認同這個「理想」規範，詩人一方面暴露當權體制以之作為宰制與規範的工具，鞏固其自命為合法代理人的霸權地位，另一方面日常生活飲食具有的本土性和文化獨特性色彩，也就是道地特質，很容易轉代為弱勢族群的文化政治和身分認同。另一首〈造謠者〉擬仿官方霸權話語：「這裡的椰樹都挺拔自信／鸚鵡都精忠愛國」[17]，透過擬仿官方論述來強化刻板印象，加深邊緣化和排除異己的效用，嘲弄著當權體制持續加強對人民的宰制和壓迫事實，詩人對霸權作出直接抗拒的叱喝聲顯得無力：「我推門直出／戶外／天空已然關閉／我對著烏雲叱喝／『是霸權在擴張嗎？』」[18]身為弱勢的敘述者，這種直接對著霸權喊話的姿態無從介入和鬆動霸權體制。相對地，〈造謠者自辯書〉中對道地特質的挪用看似複製主流話語，實則為弱勢族群介入政治批判和文化抗爭的活動提供了一個有利的位置，也為自身所遭受壓迫的創傷心理，提供一個自我認識的時刻。〈造謠者自辯書〉敏銳的利用了道地特質，來介入身分政治與文化再現的重要作用。挪用道地特質的書寫策略，表達敘述者對壓迫和官檢（censorship）勢力的深刻體會，反證造謠罪犯

---

[17]　《黃襪子，自辯書》，頁 50。
[18]　《黃襪子，自辯書》，頁 50。

的政治受害者身分。

　　我在第一節以新批評文本分析與後現代語言的角度討論「反諷」在〈造謠者自辯書〉文本中的重要作用，以下試圖以後殖民國家的官檢機制與後殖民論述的反諷政治和歷史批判的角度切入，指出呂育陶詩作的身分政治。歷來古今中外的文學作品中，不乏當權體制藉由種種有形（法律／法令）無形（禁忌）的檢查制度，以便國家底下的作家和知識分子，形成一種內在的自我節制與自我審查（self censorship），也就是官檢制度。官檢意味著作家刻意以隱諱（隱晦）的寫作方式，將原本想要表達的不滿情緒，或對政治敏感的議題無法暢所欲言，只好將這份情緒或心結加以壓抑、扭曲、變形與轉化。但這樣的自我審查在文學創作中，卻往往會形成一個很微妙的局面，舊有的文學表現形式會在重重審查壓制下無法持續發揮而停滯不前，但另一方面它卻能在一些作家的新形式實驗中激發某種創意，而連帶在閱讀過程中，引發相當具有政治性見解的閱讀樂趣，形成某種文本性的獨到意義。在馬華文學中，我們看到一九六〇、七〇年代冒現的現代主義，作家群以一種極度隱晦、充斥象徵寓意的現代主義文學語言來書寫時代的政治困境與現實苦悶。馬來西亞在國家獨立後六〇年代以來，經歷一九六九年的「五一三政治事件」過後的政治現實，很多社會族群課題被官方法令列為「敏感課題」或「政治禁忌」，身處這個時期的馬華作家，往往有話要說，卻無法在作品中直面書寫或觸及這些「敏感課題」的題材，更遑論暢所欲言明目張膽地公然挑戰這些政治禁忌，因為其時如果踩踏到政治地雷，隨時會身陷牢獄之災，是要為此付出慘痛的代價的。面對這個

官檢審查機制，馬華文學主流的現實主義作家，自我審查的後果是形成「失身」兼「失聲」的局面，可以肯定的是那個時期的馬華現實主義作家，已經無法再用現實主義或寫實的語言來詮釋或批判政治現實與制度弊端，因為那樣做將置自己於不利的位置（失身），他們只能依靠書寫一些社會風土民情，或對國家當局歌功頌德來延續其寫作生涯，與他們所標榜的現實主義關懷與批判色彩，形成一個很大的差距（失聲）。官檢和自我審查的結果是他們整體陷入書寫政治現實的困境。或如黃錦樹所說的：「從歸屬感漸漸走向意識形態的大和解，目光飄離奴隸難堪的現實和憤懣而投向主人勾劃出的空頭宏願，稀微的烏托邦衝動廉價地抵押給了官府，導致現實主義的自我崩解。」[19]

　　幾乎在同一個時期，馬華現代主義崛起，以新形式表現挑戰傳統主流現實主義文學制式的語言習慣，成功改寫馬華文學語言的範式。換在官檢的角度來說，具有更重要的文化意義，這個書寫動力可以看作作家一種政治性的隱晦表達，讓為權力話語或主流論述所壟斷或遮蔽的面貌得以隱約浮現，隱晦迂迴的語言因此是作家試圖擺脫官方論述和政治箝制的選擇。同樣透過官檢機制和面對自我審查的做法，馬華現代主義作家為「失身」與「失聲」做了「另類」（alternative）的選擇，成功保住了「身體」（主體性）與聲音（書寫、再現）的政治性立場，而不至於成為國家歷史大敘事（grand narrative）

---

[19] 黃錦樹〈東南亞華人少數民族的華文文學──政治的馬來西亞個案：論大馬華人本地意識的限度〉，《香港文學》221 期（2003.05），頁 58。

的被動附屬品，或淪落為意識形態的同謀。[20]

　　回到呂育陶置身的廿一世紀初的馬來西亞政治語境，執政者面對體制外的反對派人士的嚴厲挑戰和民間組織高漲的非議聲浪，一度為了鞏固既有利益，而不惜罔顧民意，發出內安法令逮捕政治異議人士，譴責和污名化那些在網絡媒體上發言和非議政策的個人或組織。〈造謠者自辯書〉進一步以反諷和擬仿等特殊的表達模式，與國家的官檢制度搏鬥，並由此激發出抗議與批判的力道，讓個人的現實關懷在體制的縫隙中產生新意義，不被政府的高壓手段所擊垮，有力呈現了隱藏於官方立場背後的暴政和專制運作。在此官檢成為我們理解呂育陶書寫身分政治的一大關鍵詞，推廣來說它也是我們理解當代馬華政治詩學的關鍵所在。

　　當代對於政治與官檢的探討研究中，柯特吉（J. M. Coetzee）的《論官檢》（*Giving Offence : Essays on Censorship*）一書最具有參考價值。他以南非作家的文學作品表達方式來闡述其反諷政治與官檢制度的論述立場，在討論布雷騰巴哈（Breyten Breytenbach）的作品中，他指出敘事者對官方壓抑和官檢勢力的全面落實的完全認同，作品中充滿一種直接對官檢制度或政治審查的高度重視和熱情參與，語言上表現為明白無誤的告白，不必經歷多重指涉意義的解讀方式。這種透明、無曖昧性、明確無誤的意義表達，宣告了國家霸權與壓抑論述的存在事實，認同官方說法對社會秩序、國家安全、

---

[20] 有關一九六〇、七〇年代馬華文學現代主義的探討論述，參見張光達《馬華現代詩論：時代性質與文化屬性》（台北：秀威資訊，2009）。

言論約制、統治技術（governmentality）的用心良苦。問題是這樣對官檢勢力的毫無反省能力，一味對官檢作出積極的回應，這裡才真正觸及官檢與審查機制的可怖面貌與全面滲透狀況，因此根據柯特吉的說法，文本中的「反諷」是建立在毫無反諷的可能性，赤裸裸地暴露出官檢制度下的直接與象徵暴力，讀者馬上強烈了解和感受政治迫害來源。[21]

　　呂育陶的〈21 世紀大專文學獎徵文法〉一詩的政治立場，正是建立在上述柯特吉所謂的反諷的透明性和毫無反諷的可能性的書寫策略上。首先〈21 世紀大專文學獎徵文法〉如同〈造謠者自辯書〉的文類結構般，這首詩也是一個「反詩」的例子，全詩以類似文學獎比賽的簡章形式呈現，根本上背離和質疑了傳統上視詩文類為穩定結構的書寫模式，也一舉挑釁了一般讀者對詩歌閱讀的刻板印象。馬來西亞大專院校的大專文學獎，第一屆由理科大學華文學會在一九八五年主辦，過後每年由國內數所大學的華文學會或華裔的大專組織輪辦，發掘了不少優秀的大專寫作人材。在一九八〇年代的政治動盪局勢，及廿一世紀正值政治現實多事之秋的時刻，官檢勢力滲透和自我審查銘刻在這個文學獎的運作上，也就絲毫不令人感到意外了[22]。官檢勢力在詩文本中有如鋪天蓋地般籠罩全詩，「宗旨」

---

[21]　Coetzee, J.M. *Giving Offence: Essays on Censorship*. Chicago: University of Chicago Press, 1977.

[22]　舉個例子，全國大專文學獎從第一屆開始，就在參賽章程規則的第四條中列入：題材應反映我國當前各領域的問題。接下來在第六條規則中又說：作品內容不得觸及有關國家、民族或宗教等敏感問題。兩個條款之間的矛盾顯而易見，

一項:「撲滅不符官方文法的街頭口號」,「內容」有「不得涉及朋黨、宗教、裙帶、貪污、濫權等敏感課題」,「應徵條件」更是明白無誤的指出:「舉凡認同黨旗飄揚方向正確者加分/相信無雜音即愛國/不提呈校園手記予法官者優先考慮/結社反銅像、打造無邊疆花園者不得參加」[23]。「宗旨」重述讀者耳熟能詳的官方說法,參賽者一概不得涉及有關「烈火莫熄」的街頭示威活動,不得支持爭取民主人權的非政府組織運動(被列為敏感課題),不得宣揚公平合理的政治理念(打造無邊疆花園者不得參加),以白紙黑字正確無誤的態度在「內容」和「應徵條件」中清晰表達官方的立場和政治正確的大方向:「非本陣營者概不受理」,道出制法者不容置疑的強硬立場。如果說這首詩利用文學獎徵文賽的簡章形式,有意建立一個客觀超然,不受意識形態影響的學術或文學立場,而它作為一個沒有「敘述者」的文木,卻在文本中處處顯現政治正確指導與官檢勢力的聲音,公然顯示官方政權和制法當局的立(力)場。但同時作為一種透明性文字的修辭力量,它卻很反諷地將荒謬的官檢制度與霸權論述,一起攤開在公共領域(大專院校)的舞台上,予於諷刺和針砭。這個書寫行為本身就已經反諷的反證出相關政治事件的弦外之音,可以讓讀者進一步反思,即在面對那種普遍、直

而自我審查的影響也歷歷在目。但回顧一九八〇年代華社處於風雨飄搖的政治現實環境,與一九八〇年代末的政治動盪(茅草行動事件),處在這個政治非常時期的華社、馬大華文學會(一九八六年始獲得成立)、全國大專文學獎,自然視國家敏感課題為政治雷池,小心翼翼行事,以免得不償失。

[23] 《黃襪子,自辯書》,頁45。

接及無法不承受其存在的官檢制度之時，作者透過文本修辭的透明性與絕對不留有想像、反對的空間，反諷出反諷的不可能性，這即是詩人無法直接講，但卻真正想批評與抗議的（反諷）對象。

同樣的〈造謠者自辯書〉中的「供詞」處處見到官檢勢力與自我審查的運作，尤其在「捏造的供詞」一節中敘述者的行動力和生活方式皆籠罩在官檢機制的巨大陰影下，完全無法逃脫權力網絡的掌控，誇張反諷的文本修辭直接道出敘述者無法擺脫這個困境：「理智，沉默，一名好公民如我當然不忍／不忍捏造謠言與供詞／調配毒液與煙霧／虛構這大好河山　」，行文語氣中則透露出文本極欲批判的對象。這正是生活在當代馬來西亞政治對於霸權主義、官檢機制及象徵暴力的社會中所必須體認的事實，見識到平時習焉而不察其存在的官檢勢力，文本即便以反諷的方式來抗議，也得採取官檢的觀點角度來切入。

在〈兩種速度旋轉的螺旋槳〉，呂育陶讓這個官檢機制從幕後走到幕前，以第一人稱擬人的口氣明白直接道出其霸權專制的話語：「順從我，認同我／榮華富貴我，／不然就是挑戰我」[24]。 或者如〈我的五一三〉詩中從歷史走出來的種族主義幽靈，用一種粗暴蠻橫的口氣對同是公民身分的敘述者作出脅迫：「投我⋯⋯，否則時鐘／將回撥五月十三日／那年」[25]。詩句中的「五一三」，指的是馬來西亞在一九六九年五月十三日發生的一起政治衝突事件，一般

---

[24]　《黃襪子，自辯書》，頁 83。

[25]　《黃襪子，自辯書》，頁 76。

簡稱為「五一三事件」，事因一九六九年五月十日全國大選，聯盟
政府的得票率出乎意料之外的低，卻是一九五七年國家獨立以來反
對派贏得最多選票的一次。反對派人士在首都吉隆坡舉行勝利大遊
行，這個舉止激怒了執政當局的一些激進分子，他們認為種族權益
受到嚴重和非份的挑戰，因此進行了反示威。五月十三日爆發大衝
突，成了種族性質的流血暴動，過後全國宣佈進入「緊急狀態」，國
會被解散，國家由「國家行動理事會」掌管[26]。學者楊建成在其著
作《馬來西亞華人的困境》中對「五一三事件」作出詳盡的探討，他
認為「馬來人極端分子不惜以暴力行為來否定現存憲制，要求建立
另一種新的而能確保馬來人政治特殊地位的制度」[27]。五一三事件
過後，「國家行動理事會」發表《五一三悲劇》白皮書，把事件的根
源歸咎於種族經濟的懸差和分化，如何維持族群和諧、國家團結佔
據這個時期官方論述的核心，新經濟政策、土著至上權益、馬來人
特權等一連串種族政治的政策也就在這些官方論述中誕生，給予無
法被挑戰的法定地位。馬來人特權、國家語文地位、五一三事件被
列為國家高度敏感課題，形成政治禁忌，不得公開辯論和質疑其法
定地位。[28]

---

[26] 詳細情形可參見何啟良〈獨立後西馬華人政治演變〉，收入林水檺等編《馬
來西亞華人史新編》（吉隆坡：馬來西亞中華大會堂總會，1998），頁 69-72。
[27] 楊建成《馬來西亞華人的困境》（台北：文史哲，1982），頁 237。尤其見
該書第四章：「五一三」事件與「國民陣線」。這也是後來在一九七〇年代「新
經濟政策」的歷史由來。
[28] 對於「後五一三」對馬來西亞華人政治發展的論述，見陳美萍〈華人社會多

　　從上述馬來西亞政治史的角度來看，我們可以較為持平的閱讀
呂育陶的〈我的五一三〉，也可以理解文本中滿佈的政治禁忌和官
檢機制的無所不在。官檢與自我審查造成歷史的真相無法被還原：
「回憶那天我沒看見一滴血」，政治禁忌透過法令的強制執行讓人
三緘其口，沒有人敢挑戰敏感課題，避免踩踏到政治地雷而引來災
禍：「絕望冷卻的屍體以及／活人提問的嘴唇／一一被法令埋葬」。
而官方歷史對歷史真相的扭曲遮蔽更是令人痛心：「舅父的骨灰和
許多被暗殺收割的頭顱／在中學歷史課本／簡化成輕輕帶過的一行
文字」。陳大為在給呂育陶詩集《黃襪子，自辯書》寫的序〈風格的
煉成〉中說：「很多時候，真相是不容許披露的，更別說要深入探索
或議論。一九六九年的『五一三事件』是馬來西亞歷史上的『頭號
雷池』，也是創作的重要資源。呂育陶再次處理它，用不同的角度
和手法」[29]。如同陳大為指出的，詩第三段令人觸目驚心的意象排
比設計手法，六句詩行一口氣並置十個「噤聲」，形同十面埋伏，不
見刀光劍影，沒有殺氣的「噤聲」，貼切地勾勒出無所不在的言論
禁錮，以及「噤若寒蟬」的社會氛圍，直取五一三議題的核心：

　　　噤聲的童年噤聲的公路

　　　噤聲的軍營噤聲的咖啡廳

元主義論述的轉型：地位平等、抗衡偏差及要求承認〉，何國忠編《百年回眸：
馬華社會與政治》（吉隆坡：華社研究中心，2005），頁233-250。亦可參考何
國忠《馬來西亞華人：身分認同、文化與族群政治》（吉隆坡：華社研究中心，
2002），尤其是該書第四章。

[29] 陳大為序〈風格的煉成〉，《黃襪子，自辯書》，頁11。

　　噤聲的電話亭噤聲的圖書館

　　噤聲的羽球場噤聲的日記

　　噤聲的精神病院

　　噤聲的母親[30]

這個畫面非常傳神地傳達出政治禁忌的無所不在，大至官方機構的軍營和精神病院、公共領域的圖書館，小至日常生活的咖啡廳和電話亭、個人隱私的日記和童年生活記憶。五一三事件被官方列為國家敏感課題，成為官檢機制的場域核心，數十年來透過官方的傳媒論述，民眾被指導不得在公共場所公開討論或質疑官方說法，進而成為一種不證自明的內化制約力量，造成馬華作家在寫作時往往會啟動自我審查的官檢意識。

　　在另一首詩〈只是穿了一雙黃襪子〉中，同樣著眼於五一三流血事件，同樣對種族主義和官檢的偏差政策滲透學校教育制度，有著極為深刻的感受和反思。在「演什麼戲給地球村看？」一節中，幾乎每一行詩句都在敘述種族政治的傾斜和官檢的暴力，只是因為敘述者穿了一雙黃襪子，身為國民身分的權利不曾被平等對待，「獎學金悄然掉落另一個不同膚色的杯子裡」，「海報中文字體不可過於肥大」，面對政治禁忌雷池的官檢勢力，自我審查必須啟動：「我們小心拐過歷史的雷區思想的兵營上課寫報告」，多元種族文化的口號形同虛設而毫無實質的意義：「麻木展示依附在味蕾表層的多元種族文化」，弱勢族群的身分認同反諷地被種族政治抹殺和否決。

---

[30]　《黃襪子，自辯書》，頁 74。

「逼視歷史課本」一節，是呂育陶一次勇於面對歷史真相和意圖還
原政治史實的嘗試，在對歷史敘事上鋪陳大量的意象和冗長的詩句，
整個段落強烈表達出一股「敘事的力道」[31]，頗為有力的表現出歷
史事實的沉重壓力（所以需要逼視！）。直接面對歷史傷痕的詩人
／敘述者，一反〈造謠者自辯書〉中語言文字迴旋自如的靈巧音色，
〈只是穿了一雙黃襪子〉文本中的敘述聲音顯得憤懣激越，因為官
方歷史中有太多真相被騎劫，因為公民權身分課題有太多種族政治
干預的不公不義，每一句詩皆指向種族政治和霸權暴力的要害，虎
虎生威的語言氛圍隨歷史真相的探問和辨證，排山倒海而來到我們
讀者的眼前，這是詩人面對族群命運及身分政治，所作出的最為有
力的批判與控訴[32]。呂育陶從〈造謠者自辯書〉的文本政治書寫策
略到〈只是穿了一雙黃襪子〉中思辨身分政治的抗議批判，為族群
所遭受壓迫的歷史創傷，提供一個自我認識的時刻，可視為呂育陶
書寫反諷政治的一個重大轉折。[33]

---

[31] 陳大為序〈風格的煉成〉，《黃襪子，自辯書》，頁5。

[32] 對〈只是穿了一雙黃襪子〉的文本分析，見陳大為序〈風格的煉成〉，《黃
襪子，自辯書》，頁5-7。

[33] 呂育陶取「黃襪子」與「自辯書」為詩集名稱，可見〈造謠者自辯書〉與〈只
是穿了一雙黃襪子〉二首詩在詩人心目中的份量自是非比尋常。「自辯書」作
為文本政治的雙重（多重）敘述、反諷語言策略，而「黃襪子」作為批判種族
主義、身分政治的主意象／主旋律，恰好印證了本論文從文本層面切入到政治
身分關懷思辨的論述取徑。

結　語

　　馬來西亞在上個世紀九〇年代末發生的政治事件，令社會和群眾思想觀念產生很大的衝擊，呂育陶這個時期及其後書寫政治題材的詩文本，在他頗具特色的都市和社會視野之外，更多了思辨馬來西亞的民主制度、人權觀念、歷史向度和身分政治的多重視野。在《黃襪子，自辯書》中，呂育陶透過多重的語言表現手法，包括了上文所論及的反諷政治、雙重敘述、後現代解構書寫、文類的新實驗、擬仿與挪用道地特質、官檢與自我審查機制、歷史敘事的批判抗議，成為詩人深具創意的文本政治與身分政治的書寫策略和思辨空間。推廣來說，這些種種書寫表現的文本性／政治性關鍵，同時也是理解當代馬華政治詩學的重要基礎。

[2010]

論陳大為的南洋史詩與敘事策略

前　言

　　關於歷史與文學的種種對話，經過七○年代以來新歷史主義（New Historicism）的開拓與反思，早已脫離了單純「文學中的歷史」主題學研究的窠臼，對史學與文學研究的新視野可謂貢獻良多。在史學的研究方面，新歷史主義揭示了傳統歷史論述中的敘述模式之文本特質，說明歷史並非一套固定不變、客觀自然的事實，而是一個有待詮釋與賦予意義的流動體。在文學的研究方面，對文學文本進行「厚描」（thick description）的歷史性（historicity）分析，利用文本中的歷史敘事探索主體性和文化語境，並且深入探討文本在社會中發揮作用的過程[1]。如同蒙特洛斯（Louis Montrose）對新歷史主

---

[1] 福克斯－杰諾維塞（Elizabeth Fox-Genovese）在〈文學批評和新歷史主義的政治〉一文中說：「這種『新歷史主義』乃是一種採用人類學的『厚描』方法（thick

義的經典定義：「對文本的歷史性與歷史的文本性的雙向研究」²，
文本性（textuality）乃是透過批判的解讀方式，將文本的歷史脈絡及
其意義加以釋放，因此透過文本的詮釋作用，文本成為社會實踐和
歷史效驗的延伸意義。本文就有關馬華詩人以南洋歷史題材為主題
的詩作而言，主要以陳大為（1969- ）的「南洋詩」為論述對象，並
參照馬華新世代詩人兼評論家許維賢的「南洋」歷史主體性觀點，
提出一個不同於本文的論述角度，可謂馬華詩界近年來最具有歷史
意圖或歷史意味的作品。本文以新歷史主義的角度出發，佐以晚近
文化理論與後殖民弱勢族群論述的參照點，企圖將詩文本中的歷史
性與南洋歷史的文本性來一次閱讀馬華詩人的「歷史文本」（historic
text），不只挖掘歷史美學的文學元素，更要指出詩人在歷史主體的
建／解構中生成新的話語形態和精神現實。簡言之，本文所判定的
「歷史文本」，在內容上對南洋過去的事件的具體描述，並包含詩
人的探索與見解，探視歷史時刻中歷史元素如何為詩文類賦予文本
性，以及詩人如何回應、掩藏、或至自覺不自覺地抵抗大歷史、宏
大敘事的隱性視野。

---

description）的歷史學和一種旨在探尋其自身的可能意義的文學理論的混合產
物，其中融匯了泛文化研究中的多種相互趨同然而又相互衝突的潮流。」，譯文
見張京媛編《新歷史主義與文學批評》（北京：北京大學出版社，1993），頁 52。
² M. H. Abrams. "New Historicism," *A Glossary of Literary Terms* (Texas: Harcourt
Brace College Publisher, 1999, 7th edition), p.183.

一、陳大為的南洋史詩：歷史主體、文本語境與敘事策略

　　陳大為的詩，貫穿三部詩集《治洪前書》（1994）、《再鴻門》
（1997）、《盡是魅影的城國》（2001）中的神話、歷史、南洋主題，
其實可統稱為「後歷史」的敘事，這裡權宜採用「後歷史」，方便我
把陳大為的歷史敘事（詩）與台灣詩壇七〇、八〇年代盛行一時的
古典抒情詩（神州、風燈詩社）與長篇敘事詩（前有余光中、楊牧，
後有楊澤、羅智成為代表）區別開來[3]。詩人陳大為頗自覺地有意揚
棄長篇敘事詩以史實情節線性發展的語言慣例，而把現代性歷史模
式／神話模式的元歷史宏大敘述（grand narrative）的初始文本結構加
以改寫或重組，將人類歷史發展的抽象宏偉結構和基本公式還原到
生活中細節瑣碎的具體建構，在其中詩人「引用」了歷史古典素材
為其詩文本的骨幹，適時加入後歷史的語言視角和書寫策略。在陳
大為的詩裡，這個舊題新寫的工程主要表現為歷史／神話話語本身
與一寓言化的歷史主體的衝突，比如陳大為的代表作〈治洪前書〉、
〈曹操〉、〈再鴻門〉諸詩，都讓我們看到詩的敘事者並不是站在歷
史洪流的過程之外來發聲，他是置身其中的主要角色，具有啟動情
節發展與評議針砭的雙重作用，如同民間說書人的敘事者身分角色

---

[3]　有關陳大為「歷史敘事詩」更詳盡的論述，可參見筆者論文〈台灣敘事詩的
兩種類型：「抒情敘事」與「後設史觀」──以八〇～九〇年代的羅智成、陳大
為為例〉，《中國現代文學》14 期（2008.12），頁 61-84。

般，既藉一歷史主體的有利發言位置來揭破歷史的虛妄和無可挽回
（或得以搬演「歷史理性」），卻又同時因為其後見之明的當下歷
史語境，令這個敘事者有意無意間暴露了自我本身的尷尬位置或立
場，如是歷史／神話主體與敘述主體的相互滲透和曖昧姿態，看似
自然和諧的展現於詩裡行間，形成詩的語言魅力和繁複結構，這一
切是以詩人高度專業的戲劇性語言和布局策略來達成的。[4]

　　我們知道，陳大為既然視寫詩讀詩為事業或志業[5]，他對讀者的
閱讀水平與期待視野自然有一定程度的要求，而他大部分的詩作也
的確需要一個具備中國古典文學及現代文學認知的（專業）讀者，
才能有效的執行「解碼」或得以與詩的敘述者進行深層的對話[6]。就
這方面來說，無論是神話或歷史（包括以下將論及的南洋歷史），
作為舊題新作的詩篇，詩人所營造建構的時代氛圍乃是融合了歷史
感與現代感，一實一虛，或出虛入實，都有跡可尋有史為憑，在其

---

[4] 徐國能在〈十年磨一劍：論陳大為詩作〈在南洋〉〉一文中已提及陳詩中的「史
詩」類型，以「文人史詩」的態度與方法重構、再寫歷史。徐國能文見《南洋
商報・南洋文藝》（2001.04.10）。

[5] 黃錦樹在〈論陳大為治洪書〉一文中以「詩的事業」與「詩的志業」為切入
點，探討《治洪前書》，討論陳大為詩創作中存在的潛力及可能的流弊、特色及
限制。黃錦樹文見《馬華文學與中國性》（台北：元尊文化出版社，1998），頁
379-403。

[6] 比如辛金順從陳大為在語彙組合、意象淬煉、語義構成方面的企圖來解讀，
非專業讀者不能為之。辛金順文見〈歷史曠野上的星光──論陳大為的詩〉，收
入陳大為、鍾怡雯、胡金倫編《赤道回聲：馬華文學讀本II》（台北：萬卷樓出
版社，2004），頁537-549。

中許多歷史的詞彙和意象，巧妙地嵌入現代或時代感的語言意境當
中，盡量減低對歷史典故的外緣題材的依賴，避免再度陷入前代詩
人僵化制式的寫法，尤其是對某些歷史人物的典型刻板看法和書寫
模式，更是詩人書寫相關題材時的一大考驗。我在想，陳大為在評
述羅智成的詩時所說的一番話：「他首先面對的是歷來無數文學文
本所累積起來的人物形象，以及讀者具有繼承性的期待視野，他都
得一一顛覆或超越。但不同的敘述主體迫使他作出許多敘述語態上
的調整，並以強大的說服力修改了局部的角色個性，然後稱職地演
出他所扮演的人物」[7]。印證這番話與詩人的〈曹操〉、〈再鴻門〉、
〈將進酒〉中的狀寫歷史人物，揣摩典籍的時代氛圍與人物心理變
化，並且採用種種文學語言的後設手法如虛擬、解構、反諷、互文、
重寫來達到修改或重構歷史人物的局部角色個性，以及如說書人伶
牙俐齒般作出巧妙轉折、然而卻令人信服的敘述語境上的調整。這
些種種讓我們相信，陳大為在寫羅智成的詩論時，所見所思其實也
是在反思自己未來詩創作上的種種技術／藝術上的操作問題，及歷
史典籍舊題新寫的種種可能局限或轉機。由此我們可以理解，陳大
為對詩人羅智成的細緻深入解讀應非一偶然事件，而是一文學觀念
的「共振」現象（套用陳語）[8]。但必須指出的是，兩者雖然都同樣
書寫歷史典籍與虛擬歷史（神話）人物，以舊題新作的敘述姿態贏

---

[7]　見陳大為〈虛擬與神入——論羅智成詩中的先秦圖像〉，《亞細亞的象形思維》
　　（台北：萬卷樓出版社，2001），頁 16-17。

[8]　《亞細亞的象形思維》，頁 250。

得讀者注目，但兩者的敘述姿態或書寫策略卻是截然有別的，實不可混為一談。簡短來說，陳大為的詩語言多採用後設的書寫策略，來藉此（局部）顛覆讀者對歷史的刻板印象，及有意還原一些歷史上可能被史筆醜化扭曲的人物細節，藉歷史或情節的多重轉折和敘述聲音，來改變讀者僵化慣性的歷史觀念和古典想像。在這方面來說，陳大為無疑是非常成功的，他所期許羅智成書寫歷史圖像的創作路向，已經很有自覺的在他自己的詩作中做出最佳的示範演繹。而一般上羅智成比較注重渲染歷史的時代氛圍，擅長鋪陳細緻的地方文化情境，並不刻意書寫後設的歷史提問和人物再造。

　　之後陳大為一系列書寫南洋歷史的詩，整體表現在詩集《盡是魅影的城國》系列六中的〈南洋史詩〉，這些詩「以更大的篇幅和用心有計劃地整理了熱帶童年的記憶，重寫了在僑鄉的家族史，重現了一個被忽略、被湮沒的南洋移民史觀」[9]。基本上這些南洋史詩也是延續上面提及的舊題新作的歷史書寫，所不同的是它不再沉溺於歷史知識的拆解或從閱讀史料的無盡想像出發，它卻很巧妙地以敘述者個人小我的觀點來試探、試圖把握南洋歷史上從中國移民（逃亡）南來華裔族群的集體潛意識心理狀態和生活處境，如同羅智成敏銳指出的：「他繼續以一個當代的小我來和歷史的人我對話」[10]。辛金順在談陳大為的「南洋詩」時也注意到了這一點，但他主要的

---

[9]　見羅智成序文〈在「邊緣」開採創作的錫礦〉，陳大為《盡是魅影的城國》（台北：時報出版社，2001），頁13。

[10]　《盡是魅影的城國》，頁12。

論點是試圖釐清詩人的語言意象和創意結構，他沒有指出的是這些「南洋詩」的另一個面向（或作者企圖？），藉不同身分背景和家族史的重建（寫），讓我們看到多重差異的華族歷史視野，有別於國家官方版本或馬來西亞華社主流話語的聲音[11]。當然陳大為對歷史的真實與虛構性質的辯證是深為自覺的，從外篇〈歷史的刀章〉到序曲〈在南洋〉到內篇〈我的南洋〉的詩裡行間，都可令讀者強烈感受到詩人對歷史的真實與虛構面向的試探調度，他不忘在詩句中藉一後設提問與自我反諷的姿態頻頻省思和詰問，而他那強烈的自覺意識又令他頻頻回首詰問可能面對讀者有意的詰問（並不排除詰問的正當性），這一切後設的後設語言書寫策略本身必須看作詩人由對抗記憶出發，而發展出個人、家族及族群的「對抗敘事」（counternarrative），以對抗敘事來體現「對抗記憶」（counter memory）[12]——

---

[11] 辛金順在〈歷史曠野上的星光——論陳大為的詩〉中說：「這三首詩（指〈會館〉、〈茶樓〉、〈甲必丹〉）之所以重要，是因為它不再盡全沉溺於歷史知識的拆解，或完全產生自閱讀本身。就創作的意義而言，它不再掛空於史料的處理上或獨抒個人小我的情懷，而是延伸入族人集體的潛意識裡，以詩去書寫馬來半島上華裔民族歷史文化的生命情景，詩中所審思的，直逼現實的課題。」，此文收入《赤道回聲：馬華文學讀本 II》，頁 544。另外陳慧樺在〈擅長敘事策略的詩人——論陳大為的詩集《治洪前書》和《再鴻門》〉一文中也探討了陳大為的〈甲必丹〉、〈茶樓〉、〈會館〉等詩，認為詩人以後設的模式來書寫甲必丹葉亞來的歷史與傳奇，詩人企圖顛覆歷史的意圖亦昭然若揭。陳慧樺論文見《華文文學》31 期（1997.12），頁 71-73。

[12] 「對抗記憶」一語見傅柯的論點，他認為「對抗記憶」有別於被官方接受、批準、銘刻的連續性歷史與知識觀念，提供了一種替代式的「對抗敘事」，傅柯

烙印於族群歷史記憶的符號架構，共享一個滲透真實與虛構、已經
不具本質源頭的印記，這個對抗敘事既可用來暴露出馬來西亞國家
歷史對華人的有意抹煞或漠視，又可用來質疑和瓦解官方主流話語
對南洋華人的刻板簡化印象。詩人頻頻在詩文本中採取這個「對抗
敘述」的言說和表意方式，使詩的敘述者獲得一種自由出入個人敘
事與歷史宏大敘事文本之間的便利，在這裡個人小我的敘事與歷史
宏大敘事之間關係的疏離，因為詩人或敘述者童年的關照視角和記
憶言說方式，而顯示出詩人或知識分子個體敘事的文本性與官方宏
大敘事的歷史性之間巨大的張力美學，我覺得這無妨看作是詩人藉
助新歷史主義的歷史美學，來企圖暴露出潛藏在主流意識形態背後
的民間記憶和主體形構。在敘事姿態上，詩人遊走於童年視野記憶
與民間說書人的敘事者身分之間，在〈在南洋〉中的敘事主題上，
民間記憶與主流敘事的主題常常重疊在一起，但是民間個人化或童
年視野的小我心靈是對主流意識形態控制下的宏大敘事之重述，並
通過個人化的重述實現對後者敘事合法性的質疑、瓦解和顛覆，詩
人筆下這個來自民間的童年聲音在詩文本世界中恢復了個人作為
「人」的具體存在感性。換句話說，這個個人小我的民間記憶和聲
音，並不是如馬來西亞官方或華社主流話語那般出抽象的「人民」
或者「大眾」的名義下被粗暴與劃一看待，而是在歷史的文本性與

觀點見 Michel Foucault, *Language, Counter-memory, Practice: Selected Essays and Interviews.* Ed. Donald F. Bouchard. Trans. Donald F. Bouchard and Sherry Simon. Ithaca: Cornell UP, 1977.

文本的歷史性中具體呈現了個人的心靈、精神和意識在民間文化記憶中的多重性與互動性。這些詩在敘事話語和文體風格上，除了陳大為有意向民間說書人的敘事體借鏡，也同時藉南洋歷史的敘事策略不同程度背離了主流的南洋歷史敘述模式。陳大為南洋詩的敘事文體和書寫策略，即在展現他那一套「說故事」的拿手本事。〈在南洋〉一詩即是一部帶有強烈自傳性色彩的長篇敘事詩，其中詩人「說故事」的方式，無論是自己的故事、聽來的故事、歷史教科書的故事，或甚至想像的故事，容納多重敘事和角度，整體形成了詩（歷史）文本的基本敘事策略與書寫脈絡。詩人在此有時如同一個歷史學家，首先是一個說故事者，運用「建構的想像力」（constructive imagination），在努力使一連串的「事實」與支離破碎、不完整的歷史材料，製造出一個可信的故事的能力之中，也因此為歷史片斷提供了可行的解釋。[13]

　　〈南洋史詩〉系列是陳大為至今最為人（尤其是馬華詩界）所熟悉的作品，除了輯中的南洋詩頻頻得到台灣大型的文學獎的肯定，也因為這些詩作予人總結一個大時代的歷史的力作之感。根據詩集中的詩人自言：「九五年十二月落成的〈會館〉，是第一個試寫的篇章；接二連三，我的南洋詩作頻頻得獎。四個獎座兌換成十個大氣壓，我耗盡所有的技藝，所有的氧，方完成〈我的南洋〉。時間是千禧年的十二月，這十首大汗淋漓的詩，發表在馬來西亞《南洋商報‧

---

[13] 見懷特（Hayden White）〈作為文學虛構的歷史文本〉，譯文收入張京媛編《新歷史主義與文學批評》（北京：北京大學出版社，1993），頁163。

南洋文藝》副刊」[14]。詩人從開始構思到整體完成，前後長達約五年的時間，因此詩人特別強調：「我總算完成了那個屬於我的，最後的南洋」[15]，南洋詩系列以外篇〈歷史的刀章〉、序曲〈在南洋〉與內篇〈我的南洋〉來層層遞進，內容橫跨南洋（馬華）幾個重要的歷史時刻，這些重要的歷史事件都可在書末的〈六百年的大事札記〉（頁199-207）找到互相對應或彼此指涉的關系。然而全詩的敘事方式，卻與這些歷史札記或主流歷史記敘有著不同的敘事模式，形成一種很獨特的感性敘述與歷史視野的糅合。如是來看，陳大為的南洋／歷史書寫凸顯了兩大問題。首先是歷史／文類之關聯，亦即歷史之虛構不確定面向即是文類之不定，於是陳大為的南洋史詩或歷史書寫成為一混雜多重的文類建構，形成——「文學雜種」（a literary hybrid），在其中糅合了歷史傳記（葉亞來、鄭和）、史料徵引（馬來亞六百年大事札記、半島殖民史）、虛構的寓言體（麒麟、鼠鹿）、個人的自我觀（〈還原〉、〈簡寫的陳大為〉、〈在台北〉）、說書人的能言善道（〈我的南洋〉第1-3首）、孩童的視角（〈我的南洋〉第4-8首）等多重手法，質疑了任何視詩本身為自主自足的文類的批評企圖。再者是歷史／文本之關聯，亦即南洋史詩的文本與南洋華裔的歷史一樣是變動不居，當詩文本的敘述聲音由多個不同的角色來帶動時（詩中由敘述者「我」——一個童年的視野或聲音來帶動，穿插「我」的家族成員如曾祖父、祖父、父親、舅公、爺爺各種

---

[14]　《盡是魅影的城國》，頁121。
[15]　《盡是魅影的城國》，頁121。

視角來更動轉換敘事聲音），大寫的南洋歷史也開始動搖崩解，而
釋放出那些長久以來被壓抑的多重差異的聲音，改寫了我們習以為
常的南洋刻板印象，抗拒了任何企圖將南洋定位為一封閉單一的文
化想像與歷史認同。因此歷史札記與文化想像的交融轉換平行於文
學文類、歷史敘事與敘述聲音的轉換互動之間。乍看之下，詩人的
歷史敘事與童年的敘述聲音似乎採取線性時間來開展與鋪陳六百年
的南洋（馬來亞）歷史，細讀之下其實不然，詩人的敘述聲音因為
其童年的視角與現代人的「我」的不斷強行介入，全詩語調頗有撫
今追昔、借古喻今、古今對照的強烈色彩，而（歷史）時間的流動也
形成一個古今交錯、回環往復的敘事模式，讀者在閱讀過程中因為
時間之流的不斷（被詩人）干擾，而必須要調適閱讀歷史真相、歷
史敘事與歷史記載的了解與落差，唯有對此現象有所警覺，才能看
到詩人這個後設書寫策略的用心。而在時間交錯的敘事模式之餘，
陳大為更注意到歷史「空間化」的策略作用，如同評論家王德威指
出的，最令史家關心的是「空間化」的作用——將道德或政治卓著
的事件或人物空間化以引為紀念[16]，陳大為的南洋詩同樣見出以空
間化敘述取代時間流的用心，但此處詩人要紀念的，不是國家官方
主流的道德話語，而是被國家政治主流話語排斥邊緣化的南洋華人
的空間場景如會館、茶樓、華人公墓、同盟會，還有以空間意象為
軸、隱沒其間的時間隱喻或痕跡如橡膠園林、錫礦場、公墓。

---

[16] 見王德威《想像中國的方法：歷史・小說・敘事》（北京：三聯書店，1998），
頁 303。

　　南洋史詩系列的敘事主幹在大歷史、傳記、官方主流話語間流動轉換，穿插其中的是詩人小我（童年）至現在的「我」的插足干擾敘事風格的一致性，又不時將時空從遙遠六百年拉到當代的九○年代末，抹平了時間的差異，比如這些詩句的穿插：「把時代壓縮到組詩可以承載的 byte 數」[17]、「我的滑鼠差點跟丟了爺爺」[18]，一來這個重疊交錯的寫法可以避開平鋪直敘式的線性時間觀念，二來這個古今交錯的敘事視角可以透露出詩人從自身現在的位置來如何理解歷史，如同新歷史主義學者懷特（Hayden White）對歷史寫作的看法：「一種以敘事散文形式來呈現的文字話語結構，意圖為過去種種事件及過程提供一個模式或意象。經由這些結構我們得以重現過往事物，以達到解釋他們的意義之目的」[19]。陳大為的南洋史詩書寫讓我們看到兩項功能：第一，它讓我們了解歷史書寫的認知，可能不是出於過去的事實存在，而是出於其敘事的形式所造成的意義。第二，歷史書寫不單是將經驗（包括閱讀經驗）組織成形，同時也是在「賦予形式」的過程中達成某種意識形態或政治策略的作用。詩人不忘提醒讀者：「史料消化了我整個夏季／在中壢 某個河濱／我開啟南洋書寫之大門 安排角色／設計情節」[20]，詩人有意藉詩的敘事策略和形式設計來交代歷史書寫的政治功能，在重人的六百年

---

[17]　《盡是魅影的城國》，頁 158。

[18]　《盡是魅影的城國》，頁 180。

[19]　轉引自王德威《想像中國的方法：歷史・小說・敘事》，頁 299。原文見 Hayden White, *Metahistory*, Baltimore: The Johns Hopkins UP, 1973 (2)。

[20]　《盡是魅影的城國》，頁 174。

南洋歷史事件中多番引述史料傳記，幾乎每一節詩本身都有一個「史實」（可參照書末的六百年大事札記），但交錯其中的是敘述者童年與長大後對爺爺父親等家族成員的回憶和想像，以及一些小時候個人的經驗與記憶：「譬如該怎樣在史詩裡勾勒爺爺／怎樣省略其餘的親戚／繞著史籍　我邊散步／邊推算他何時融入殖民地的風俗／學馬來語　看皮影戲」[21]。這個敘事策略書寫的重要性如前所述，在於見出詩人藉歷史時間流與空間座標來處理文本的歷史性的同時，也提醒讀者注意歷史的文本性的多重角度與複調交鳴。歷史事件的殘酷辛酸與個人記憶的溫馨感動並置並存，標示出一種時代的見證和社會民間的聲音的參照，令人感到歷史的「在場」，從來不曾遠離我們而去。個人記憶的小我瑣碎事件與歷史事件的磅礴厚重形成一鮮明的對照，或詩人藉歷史與文本的一場精彩對話。

　　詩人陳大為為個人的童年記憶注入一種瑣碎生活的民間氣息，與史詩中的歷史大人物（鄭和、葉亞來、陳齊賢）或以官方政治權力為中心的「大敘述」（master narrative）截然不同，這個由詩人以孩童視角來敘述其家族成員史的「小敘述」（petits récits）或「小歷史」，目的在於拆解官方版本或主流話語的「大歷史」（grand history）的權威性，重組瑣碎、軼聞式的敘述視角來建立一己的文學觀[22]。詩人試圖重現被政治權力話語和主流道德掛帥的宗法觀念所抹煞消

---

[21]　《盡是魅影的城國》，頁 174。

[22]　關於「大敘述」與「小敘述」的對比分析，可參見廖炳惠《關鍵詞 200：文學與批評研究的通用辭彙編》（台北：麥田出版社，2003），頁 160。

音的歷史內涵，改寫那已被一再書寫得到強化的正史，透過個人化
的敘述視野來解讀歷史的含義，通過詩句的敘述語調來展開歷史的
辯證，讓歷史的血肉更加真實而充實，更加接近普羅大眾的生活經
歷與感受。這種提供另一種角度的歷史書寫，最明顯表現在〈還原〉、
〈在詩的前線行走〉、〈簡寫的陳大為〉等詩中，其中對「大歷史」
的解構或反駁的態度，詩人的立場鮮明，不忘在詩裡行間告訴讀者，
詩人對這份歷史意識的自覺和書寫動機。而陳大為的南洋史詩最具
歷史敘事的解構顛覆與再建構作用的，則是詩末兩首〈簡寫的陳大
為〉與〈在台北〉中強烈的自我解構／重構傾向，〈簡寫的陳大為〉
一詩中的敘述者一心為自身的主體認同和文化身分建構立傳，敘述
者在歷史認同與政治現實間取捨進退：「在怡保　我讀著簡化的『中
国文学』／走進書店　書籍簡化成文具和字典／我的世界被字母圍
剿／卻常常聽到：五千年的文化／『文化』僅有空洞的八劃／連儒
家　都簡化成演講者的口頭禪／這裡頭　沒有誰讀過四書／……崇
尚簡寫的華社需要一部／繁體的文化大辭典／精準的文字學」[23]，
最後以虛實相交的手法回溯與叩問敘述者自己的寫作歷史，混雜敘
事語言的解構和建構的半自傳性質：「我不願被姓名簡寫／尤其蠢
課本　和那條虛脫的龍／從辭海　我結識一匹／無從簡寫的麒麟／
跨越文言與白話　都市和城池／用先秦散文和後現代詩／來填飽我
的聖獸／我保證／不會讓南洋久等」[24]。詩人這個半自傳的反思創

---

[23]　《盡是魅影的城國》，頁 192-193。

[24]　《盡是魅影的城國》，頁 193-194。

作與詩人身分主體來結束詩行，並自我指涉的書寫過程，除了道盡
詩人對個人歷史的思索和專注，我以為不妨將這個敘事策略看作詩
人對大歷史的大膽叩問，以自我的成長歷史為主要內容，將個人經
歷放入政治現實與歷史敘事的角色中，與之對照來試探歷史在自身
之外存在的可能，其中充滿了顛覆解構的意味，即歷史在經過文學
敘事（書寫）的加工轉化之後，還是「歷史」嗎？正如歷史在經過文
學的轉化之後，這個詩人書寫的新歷史觀即延續又質疑「歷史」，
又在一個新的目光角度下建構或重構歷史象徵，提出社會的、政治
的大歷史以外，詩人個人的小歷史可以對大歷史產生什麼新面貌，
來印證文學與生活的辯證多元關係，作家（詩人）的歷史敘事注定
構成一種嶄新的歷史意識。〈在台北〉一詩從自身現在的位置出發，
提出一個作家可能與（南洋）歷史發生的種種關係，其對歷史命題
之探索，為寫實的家族史宕開混雜想像與理想的一筆，作為南洋史
詩整體的壓軸之作，詩中展示的「私語體」書寫方式彷彿在建構、
叩問南洋史料的歷史真實感，卻也在詩人一再想像和記憶的話語意
象系統的對照下，消解了詩中的南洋歷史感。對歷史真實感的探問：
「在赤道邊緣　歷史大隱／隱於詩　生活小隱於靈光一閃的椰子」[25]、
「我苦苦追尋半島上輩子的履歷／它們在遺忘的角落等我」[26]，對
歷史材料的消解和重寫：「噸重的敘述在史實裡　輕輕翻身／斗膽刪

---

[25]　《盡是魅影的城國》，頁 196。
[26]　《盡是魅影的城國》，頁 196。

去眾人對英雄的迷信」[27]、「弔詭的條碼／列印在台北的第十二個
盛夏／我一次啟動了十首／南洋的史詩　外加兩頭鹿部的獸／像暴
雨／泛濫所有馬華故事的上游」[28]。所有這些歷史材料片斷、文化
記憶想像與詩人內在的感情交織成為一部心靈的歷史，以文學語言
和書寫意識思考歷史，提出歷史「可能的」面貌和限度，「成就了他
個人獨特的詩風與特殊的感性史觀」。[29]

二、南洋史詩的歷史主體性：
政治現實的再定位或缺席的觀者？

　　馬華新世代詩人兼評論家許維賢曾經以書寫本身的焦慮現象來
心理分析論斷詩人陳大為的恐懼源頭，運用拉康（Jacques Lacan）的
「鏡子理論」來批判陳大為南洋詩中的歷史主體的缺席。這個論點
自有其理論上的依據，許維賢質問：陳大為不斷通過後設的「反敘
述」來抵抗那種恐懼，詩人恐懼什麼？焦慮的源頭在哪裡？[30]但我
們不妨換一個角度來看，這個焦慮本身的語言展現毋寧是詩人書寫

---

[27] 《盡是魅影的城國》，頁 197。

[28] 《盡是魅影的城國》，頁 198。

[29] 見辛金順〈歷史曠野上的星光──論陳大為的詩〉，《赤道回聲：馬華文學讀
本Ⅱ》，頁 538。

[30] 許維賢〈在尋覓中的失蹤的（馬來西亞）人──「南洋圖像」與留台作家的
主體建構〉，吳耀宗編《當代文學與人文生態》（台北：萬卷樓出版社，2003），
頁 267。

策略和語言操作的一部分，敘述語言與心理機制的互動糾葛不也可作如是觀？許維賢要批判的是，陳大為的南洋書寫事實上並沒有觸及南洋這個歷史主體，詩人只是在觀賞電視螢幕上的歷史紀錄片，手上操作著遙控器，歷史（紀錄片）可隨自己後設的操作選擇性的調速和刪略，詩人在歷史的面前變成純粹的一個觀者，昭示著詩人本來就在這段歷史裡面缺席[31]。陳大為的南洋書寫造成主體在想像中的異化情況，也就是沒有觸及南洋歷史的核心，很多歷史事件也以「來不及」或「忘了」或「不在場」來處理[32]，刻意（或因為認知上的不足、沒有深刻的感情之類的泛想像）回避某些歷史政治現實（如 513 政治事件），因此形成詩文本中處處瀰漫一股焦慮，對「南洋」後繼無力的歷史感的書寫焦慮[33]。因為自知這方面的不足，而採取一種先發制人後設的反身提問，如同許維賢指出的：「詩中的敘述者極不願意承認他是在後設讀者的質問，不願承認反過來的解讀其實卻是：作者承認了本身書寫的焦慮」[34]。我這裡主要是以書寫主題與書寫主體間的文本設計或敘述策略來詮釋陳大為的南洋詩的焦慮現象，也算是在許維賢的心理分析外的另一個讀法。我可能比許維賢看得較遠一點，即所有的認同（文化、身分、歷史、主體）基本上來說都是誤識（misrecognition），並不存在一個本質不變的「歷史主體」。

---

[31]　《當代文學與人文生態》，頁 271。

[32]　《當代文學與人文生態》，頁 270。

[33]　《當代文學與人文生態》，頁 273。

[34]　《當代文學與人文生態》，頁 266-267。

　　晚近的文化理論認為，主體認同與社會現有的物質、歷史及文化條件產生關係，而且文化身分的問題一直都在變動或流動，以單一的方式來討論此議題，可能無法掌握正在形成或逐漸消失的其他面向的文化認同，因此我們應該採取一個比較富有彈性的觀點，來討論華人在上個世紀大量移民到南洋（馬來亞）之後，在時間、空間的轉換與流變中，因不同的環境、當地的生存條件及國家社會物質的變遷，而在華人族群之中所形成的各種差距。更甚的是隨著馬來西亞國家的獨立，政治現實的丕變，形成新舊華人族群在教育、經濟、社會、文化經驗和資源方面的差距，新一代馬來西亞華人精英的移民或滯留國外的離散現象，這些種種無疑都產生了主體認同的新面貌，如果我們還在以馬來西亞華人的單一本質標籤來籠統描述他們全體，可說是相當有問題的。所以當我們在討論到馬華作家的主體（文化）認同時，必須考慮的一點是現實的情況，除了認知到文化認同一直不斷在改變，作家個人的發展和他所身處的現實困境，也無法被抽象的理念所界定。作家的歷史意識則是在具體的時間、空間上，與不同階段的發展，所構成的聯繫和斷裂的表現。以這個方式來看，我們知道詩人陳大為所要探討的南洋華族歷史和處境，是依不同時期，而有不同的面向需要探討，因此如前所述，我們實不宜以一套固定不變的「馬來西亞華人」的歷史主體認同，來描述此一因歷史時空的種種變相因素而扭曲轉換的形式。對不同層面的創作者，以及不同層次的讀者，會產生不同的影響或意義，這些物質、文化與社會的差異、不平均的結構性存在，在詩人與不同讀者交互激盪的對話空間裡，產生了多重的歷史現實和多元面貌。

　　在回答「誰的南洋？誰的歷史？」這樣一個帶有強烈身分認同的問題之前，霍爾（Stuart Hall）的〈多重小我〉（Minimal Selves）一文中的提問「我是誰？」可提供我們一些啟示和思考主體性：「我是誰──『真正的』我──乃是在與多種異己的敘述（other narratives）之關係中形成的……屬性原本就是一種發明（invention），屬性是在『不可說』的主體性故事與歷史敘述、文化敘述的不穩定之會合點形成的」[35]。這個歷史和文化敘述的不穩定性與強調文化認同的想像、虛構（建構）、武斷（arbitrary）有很大的關聯：「『屬性』既屬於過去，也屬於未來。文化屬性不是已經存在的東西，並非可超越空間、時間、歷史、文化。文化屬性來自某處，具有歷史。但就像每一個歷史事物一樣，會不斷變形。它們絕非永恒固定於某些本質化的過去（essentialised past），而是受制於歷史、文化、權力的持續『遊戲』。屬性絕非只立基於『重新發現』過去──過去只是在那裡等著被發現，而一旦被發現，將會使我們的自我感穩固成永恒──我們被過去的敘事以不同的方式定位（positioned），也以不同的方式將自己定位於過去的敘事，而屬性就是我們賦予這些不同方式的名稱」[36]。可見歷史與文化認同極為複雜，除了陳大為詩文中不同文類的詩、散文、訪談、論述文本之外，更重要的還涉及「南洋史詩」中的此一文類文本內部中的同與異、中國文化與在地（混雜）文化

---

[35] Stuart Hall, "Minimal Selves." *Identity: The Real Me*. ICA Documents 6. London: Institute of Contemporary Arts, 1987, pp.44-46.

[36] Stuart Hall, "Cultural Identity and Cinematic Representation." *Framework* 36 (1989), p. 70.

的關係、族群與國家官方強勢話語的關係、弱勢族群與其他更弱勢的族群的對話關係。換言之，這個問題可以從多個不同的角度和脈絡來討論，我在上文企圖利用「對抗記憶」的弱勢論述與「新歷史觀」的文本／歷史建構來暫時想像、建構、定位陳大為的「南洋詩」中的敘事策略和主體認同，而許維賢則藉一心理分析角度來解構陳大為詩中南洋歷史的主體性。此建（解）構性的一正一反正好說明文化認同與主體身分的流變性、想像性、建構性與非本質性。也就是說，任何文化認同與主體定位都可能只是從特定脈絡語境及時空情境中去建立與詮釋，論述者採取特定的論述立場，會得出相同或不相同的意見也是可以理解的，這些可能引起的對話反應不妨看作是一個不斷建構／解構／重構的過程的一部分。如同另一位學者李有成所言：「我們不妨把屬性視為一個過程，只不過這個過程顯然無法擺脫情境（situation）的限制。質言之，任何屬性的討論必然受制於情境（situated）或時地（placed）──至少你必須從某處開始」[37]，因此在討論陳大為的「南洋詩」時，很重要的一環就是書寫（文本性）與歷史／文學的關係，前者是詩人如何把聽來的或讀來的南洋／歷史／故事轉而以專業的詩語言來表現出來，後者以敘事策略與對抗記憶的方式把那些長久以來在官方版本的話語中被消音、被邊緣化的族群，藉一書寫行動來試圖恢復／再現（restoration／representation）歷史文化記憶的可貴和苦心。

---

[37] 李有成〈漂泊離散的美學：論《密西西比的馬薩拉》〉，《中外文學》，二十一卷七期（1992.12），頁76。

　　在這方面來說，不只讀者有不同的文化現實經驗，就連詩人本身也有不同的物質、文化與歷史基礎來醞釀想像空間，以及發展寫作風格。值得注意的是，從華人的歷史文化與政治現實的經驗中，以及變動不定的社會現實之中，來處理身分認同與歷史主體的流動性，一方面可以兼顧到長久以來受到壓迫的現實經驗，另一方面又可顧及族群歷史文化記憶中的種種內在壓抑，被迫沉默的生活方式，不均衡發展之下的文化刻板印象。因此詩人和讀者有必要就多重的文化經驗與歷史面貌來作顛覆性的文本性解構／讀，而不至於將詩人後設書寫的敘事策略看成是一種歷史主體的缺席或烏托邦式政治定位，於詩人或讀者來說都是一個相當重要，以及富有挑戰的閱讀策略。[38]

---

[38] 關於作家與讀者對歷史文本／主體性的不同意見，或許可以廖炳惠評論葛林布雷（Stephen Greenblatt）的新歷史主義的論點作為一項參考：「回應乃是讀者、觀賞者從作品之中得出、感應到其中蘊含的力量，進而與之呼應，喚起本身之中的複雜而活潑有致的文化力量，看待作品與整個世界的對應關係，能透過這種內心的回響去體會作品的歷史性及歷史的文本性，理解作品於種種衝突的社會力量之中創造出路的緊湊網絡，與作品產生文化交涉及互通聲氣。換句話說，是自作品原先產生的歷史環境之中獲致啟示，進而感應到該歷史環境與現代讀者的文化處境之間的關聯。首先是了解作品的歷史條件以及作品經歷過的歷史轉化，然後是對作品的歷久彌新、開放結構有所契入，感覺『雖古猶今』，其次是對作品與自己的關係、作品與過去的讀者、欣賞者、收藏者之間的關係與意義有所反省。」廖文見〈新歷史主義與後殖民論述〉，《回顧現代：後現代與後殖民論文集》（台北：麥田出版社，1994），頁 39。

結　語

以南洋（馬來亞）歷史的大時代動盪經緯為書寫的背景，以南洋（馬來亞）移民史中的離散華裔族群為關懷的中心，詩人藉一個孩童的記憶和視角為全詩中的觀點人物，施施然切入大時代歷史洪流中的官方版本主導論述與大馬華社主流話語，陳大為的南洋史詩擺明了正是要凸顯歷史大敘述中的個人小我的民間記憶，以及非官方版本的歷史觀照。全詩的敘述語調依違於歷史／建構／解構／虛構／重構多重交疊之間，這個依靠歷史／傳記／說故事／記憶的敘事策略，已經有效的拆解「威權體制或政治運作下編纂的歷史」，除此之外更在以個人家族的民間記憶與生命歷程為主體的敘述欲望中，呈現了極其微妙的小人物與大歷史的對話關係。

[2005]

論陳大為詩中的敘事與情感

一、前言

　　在台馬華文學作者的陣容當中，陳大為集多重身分於一身，他出版多部詩集和散文集，既是出色的詩人與散文作者，也出版論文集，在中港台馬發表過大量的論文，是當代中文詩與散文最積極的創作者兼論述者之一。而且還在教學和寫作之餘，用心策劃編選文集，積極介入當代中文學界的話語場域，尤其是大力推動馬華文學方面，成果有目共睹。與鍾怡雯合編《赤道形聲：馬華文學讀本Ⅰ》、《赤道回聲：馬華文學讀本Ⅱ》、《馬華散文史讀本 1957-2007》、《馬華新詩史讀本 1957-2007》等書，對於推動馬華文學朝向學術建制化的道路功不可沒，同時透過編書，也為那些有意撰寫馬華文學（史）的學者和研究者帶來便利，尤其是中國大陸與台灣兩地的馬華文學研究者，幫助他們對馬華文學面貌與特質有一基本

的認識，不會再隨便抓一兩部坊間出版的馬華作品，寫出錯誤百出的馬華文學論述，造成「學術災難」。[1]

在眾多文類創作當中，陳大為最讓人關注的是他的詩和散文創作，他對詩和散文藝術技巧的高度自覺令人刮目相看，表明了他是一位不斷尋求蛻變和突破的創作者。如同黃萬華扼要指出的：「陳大為詩風的變異，不是那種草莽式的反叛，而是自覺的藝術蛻變。從追求意象思維的情思哲學生命，重組時空，拓展語言張力，到追求**敘事技巧**，講究**語言策略**，呈現精緻中有顛覆性的審美形態，再到**日常性表達的隨機應變**，以『輕鬆』靠近**詩的平民性**，以原生性還原指向靜觀樸淡的藝術美，陳大為始終處於反僵化的突圍。」[2]（黑體字為筆者所加）這一段話證諸陳大為四部詩集的表現（《治洪前書》、《再鴻門》、《盡是魅影的城國》、《靠近 羅摩衍那》），可謂貼切的指出了詩人的創作理念和語言風格。無疑地，歷來陳大為詩中最讓人注目的是敘事技巧和語言策略，贏得無數評論者的青睞和讚譽，但是如同黃萬華敏銳看到的，詩中也存在「日常性表達的隨機應變」和「詩的平民性」，這一點是大部分論者在解讀陳大為詩作時忽略掉或較少探討到的面向。我認為，詩的日常性和平民性，非始自《靠近 羅摩衍那》，在那之前的《盡是魅影

---

[1] 「學術災難」一語見陳大為〈序：基石〉，此文為《馬華新詩史讀本 1957-2007》的序文，參見鍾怡雯、陳大為編《馬華新詩史讀本 1957-2007》（台北：萬卷樓，2010），頁 I。

[2] 黃萬華〈陳大為：新生代意識的詮釋者〉，收於陳大為《方圓五里的聽覺》（濟南：山東文藝，2007），頁 2。

的城國》，已顯露端倪，陳大為在靜觀自省的語言轉化中，實則承載了詩的情感體驗。[3]

　　本文分為兩個部分，以陳大為詩中的「敘事」和「情感」作一整體性的觀照和討論，指出詩中形象鮮明的敘事策略，是各個詩評家的論述焦點所在，但仍然掩蓋不住詩中或隱或顯的情感面向。「情感」在當代文學研究常被忽略，在陳詩中實則與「敘事」同等重要。透過詩作中所敘述的生活經歷（日常性）、地方記憶（平民性）、空間想像與情感體驗，折射出詩人／主體的內心寄託，啓發歷史事件在當下存有的意義。同時指出，在陳詩的歷史敘事和後設敘事中，「敘事」和「情感」表現往往是相互疊映、相輔相成的，它打開了一種視野，讓處在不同歷史時空的讀者與敘述對象，建立與連結起兩者之間的相互關係與情感反應。必須在此聲明，本文並不採取精讀細品的方式（close reading）來探討陳大為的詩作，我的目的也不在於細讀和詮釋陳大為的個別詩作，而是藉由陳大為一些

---

[3]　匿名審查人之一指出，本文延用黃萬華的講法，指出陳大為的詩具有「日常性與平民性」，以此來證明其詩是具有情感面向的。這條解釋路向可能是有效的，但仍須加以補強。例如說到陳大為詩「詩的日常性和平民性，非始自《靠近 羅摩衍那》，在那之前的《盡是魅影的城國》，已顯露端倪。」問題是在別的詩人，這種尋常因素可能自始即存在，陳大為要到第三本詩集才出現，這不就反證了他在情感面向的薄弱嗎？感謝匿名審查人提出這個看法，必須承認，陳大為前二部詩集的敘事性過強，確實掩蓋了詩的情感面向，但潛藏敘事底下的情感暗流，不是沒有，要讀者細心體會。因此說陳詩的情感薄弱並不完全正確，分別只是在於語言表現形式上的內歛或外顯（前二部詩集情感較為隱匿／收斂，第三部則敘事與情感成份各佔一半，第四部情感開始外顯舒展）。

詩例，導引出詩中的「敘事」和「情感」於論述和詩學層面的潛質和魅力。

二、敘事

> 我的詩篇都有一個或隱或顯的敘事結構，來承載神思，演
> 說大事。如此一來，主題再怎麼龐大，思緒再如何複雜，
> 都有一條清晰可靠的脈絡在導引讀者的眼睛。
>
> ——陳大為〈敘事〉（2003）

　　陳大為在一篇題為〈敘事〉的文章裡自剖詩創作的心路歷程，清楚道出其詩作的敘事策略手法的來龍去脈，讓讀者對其詩作有更深一層的理解和認識。這篇文章之所以重要，除了是詩人對其作品自我印證的第一手資料，很有「文章千古事，得失寸心知」的意味，還有一個不容忽視的理由，即是破除讀者對其詩作風格的刻板印象。如其所言：「多年以後赫然發現，說書的渴望悄悄倒影在我的詩裡，像船的龍骨，『敘事』乃成為詩歌最根本的調子。久而久之，很多人對我的詩風留下相當刻板印象，好像我只擅長一種敘事詩……」[4]。確實顯而易見的，無論是零散少量的野史傳奇神話的敘事成份，或大量密集的歷史書寫的敘事策略，在陳大為的詩裡形成一形象鮮明的美學建構。如同上述引文所言，這一條詩裡行間清晰可靠的脈絡：敘事結構，承載了詩人的書寫主題和思緒感受，猶

---

[4]　陳大為《巫術掌紋》（台北：聯經，2014），頁 309。

如詩的龍骨，導引着讀者的眼睛，贏來不少詩評家的青睞。普通讀者不說，在所發表對陳大為詩作的相關評論中，以「敘事」或「敘事詩」的角度探討和解讀詮釋詩人詩作的論文佔了很大的比重，這些評論者或學者包括了陳鵬翔、劉志宏、漢駱、丁威仁、張光達、金進[5]。在上述相關論文中，可約略分成兩類，一為偏重詩文本分析的敘事美學（陳鵬翔、漢駱），一為偏重歷史書寫／重寫的敘事策略（丁威仁、張光達），當然歷史與敘事兩者在論述上或有所重疊，分別只是在於論述上的側重點偏向詩歌美學或歷史書寫。比較特別的是楊小濱，以拉岡（Jacques Lacan）的精神分析理論來探討陳大為的歷史文化他者[6]。從這個角度來說，陳大為憂心讀者會對其詩作產生刻板印象，並不是毫無根據的。詩人也許擔心過度強調敘事在其詩中的重要性，會造成詩詮釋空間的窄化、定型化，對一

---

[5]　陳鵬翔〈擅長敘事策略的詩人──論陳大為的詩集《治洪前書》和《再鴻門》〉，《華文文學》31 期（1997.12），頁 71-73。劉志宏〈陳大為在〈治洪前書〉一詩中「神話形象」與「歷史敘事」的轉換與調整〉，《多元的交響：世界華文文學作品評論研討會》（台北：佛光人文社會學院，2005 年）。漢駱〈以詩為舌，再審歷史的說書美學──試探陳大為新詩的敘事美學〉，《笠詩刊》265 期（2008.06），頁 110-129。丁威仁〈互文、空間與後設──論陳大為《再鴻門》的敘事策略〉，《中國現代文學半年刊》14 期（2008.12），頁 37-60。張光達〈陳大為的南洋詩史與敘事策略〉，《中國現代文學半年刊》8 期（2005.12），頁 167-188。張光達〈台灣敘事詩的兩種類型：「抒情敘事」與「後設史觀」──以八〇、九〇年代的羅智成、陳大為為例〉，《中國現代文學半年刊》14 期（2008.12），頁 61-84。

[6]　楊小濱〈盡是魅影的歷史：陳大為詩中文化他者的匱乏與絕爽〉，《台灣詩學學刊》20 期（2012.11），頁 161-176。

個有高度創作自覺、對詩學有獨特看法的詩人來說，詩寫成發表之後，還要另文陳述循循引導讀者認識作品及其理念，深怕詩裡行間強烈特色的的敘事策略或敘事美學，會遮蔽了詩文本其他可供讀者思辨的層面，這樣的做法不難理解。[7]

從第一部詩集《治洪前書》（1994）開始，中國古老神話和鄉野傳奇的敘事成份，就已經引人注目，詩人以一個類古代說書人的語調，抓住書寫對象一件事物的特點，以特點為線索相依相鏈的敘事手法，展開環環相扣的敘述，跌宕起落的詩行轉折間，成功支撐起詩集中各個篇章的文字肌理，形成一完整有序的語言結構。這個敘事手法在第二部詩集《再鴻門》（1997）有更為精湛的表現，通過詩人重寫／重構歷史的敘事策略，往往能夠將抽象化與模式化的中國歷史事件和歷史人物，塑造得栩栩如生，並賦予筆下的歷史人物獨立的人格和鮮明的性格形象。為了達到重構（再現）歷史事件與塑造史書中的人物，顛覆傳統歷史事件與人物的刻板形象，引導

---

[7] 匿名審查人之一指出，本文破除讀者成見的主要憑藉，乃是陳大為在〈敘事〉一文中的說法。——但此文本屬詩人的「自我辯護」，參照之餘，仍須進行更多的檢證，並與之對話。要說陳鵬翔以下諸多論者都掉入「刻板印象」，這畢竟是重大判斷，不能輕易以陳大為一家說法否定掉諸家論述，這裡實須多舉文本加以驗證。感謝審查人的提醒，我這裡引用陳大為自己的說法，只是一個引子，目的是想引出本文的論點，並無意否定陳鵬翔諸家掉入刻板印象。必須承認陳前二部詩集中的敘事美學形象鮮明，論者很難不被其吸引，論點集中在敘事層面毋寧也是理所當然的。下文舉了陳的南洋組詩、〈會館〉、〈茶樓〉諸詩為例，重點說明情感面向在敘事中的浮現，但限於篇幅，這裡只能採取一個整體的觀照角度來談，更全面細緻的細讀各別詩作，需另文全盤處理。

讀者從新的視角對傳統歷史、已寫就的史書或廣泛被接受居之不疑的「史實」進行反思，詩人在《再鴻門》裡採用了多種後設的敘事策略手法：解構、互文、拼貼、擬仿、反諷、多音複調、自我指涉，質疑傳統歷史文本的主流話語與撰史觀。這個結合詩學與歷史的後設書寫和敘事策略，對歷史事件和人物進行了新的詮釋，具有後現代意識（後學）的修正主義史學觀／撰史觀[8]。其實《再鴻門》中後設書寫的敘事策略操作已經非常成熟，其對敘事元素精心選取和策劃而合理運用，使詩作的敘事顯示出內延、外展的張力，把自己的閱讀體會、生命體驗滲透入敘事結構中，對中國古老神話和傳統歷史進行審美重構和現代轉化，創作出獨特的敘事詩美學。以敘事詩的角度來說，擺在當代的台灣詩壇，也鮮少有人能出其右，整體上來說已型塑出強烈的個人詩風，集中多首大手筆的史詩如〈曹操〉、〈再鴻門〉等作更是佳構。

　　之後出版的《盡是魅影的城國》（2001）一部分延續了這個敘事策略，從中國歷史的重構換成南洋歷史的建構，寫出了一系列膾炙人口的「南洋史詩」，這回詩人在敘事策略上做了調整，以個人的家族史來見證／建構南洋歷史，成績頗為可觀，詩人的選材與策略被證明是成功的，在這之前雖然不能說沒有人曾經以南洋歷史的題材入詩，但是以這般大手筆的敘事手法縱橫六百年的南洋歷史時空，陳大為無疑是第一人，也因此之後啟發了一些馬華新生代詩人

---

[8]　相關論點請參見張光達〈台灣敘事詩的兩種類型：「抒情敘事」與「後設史觀」——以八〇、九〇年代的羅智成、陳大為為例〉。

加入書寫南洋的行列。後繼者中要數馬華詩人林健文的南洋系列組詩（共八首）可堪比擬，表現亮眼[9]。陳大為在〈敘事〉一文中說，理想的史詩是一場詩歌語言與歷史陳述的平衡藝術[10]。為了達到詩語言與歷史敘述的平衡狀態，陳大為無論是以史入詩，或是以詩鑒史，其詩作對歷史的建構／重構，前提是不可傷害詩質，歷史有時候只是一堆原始材料（史料），有時候却是長年累月形成定型刻板化的史述，端看詩人如何推陳出新，利用獨特新穎的視角，調度轉化成帶有個人化的史詩語言。歷史事件的複雜，當然遠過於歷史敘述，我們身為讀者的焦點是陳大為如何編織歷史事件和人物，形成自己的說法。值得注意的是，陳大為的南洋史詩，採取家族史的敘述視角，企圖以古今交錯多音複調的手法來講述這一段湮遠的南洋歷史。詩中人稱的轉換，角色的靈巧安排，情景的迅即變化，場面調度的視覺體驗，在在給人強烈的感覺。

　　許維賢在一篇討論留台作家的主體建構的論文中，從歷史書寫的理想自我的主體身分觀點來解讀南洋史詩，得出的結論是陳的詩作並沒有觸及南洋這個歷史主體，歷史隨詩人後設的操作選擇性的調速和刪略，在南洋（或馬來亞／馬來西亞）重大歷史事件的議題上採取迴避的心理狀態，變成純粹的一個觀者，昭示了詩人本來就

---

[9] 林健文總輯題為「南洋，再見南洋」的南洋組詩（共八首），見其詩集《貓影偶爾出現在歷史的五腳基》（吉隆坡：有人，2010），頁 55-79。關於林健文的南洋詩，這裡無法詳述，可參考張光達寫的序文〈後南洋：重寫歷史與地方記憶〉，《貓影偶爾出現在歷史的五腳基》，頁 3-22。

[10] 《巫術掌紋》，頁 314。

在這段歷史裡面缺席[11]。必須承認，陳大為的南洋史詩中一些敘事
視角如孩童的敘事視角不同於全知全能身分的第三人稱敘事視角，
無法最大限度地對歷史事件進行調度，自由控制對人物內心的透
視，進而做到對歷史事件的反省、反思。但好處是詩人輔以各個不
同的家族成員的敘事角度，還包括現在的我——作者——後設的敘
事者現身說法，來再現這些歷史事件的片段，除了製造多音複調，
透過不同人物來交代事件的不同面向和對歷史的差異認知，同時在
詩／史的氣氛營造調度上，還可以有效調節敘事距離，以敘事主體
與客體心理空間的「間離」使敘事更趨冷靜、客觀。進而言之，透
過敘述者的家族史敘事，實則表現了具有生命的文化、歷史主體
性，所以既不能簡單視為主觀經驗的想像投射或觀者，也不該解為
客觀的僵硬歷史發展規律，而是在主體性的根本層次與個人主體經
驗（包括個人的生活與閱讀層面）並存互通，表達個人情感和心理
意識，由此發展並帶出大主體與小主體的新關係。

　　除了敘事和結構，一個較少人留意到的是南洋史詩透過家族史
的敘述，得以呈現詩的情感和心理意識，這是陳大為以往書寫中國
古典歷史的詩作中較少發揮的面向，也是以往那些聚焦於歷史敘事
與主體身分的論述所忽略的一環。陳大為的十首南洋史詩，以家族
史與精神史的多音複調來書寫南洋移民歷史，除了延續《治洪前

---

[11] 許維賢〈在尋覓中的失蹤的「馬來西亞」人——「南洋圖像」與留台作家
的主體建構〉，吳耀宗編《當代文學與人文生態》（台北：萬卷樓，2003），
頁 271。然而楊小濱運用拉岡精神分析的理論，得出頗不一樣的結論，參見楊
小濱〈盡是魅影的歷史：陳大為詩中文化他者的匱乏與絕爽〉。

書》和《再鴻門》兩本詩集中的寫法，一方面他冷眼遙望，整個歷史被轉換成一種「文本」，在他筆下供他想像和建構，形成一種滔滔言辭的雄渾敘事[12]；另一方面他的後設敘事，透過家族史的角度，一些在「大歷史」面前微不足道的細節、影像、聲音、味道或是私人生活經驗，在他的詩行間蕩漾開來，外延為詩質飽滿的情感張力。因此這些詩不只是對歷史事件和人物世界的詩意探索與謳歌，同時也是植基於私人小我的生活經驗和情感意會。從這個角度來看，不必諱言敘事在南洋史詩的書寫策略中具有舉足輕重的地位，但單是從敘事的層面來理解是不夠的，我們不宜忽略詩的情感面向，透過美學語言的特殊處理，敘述者的生活感受和內在心理活動，神奇地把歷史的物質性與生活情感韻律相連結，由此再現了詩人對詩／史的「存有時刻」（moments of being）的辯證。換言之，陳大為的史詩具備了一種雙重視野：歷史陳述與生活體驗，在歷史敘事中導引出詩人對歷史事件的閱讀感受，同時詩人的生活經驗與內心感受，透過（後設的）歷史敘事，得以啟發歷史事件在當下存有的意義，其中隱涵了一種辯證張力，我們看到時代巨變與日常生活的雙重疊映，兩者並非壁壘分明，而是交織纏繞、互相滲透，甚至相輔相成。

---

[12] 陳大為最早對詩學雄渾敘事的關注，見其碩士論文集《存在的斷層掃描：羅門都市詩論》（台北：文史哲，1998）。楊小濱在討論《治洪前書》裡的〈招魂〉時，也提及陳大為這個雄渾（sublime, 楊翻譯為「崇高」）美學的面向，楊小濱論文見〈盡是魅影的歷史：陳大為詩中文化他者的匱乏與絕爽〉。

三、情感

> 情感打開了一種視野，將主體看成總已經是在與他人相互
> 的關係之中。
>
> —— Heather Love, "On the Politics of Emotion:
> Feeling Backward, Feeling Bad" 2010.

　　在所有對陳大為詩作的相關評論中，最少被討論和分析的是詩
的情感層面。詩裡行間散發的情感，它跟讀者之間一種情感上的呼
應，是一份抽象的感覺和情緒，理論於此通常使不上力，或許因為
這個原因而造成情感的分析解讀缺席。海澀愛（Heather Love）在探
討情感政治的論文《論情感政治：感覺倒退，感覺「背」》中指
出：「將情感作為研究對象時我們會遭遇許多挑戰。情緒惡名昭彰
地難以定義─情感不會在鏡頭前『保持靜止不動』……它聲名狼藉
地難以『固定』，既是因為它座落於人的內在（却又不在特定的何
處），也因為它在你可以度量它之前早已消失無蹤」[13]，一語道破
情感研究的窒礙難行。海澀愛認為情感研究的高難度，很大部分的
原因來自於它不是認知，它是一種感覺，而傳統上情感和認知被視
為對立[14]。她主張情感研究在當今文化研究、文學研究的重要性，

---

[13]　我這裡參考的是張瑜珮的譯文，見海澀愛等著；林家瑄等譯《酷兒・情感
・政治──海澀愛文選》（台北：蜃樓，2012），頁 276-277。

[14]　亦有論者指出：「敘事作為人類述說各種際遇、情感、理解或想像等經驗
與知識的特有方式，既是一種『認知』與『表達』的模式，亦是一種日常生活

可以成為精神分析方法論之外的一種選擇，不同於佛洛伊德精神分析強調「欲力」（drives），情感研究關心感覺、情緒的問題，比較不是那麼結構式的，而偏向描述式的心靈生活細節敘述[15]。循着關注情感在文本和文化政治的解讀，海澀愛提出另一個有別於精神分析思索主體的方式，除了在最普遍意義上的情感是人類自我內在的系統，但它也是個關係性的系統（relational system），情感並不只是內在於主體自身，它還透過傳導（transmission）的作用，形成人與人之間的一種情感情緒上的呼應，好比俗話說的「感同身受」。如同上述引文，情感打開了一種視野，主體總已經是在與他人相互的關係網絡之中[16]。海澀愛上述的觀點將我對陳大為詩作的

的『行為模式』。」顯然視「情感」與「認知」為敘事互補的元素，而非對立。引文見賴俊雄〈他異敘事：列維納斯與魯西迪〉，《回應他者：列維納斯再探》（台北：書林，2014），頁 259-260。

[15]　運用精神分析（主要是拉岡）來討論陳大為詩作的文化結構，以便理解作者／文本的文化、語言、主體與人際關係的「深刻觀點」（deep view, deep description），參見楊小濱論文。

[16]　主體總已是與他人相互的關係，對存在主義哲學家布伯（Martin Buber）來說，就是用「我─你」關係取代「我─他」的關係，在「我─你」關係中，「我」（說話主體）與「你」（他人─另一個主體）相遇，透過情感的聯繫或傳導，「我」與「你」建立起一種直接無間、獨一無二、無可替代的關係。而在「我─他」關係中，「他」是「我」的對象、客體，是無數客體中的一個，無論「我」對「他」是觀察、想像、思考，「他」對「我」而言都是一個客體，沒有投入與對象的關係，兩者之間始終是「主體─客體」的關係。布伯的觀點見 Glatzer, Nahum Norbert, "Aspects of Martin Buber's Thought." *Modern Judaism 1.1*, May 1981.

注意力帶回到生活情感和歷史物質性的層面，面對史詩形象鮮明的
歷史敘事，它還提供了哪些元素、可以令我們讀者對詩文本中的歷
史事件或人物產生情感上的共振、共鳴？[17]

　　在〈敘事〉一文中，陳大為說：「在《治洪前書》（1994），
情感是刻意隱藏的，為了操作那種冷硬的，像岩石一樣的語言，讓
詩粗糙，充滿棱角。有人說我的詩無情，其實是敘述得太冷靜，像
多情劍客無情劍。……到了《再鴻門》（1997）語言才漸漸舒展開
來，尤其一些田野素材的小詩，以及三首有關南洋的詩篇」[18]。確
實，陳大為早期的詩作，明顯刻意錘煉詩的敘事結構，而壓抑敘述
者的情感心理狀態，有別於中文現代詩的抒情傳統路線，但如果細
心閱讀陳大為《再鴻門》的詩作，除了雄渾的歷史敘事，詩文本中
情感的參與逐漸加強，到了書寫南洋史詩的時期，情感在詩中的比
重愈大。如同詩人所堅持的：我不想寫一部純粹事理的敘事詩[19]。
實際上，陳大為兩部詩集《再鴻門》和《盡是魅影的城國》的史
詩，歷史並非是單純的歷史敘事，也是敘述主體的情之所托，折射
出詩人的內心寄託。〈會館〉、〈茶樓〉、〈甲必丹〉諸詩並非只

---

[17]　匿名審查人指出，本文引用海澀愛的情感理論，但並沒有掌握到其深刻多
姿的「情感政治」概念，也沒有講出這種理論運用到陳大為詩作分析上的適用
性。我必須承認，這裡採用海澀愛，主要是援引其情感與主體的基本觀點，但
情感政治與本文詩歌論述的脈絡較無關，因此不擬深入運用該理論來分析陳詩
結構。

[18]　《巫術掌紋》，頁 311。

[19]　《巫術掌紋》，頁 315。

是單純的歷史敘事，〈會館〉透過「我」對家族成員曾祖父、舅公、爺爺和父親的敘述，娓娓道出一段家族史，透過孩童的眼睛，側寫一段南洋移民歷史的興衰起落，其中家族史與南洋移民史相互疊映，相輔相成。其他詩作如〈茶樓〉、〈甲必丹〉和「我的南洋」系列組詩，也採取家族史的小敘述與歷史大敘述對話辯證的雙重視野，在歷史敘事裡，透過詩人／敘述者的生活經歷、地方記憶、空間書寫與情感體驗，折射出詩人／敘述主體的內心寄託，歷史成為敘述者的一個託寓（allegory）[20]，得以啟發歷史事件在當下存有的意義，也成功營造出歷史的氛圍，帶給讀者一份情感體驗，有如身歷其境，感同身受。換言之，詩句裡的情感打開了一種視野，讓處在不同歷史時空的讀者與敘述對象，建立起兩者之間的相互關係與情感反應。

　　必須指出的是，陳大為詩中的情感面向，與楊牧、羅智成、楊澤等人的歷史敘事詩的抒情風格有所區別。張光達在一篇論文比較了陳大為與羅智成的歷史敘事詩，著重點在於詩的敘事語言上，稱前者為「後設敘事」，後者為「抒情敘事」，羅智成的歷史敘事往往透過傳統抒情詩的語言，帶出所描述的歷史氛圍和人物心境，比較接近中國古典詩詞的抒情典雅路線，一九七〇、八〇年代由台灣現代詩人楊牧、羅智成、楊澤等人繼往開來，取得非常亮眼的表

---

[20] 在本雅明（Walter Benjamin）的論述中，「託寓」（allegory）指的是在種種暴力的摧殘下，歷史的片段如何重新發展形成其歷史意涵，如何透過辯證的方式，將歷史中具體遭受壓迫或壓抑無法言說的部分呈現出來的手法。見 Benjamin, Walter, *The Origin of German Tragic Drama*. London: Verso, 1985.

現，風靡了無數的詩歌愛好者。究其實，以楊牧詩為代表的「抒情敘事」路線，可上溯至中國古典詩的美學傳統，這個中國文學／文化的抒情美典傳統，從陳世驤的「抒情傳統」、高友工的「抒情美典」論述那裡得到闡發，近年來更成為王德威、柯慶明、蔡英俊、陳國球等拓展中國古典文論與建構現當代文學的靈感泉源[21]。中國古典詩的抒情美典，依據高友工的說法：「以自我現時的經驗為創作品的本體或內容，因此它的目的是保存此一經驗，而保存的方法是『內化』（internalization）與『象意』（symbolization）」[22]。接續高友工的論點，蔡英俊認為古典詩歌審視自我當下經驗的觀照方式：因為「內化」，所以經驗的意義不免是自我解釋的，也因為「象意」（接近現代詩美學的「象徵」手法），所以經驗的自我解釋就不免是要透過喻示而間接傳達。就此而論，「隱喻性的等值」與「轉喻性的延續」成為詩體現自我現時經驗的重要結構法則[23]。這裡我們不妨以楊牧的〈延陵季子掛劍〉一詩為例[24]，就可以看得

---

[21]　這方面比較有代表性的論文是高友工〈中國文化史中的抒情傳統〉，《中國美典與文學研究論集》（台北：台灣大學，2004），頁 104-164；王德威〈「有情」的歷史──抒情傳統與中國文學現代性〉，《中國文哲研究集刊》33 期（2008.09），頁77-137；蔡英俊〈詩歌與歷史：論詩史的歷史成分及其敘述的轉向〉，《清華中文學報》第三期（2009.12），頁 247；柯慶明〈抒情美典的起源與質疑〉，《清華中文學報》第三期（2009.12），頁 89-112。限於篇幅，本文無法詳述各家對抒情傳統的闡發。

[22]　高友工《中國美典與文學研究論集》，頁 107。

[23]　蔡英俊〈詩歌與歷史：論詩史的歷史成分及其敘述的轉向〉，頁 247。

[24]　楊牧〈延陵季子掛劍〉，《楊牧詩集 I 》（台北：洪範書店，1976），頁

很清楚楊牧詩與這個抒情傳統的觀照方式一脈相承。

　　楊牧〈延陵季子掛劍〉寫的是司馬遷《史記》上記載的一則歷史故事，吳太伯世家這位品格高尚、文武兼備的歷史人物—季札掛劍的行為風範。詩以季子第一人稱的個人觀點，觀照當下歷史氛圍和當下心境感受，並不直敘歷史人物季子和徐君兩人互動的情節，而是著重於詩敘述者對當下現實的深刻省思。而在詩語言技藝的操作下，楊牧詩於典雅的個人化抒情化語言中，詩敘述者季子的情感體現，不免是詩人楊牧以後見之明的歷史反思視界的自我解釋。而這個透過閱讀經驗的自我解釋，唯有透過喻示而間接傳達給楊牧詩的讀者，歷史敘事因此被轉化為詩人的自我現時的閱讀經驗（或體驗），詩裡行間那份深沉的遺憾情感，其中更傳遞出世事變遷與滄桑難測，以及文武兼備之儒者在理想與現實漸行漸遠的無奈與幻滅，依靠的是「內化」和「象意」的表現手法。歷史敘事（季子掛劍的史述）與現實經驗（詩人楊牧或敘述者的當下書寫處境），透過蔡英俊所說的「隱喻性的等值」與「轉喻性的延續」，成為詩人楊牧體現自我和對歷史事件省思體驗的間接傳達。由此第一人稱的敘事功能退居幕後，除了突顯詩的歷史時代氛圍與詩敘述者季子的情感體會，也同時傳達出詩人楊牧對當下情境中的感受、理想與現實之間的落差，所體會到的一份最深沉的無奈與遺憾。透過隱喻和轉喻，以古喻今，亦是以古鑒今，季子和楊牧兩者對他們各自的當下現實的情感體驗形成鏡像，詩中敘述者的時代感受也就是楊牧個

人自我對當下現實的感受，一首書寫歷史的詩，歷史意識與現實感交錯糾結，歷史敘事功能退位，體現詩人自我的當下情感，是曰「抒情敘事」。[25]

　　有別於楊牧詩為代表的抒情敘事，陳大為的歷史敘事詩的情感表現顯然大相徑庭[26]。他在詩中不但刻意突顯第一人稱的敘事功

---

[25] 陳大為曾指出「神入」（epiphany）是羅智成書寫屈原的主要技法，見陳大為〈謄寫屈原──管窺亞洲中文現代詩的屈原主題〉，《亞細亞的象形詩維》（台北：萬卷樓，2001），頁 212。張光達亦以「神入」（epiphany）的角度討論楊牧詩派的敘事詩學，指出楊牧詩的「抒情敘事」，重點在抒「情」的層面，歷史敘事是詩進展的框架，歷史人物成了詩人移情作用的觸媒或管道，歷史事件的轉折往往透過詩人的内心獨白或心理意識，藉一種「神入」的抒情狀態與「偶發」的敘述語調，歷史知性與感官效果在詩句中細緻流轉，結合了抒情與敘事的趣味，交織成一份情緒、感悟和思想概念，偶然透露豁達或沉潛的人生意境。除了此處所討論的〈延陵季子掛劍〉，其他詩作如〈鄭玄寤夢〉、〈將進酒四首〉、〈吳鳳成仁〉，亦可從這個「抒情敘事」的角度觀其語言魅力。詳論請參閱張光達〈台灣敘事詩的兩種類型：「抒情敘事」與「後設史觀」──以八〇、九〇年代的羅智成、陳大為為例〉。

[26] 楊小濱說得更加直接：「我們在陳大為的詩中其實從來看不到傳統意義上的抒情詩──那種通過文本建立一個理想自我（ideal-ego）形象的努力，因為陳大為的主體是無可救藥地陷入了歷史文化符號的框架内的。」楊文見〈盡是魅影的歷史：陳大為詩中文化他者的匱乏與絕爽〉，頁 162。由此角度觀之，林餘佐把陳大為的詩作歸入抒情傳統的觀點是有問題的。林餘佐在〈屈原在現代詩中的抒情召喚──以羅智成、楊澤、陳大為為例〉一文中以古典詩的抒情傳統，分析三位詩人的抒情性，筆者同意羅智成與楊澤的詩特別能彰顯這個抒情傳統的向度，但不認為抒情傳統對陳大為的歷史敘事具有關鍵作用。林文載《東華中國文學研究》10 期（2011.10），頁 125-141。

能，還要以後設的提問和自我解構的手法來和歷史對話或對質。除
了對歷史意識表現出高度自覺及反省力，陳大為詩在歷史敘事當
中，伴隨著日常生活裡的人事物的細微觀察，體現了詩的情感刻
度，成就了他那獨特的「後設敘事」詩美學。例如在他的「南洋史
詩」中，就有一首題為〈簡寫的陳大為〉，很能夠體現這個「後設
敘事」的詩美學，寫他在馬來西亞家鄉怡保的人事物生活經歷，馬
來西亞華校教育的處境或困境。如同黃萬華指出的，日常性表達的
隨機應變，是陳大為詩的表現特色，我把它看作是陳詩中的情感因
素的物質基礎。日常性表達透過這首詩作中所敘述的兒時、少年的
家鄉生活經歷、對怡保的地方記憶、地方感的空間想像與情感體
驗，折射出詩人／主體的內心寄託，啟發南洋歷史在當下存有的意
義。其他詩作如〈會館〉、〈茶樓〉諸詩，在歷史敘事中具體傳達
地方空間與生活記憶的感覺結構，這份濃厚的地方感承載了詩人的
情感體驗，打開了一種視野，讓讀者能夠對歷史溫故知新，同時感
同身受。情感因素的物質基礎，在另一部詩集《靠近 羅摩衍那》
「系列五：殖民者的城池」的詩作，例如〈下午休羅街〉、〈喊醒
它的舊識〉、〈層出不窮〉諸詩，具體展現在詩人對老家怡保充滿
地方感的文化記憶。在這些詩作中，陳大為對家鄉的空間想像與文
化記憶，其中怡保的休羅街，街道兩旁的殖民地老建築物，詩人的
高中時期經歷，日常生活的地方情感，混雜後殖民歷史與多元文化
觀照，構成了詩中情感的物質基礎。[27]

---

[27] 洪淑苓稱這些詩作為「多元文化觀照的地景詩」，認為它「有後殖民的色

　　從《盡是魅影的城國》的南洋史詩，到《靠近 羅摩衍那》中
的後殖民地的多元文化氛圍，陳大為混雜歷史與地方文化的敘事手
法，顯然是一種兩層次的辯證與互動，表現在詩的歷史抽象思維
（大歷史，或曰歷史大敘事）與日常生活體驗（小敘事，或曰瑣碎
細節的詩學）兩個層面。前者是形而上，後者為形而下，形而下的
生活體驗或現實經歷，牽引著形而上的抽象歷史，兩層次的敘事形
成若即若離的依存關係。一方面形而下牽引形而上，以免歷史不至
於陷入全然抽象化概念化的窘境，一方面日常性表達可以緩衝大歷
史的雄渾經驗與創傷情境。於此日常現實物質性的確認變得非常重
要，可以帶出敘事主體的情感效應，得以召喚出歷史主體性。在構
思南洋史詩的階段，陳大為已經透露他的書寫策略，他用後設的語
氣如是說：「我苦苦追尋半島上輩子的履歷／它們在遺忘的角落等
我／解壓縮／把該龐大的恢復得更龐大／將瑣碎安置在毫不起眼的
／轉捩點看後人／如何折騰它深度麻痺的六百年」[28]。這段詩印證
了龐大雄渾的六百年南洋歷史與瑣碎細節的日常生活，兩者在其詩
中具有同樣重要的關鍵地位，缺一不可，歷史雄渾敘事再龐大動
人，須要以日常性表達的物質基礎作為歷史敘述的轉捩點，帶出詩

彩，馬來原住民、印度、華人移民文化相互交會，彼此互為它者，此外還夾雜
殖民又被翻譯過的英語文化，形成錯綜的關係。」（頁 167）見洪淑苓的論文
〈家族史與地景詩──論陳大為與辛金順詩中的南洋書寫〉，《多維視野中的
馬華文學：第四屆馬華文學國際學術研討會論文集》（吉隆坡：馬來亞大學中
文系，2012 年），頁 160-177。

[28] 陳大為《盡是魅影的城國》（台北：時報，2001），頁 196-197。

的情感層面。因此詩的日常性或社會生活之物質條件，打開了一種視野，讓處在不同歷史時空的讀者與歷史敘述／歷史主體，搭建起兩者之間的情感連結與互動關係。

四、結語

　　本文以陳大為的詩集為例，探討了陳大為詩作中的「敘事」與「情感」，作一整體性的觀照，指出前三部詩集《治洪前書》、《再鴻門》、《盡是魅影的城國》中形象鮮明的敘事策略，是各個詩評家的論述焦點所在，但也因此掩蓋了詩中潛藏的情感面向，造成他的詩作給予讀者情感薄弱的印象。沿用黃萬華的講法，我想指出陳大為的詩具有「日常性與平民性」，以此來證明其詩是具有情感面向的。在其詩中，敘事與情感往往相互疊映，相輔相成。論者多以為陳大為詩的日常性和平民性，始自詩集《靠近 羅摩衍那》中書寫地方生活與文化記憶的詩作，而在討論他之前的三部詩集，都只著重於其詩中敘事的層面。我認為陳大為詩中的情感面向，在那之前的《再鴻門》中部分的詩作、《盡是魅影的城國》中大部分的詩作，已顯露端倪，其中又以〈會館〉、〈茶樓〉、〈甲必丹〉，以及「我的南洋」組詩，詩中的敘事與情感表現，最為特出。詩作透過家族史的小敘述與歷史大敘述對話辯證的雙重視野，在歷史敘事裡，透過詩人／敘述者的生活經歷、地方記憶、空間書寫與情感體驗，折射出詩人／敘述主體的內心寄託，歷史成為敘述者的一個託寓，得以啟發歷史事件在當下存有的意義，也成功營造

出歷史的氛圍，帶給讀者一份情感體驗，有如身歷其境，感同身受。藉日常性表達的隨機應變，詩文本引導讀者的閱讀感受，因此我把它看作是陳詩中的情感因素的物質基礎，可以發揮積極的情感效應，體現了文本的情感刻度，讓詩人（敘述者）與讀者之間形成一種情感情緒上的互動、共振。這也呼應了海澀愛對情感政治的基本觀念：情感打開了一種視野，主體總已經是在與他人相互的關係網絡之中。

　　另外本文也討論了陳大為詩中歷史敘事的「後設敘事」結構，提出一個有別於楊牧詩派的「抒情敘事」路線。以楊牧詩為代表的「抒情敘事」路線，可上溯至中國古典詩的美學傳統，採取古典詩歌審視自我當下經驗的觀照方式。異於這個抒情敘事的美學傳統和審視歷史的觀照方式，陳大為詩刻意突顯第一人稱的敘事功能，往往藉後設的提問和自我解構的手法來和歷史對話或對質，對歷史意識表現出高度自覺及反省力，形成一語意的多重辯證和對話。

　　在陳大為的歷史敘事詩中，無論是中國古代歷史，或是南洋移民歷史，透過詩作中的日常生活體驗、地方文化記憶、地景空間的想像與情感，折射出詩人／主體的內心寄託，啓發歷史事件在當下存有的意義。敘事與情感在形而上／形而下、抽象／具體、精神／物質、大歷史／小敘事、雄渾／日常性表達中往往互相滲透和疊映，對抽象思維的文化歷史思辨活動，多了一層具體可感的日常生活物質基礎，對讀者產生了傳導的情感連結效應。這個在歷史敘事中隱含的生活情感能量，歷史敘事與日常生活文化視野，交互參照，成功開展陳大為詩中敘事與情感連結與辯證所蘊含的豐富潛質

和魅力，造就了詩人獨特的敘事詩學。

[2015]

想像，迴盪，存有：
論邱琲鈞《邀你私奔》的詩意空間

前 言

　　在馬華現代女詩人中，邱琲鈞是繼七〇年代的方娥真、八〇年代的林若隱之後，九〇年代以來表現最出色，最被看好的女詩人之一。她的多首詩作曾被收入《馬華當代詩選 1990-1994》（陳大爲編，1995）、《赤道形聲：馬華文學讀本 I》（陳大爲、鍾怡雯編，2001）及《馬華新詩史讀本 1957-2007》（陳大爲、鍾怡雯編，2010），在這幾部重要的馬華詩選和文學讀本中，編者陳大爲讚譽她爲「馬華女詩人中風格最爲突出的一位」，誠爲屬實。從九〇年代初剛開始發表詩作的「魔鬼俱樂部」時期，到最近出版的限量詩集《邀你私奔》，都可見到她的創作活力和潛力，尤其以她所發表過的作品的整體素質來說，可謂相當均勻，因此特別值得注意。

　　邱琲鈞的限量出版詩集《邀你私奔》共收錄詩作五十首，包括
了詩人從九〇年代到近年所發表的詩作品。這是一部別出心裁的手
工印刷成品，精巧別緻的排版設計，稚樸簡約的手抄文字，以她特
有的創意方式，邀我們讀者與詩人一起來展開一場「私奔」，參與
（而非參觀）讀詩的無窮樂趣，與詩人對話互動的心領神會[1]。詩人
在序詩〈觸犯〉中如是表白她對寫詩的愛恨矛盾情結：「我的詩／
深深觸犯了我的寧靜／我因而常常想像自己成／一隻意氣風發的鴕
鳥／或，一隻形態曖昧的泥甕／這種純意識的逃亡方式／也深深觸
犯了我的寧靜／但我始終不忍／向詩下咒」[2]。由此我們約略得知，
詩人這個「純意識的逃亡方式」，對寫詩的擇善固執，對詩藝表現
的持續追尋，在寫作思考與個人生活情感的捨棄得失之間，所可能
引發的心理糾結，詩人深深自覺。但這一切在詩人天馬行空的想像，
不按牌理出牌的創意巧思的筆下，卻往往能夠觸動人心深處，看似

---

[1] 對邱琲鈞詩集《邀你私奔》深具創意的形式設計和手工印刷的推介，見陳政
欣的短文〈文學的武吉：武吉女子的書〉（《南洋商報・商餘》，2011.7.30）。匿名
審查人之一指出，《邀你私奔》作爲手工詩集，無論是排版設計或詩的編號順序、
分輯，其構成的閱讀效果和寫作意圖，是否應該有其不同的「閱讀現象學」討
論？跟論文探討的「詩意空間」能否建立某種內在聯繫？這個看法很有意思，
值得深入探討和分析，但由於本論文主要集中探討詩集的語言表現和閱讀詩歌
的感受層面，以巴舍拉的閱讀現象學與空間詩學觀念來帶出詩意空間的心理迴
盪狀態，因此對這些非文字的創作部分宜另文處理。筆者對兩位匿名審查人提
出諸多的寶貴意見和批評，在此一併致謝。
[2] 邱琲鈞《邀你私奔》（大山腳：自印，2010），無頁碼。此詩集並無頁碼，以下
引詩頁碼按目錄編號爲準。

自然抒發的感情思緒，實則隱藏著一股深邃纏綿的感情體認。邱琲鈞大部分的詩作，透過簡約的敘述語言，表達詩人自身的情感寄寓，從抒情到諷喻，其中既充滿了平易近人的生活感受，冷雋自然的感情思緒，也在字裡行間鋪上一層神秘想像的時空氛圍，對生命的深刻洞視，語言文字則外顯爲一遊移不定的風格表徵，這些特徵帶給讀者一種相當另類的審美感受，因之而生的趣味與張力，令人注目。

　　本文將以三個面向來探討邱琲鈞的詩作，主要檢視詩集《邀你私奔》中的作品，其一爲詩作的語言特質，具有強烈鮮明的生活化、口語化、隨機性、流動性的語言節奏，往往從個人生活經驗敘述和情感抒發，到想像的創造變異，產生情境逆轉的結構模式，揭示其隱藏的生命觀感和審美感知。其二爲詩作的神秘性質與幻象的心理意識，將以巴舍拉（Gaston Bachelard）的閱讀現象學與空間詩學的理論來閱讀邱琲鈞詩中的想像／意象與迴盪的關聯意義，並指出物質意象如何透過感官耽溺來建立詩意空間。最後則以時間／記憶／存有與幸福空間來進行其詩作情感認知意義上的解讀[3]。

---

[3] 匿名審查人之一指出，本文以三個角度展開細部的文本分析，雖然達到預期的效果，但這個論述架構卻錯失了邱琲鈞在詩歌技巧演進上的觀照。也就是說：作者討論的是數十首沒有時間先後的詩篇，再將之歸納爲三項要素，而不是一個詩人的風格形成，或者她的寫作過程。筆者同意這個看法，邱琲鈞入選陳大爲、鍾怡雯編《馬華新詩史讀本 1957-2007》的都是早期的作品，而她近期的詩作語言清澈明亮，似乎有意擺脫她前期較爲繁複意象的語言操作手法，宛然有一種返樸歸真的低限主義色彩，可惜這本詩集沒有列出詩作的發表日期或寫作年份，讀者無法得知集中詩作的創作時間先後，因此令人無法更進一步對她在詩歌技巧手法的演進上作出全面準確的評估。

一、語言結構：日常生活經驗，想像變異，逆轉式情境

　　論者常謂邱琲鈞的詩，提供了許多可能的意象組合，豐富了詩作的廣大想像空間。台灣學者李瑞騰說邱琲鈞的詩作將異質卻調和的關係呈現出來，意象精準，詩意飽滿，是很好的詩[4]。誠然，九〇年代初期剛出道發表詩作的邱琲鈞，最令人稱道讚嘆的莫過於詩句中的奇詭的語言想像，詩的題材多取自日常生活和詩人一己的感情思緒，敘述語調無論是浪漫抒情或冷冽幽微的返觀自省，但敘述轉折之間，卻每每有意在言外的奇詭想像和玄秘效果，語言文字轉折間平常與反常的意象組合，所造成的巨大的理解落差和斷裂，正是我們在閱讀邱琲鈞的詩句時，身心所體驗到的一種最爲深刻驚異（驚喜）的震撼效果。生活中最平常的一個細節，不經意間浮現的情欲心事，眼下的生命即景，我們讀來隨詩人穿透生與死，時間與空間，有限與無限，現實與夢幻，感傷與浪漫，平凡與驚異，追逐與放逐……我們與詩人的「詩奔」由此開始。

　　陳大爲、鍾怡雯編《馬華新詩史讀本 1957-2007》中在導讀邱琲鈞的詩選時提到：「邱琲鈞是馬華女詩人之中，風格最爲突出的一位，雖然部分少作帶有夏宇之風，但混合了自身的情感元素之後，有了不同的面貌。尤其在愛戀主題的書寫上，完全迴異於方娥真式

---

[4] 李瑞騰〈馬華詩壇七字輩──詩獎與詩選的考察〉，收於戴小華、尤綽韜編《紮根本土，面向世界：第一屆馬華文學國際學術研討會論文集》（吉隆坡：馬來西亞華文作家協會、馬來亞大學中文系畢業生協會，1998），頁 78-88。

的少女情懷，邱琲鈞的感情思緒隱藏著很另類的邏輯，表面上並不
熾熱，卻能夠從令人意想不到的側翼偷襲，深入內心」[5]。無可否認，
邱琲鈞早期所發表的部分詩作，尤其是那些書寫愛情的短詩，無論
是語言的經營或是文字的想像，明顯帶有台灣女詩人夏宇早期詩集
《備忘錄》的影子，但如同詩選的兩位編者所說的，在詩人混合了
自身的情感元素以後，卻抒發出自己的聲音和獨特風格。在《邀你
私奔》一書中，邱琲鈞以她的才情寫出了許多令人匪夷所思的意象
與想像，詩行間滿佈的奇特和突兀的意象組合，既激發了讀者的想
像，也同時寄託了詩人內心深處的感受，揭示其隱藏的生命觀感和
審美感知。要看一個詩人的才情表現，可以衡量詩人筆下一件最爲
普通平凡的題材，觀察詩人如何做到化腐朽爲神奇，化平凡爲不凡
的深刻洞察力。比如書寫親情或愛情的題材，到了邱琲鈞筆下，她
用筆力輕輕一轉，一種新鮮奪目的詩歌意象呼之欲出，令人驚嘆連
連。描寫暗戀心情的短詩〈暗戀〉，在短短五句詩行中道盡詩人或
敘述者那份欲言又止的矛盾心態：「我夢見你了／但我決定躡足越
過夢境／不想驚動／在那裡沉睡不醒的／自己」[6]。詩中夢見暗戀對
象「你」的敘述者「我」，帶著一顆忐忑的心情，決定小心翼翼行
事，既然是暗戀對方，當然是爲了擔心這份暗戀的心事被對方識破，
而可能造成無法彌補的傷害，因此於情理上來說，詩句進行到第三

---

[5] 陳大爲、鍾怡雯編《馬華新詩史讀本 1957-2007》(台北：萬卷樓出版社，2010)，
頁 245。

[6] 《邀你私奔》，頁 4。

行，讀者對「不想驚動」的期待自然是敘述者深怕因自己的魯莽行徑而驚動到那個暗戀的「你」，但是經過詩人的筆力輕輕一轉，「我」不想驚動的不是「你」，卻是「在那裡沉睡不醒的自己」。詩句的轉折看似突兀，令讀者的期待落空或意料之外，但是盱衡詩的暗戀主題和氣氛經營，不想驚動自己是因為敘述者難得在夢境中與暗戀的「你」如此靠近，共處一個私密的空間，「我」可不想讓這個美夢的時刻提前結束，如此來說，這個轉折非但一點也不匪夷所思，於敘述者「我」的視角來看，甚至還合情合理。詩人觀看事物的角度到底有別於一般人，在看似最普通的題材，理所當然的敘述文字中，一個想像的轉折，化腐朽為神奇，令人驚異之餘也拍案叫絕，如此既激發了讀者的閱讀想像，也深深為詩人的深刻洞察力所折服。

　　值得注意的是，這首〈暗戀〉只有短短五行的小詩，詩人一反小詩或短詩傳統上語言濃縮高度象徵的字質張力，而採用一種生活化口語化的敘述語言來書寫日常生活的普通題材，以隨機性的表達方式帶出詩人個人生活經驗的感知，將詩表現的重心置諸整體的鋪設，流動轉折的語言節奏製造出一個意在言外的神秘想像氛圍。邱琲鈞大部分的詩，都具有這些語言特質，即生活化、口語化、隨機性和流動性的語言節奏，充滿當代生活氣息的語言特色，以一種相當口語化生活化兼隨機性的語言節奏呼吸生活與接觸現實的能量，流動性的想像思維，每每有觸動人心的情境效果。究其實邱琲鈞這個面向當代生活話語的語言特質，也可以在其他「魔鬼俱樂部」詩人如陳強華、趙少傑、周擎宇等人的詩作中明顯見到同質性。我曾經在一篇評論陳強華詩集的文字裡提到這個面向當代生活話語或後

現代感性的語言特色，不同於一般論者所說的「以詩論詩」的詩學
觀念，我在論文中用「詩生活」一詞來概括之，指的是詩人書寫當
代生活的題材和抒發個人的生活經驗感受，往往採用生活化口語化
的語言文字來表達這個私我的領域，生活與詩兩者相鋪相陳，生活
感受既是詩的主題辯證，也是詩的情境鋪設，最終形成生活／生命
與詩／藝術／文學的審美感觀的結合。[7]

　　俄國形式主義理論家托馬舍夫斯基（Boris Tomashevsky）在〈主
題〉一文中指出，文學作品結構的表現手法都聚合於某些可察覺的
手法周圍，而在這些組織作品結構的手法之中有所謂「主導性的手
法」，它們往往支配著為創造藝術作品整體所必須的所有其餘手
法[8]。如果我們要找出某個作者或詩人整體作品的語言結構模式，則
可從作品中所顯示的主導性手法（dominant device）入手。而上述邱
琲鈞的「詩生活」的語言特質，正可作為其整體詩作結構模式的主
導性手法，指涉詩作主題與情境的動力和魅力聚合所在。採用「詩
生活」的語言特質，即生活化口語化的敘述語言來抒發生活經驗與
個人感情，形式與內容可謂相得益彰，由於生活化的語言形式造成
文字極大的流動性，有助於詩／生活情境的營造鋪展，語言結構緊
扣主題的推展遞進，深刻有力的塑造了整首詩作的情境。但是這個
主導性手法也會帶來反效果，如果通篇作品陷入主導性手法的組織

---

[7]　參見張光達〈陳強華的詩生活與慾望「保留地」〉，收於陳強華《挖掘保留地》
（吉隆坡：大將出版社，2006），頁 3-11。

[8]　Tomashevsky, Boris 著，方珊等譯《俄國形式主義文論選》（北京：三聯書店，
1989），頁 143-144。

結構，往往會形成支配乃至制約詩人的視界，局限了詩文本創意的發揮空間。「詩生活」的語言特質，乃是語言形式與生活／生命審美觀感的兩相結合，如果全詩只是平鋪直敘生活現實的心緒感受，徒然流於記錄生活的流水帳文字，索然無味，離優秀的詩作水準相去甚遠，更別提這些作品是否能夠打動讀者的內心深處。從邱琲鈞詩集《邀你私奔》的作品中，可以見到她對此是非常了然於胸的，而她的補救之道則有賴於情境逆轉式的結構手法的營造。檢視邱琲鈞詩作中的情境逆轉式的結構手法，她通常把詩寫成兩種情境，如果是只有一節的短詩，開頭數行交代或敘述生活經驗和現象，這些事物都是生活中你我每天都會遇到或看到的普通事件，娓娓道來既親切活力又合情合理，這個生活化的敘述鋪設可以視為詩第一種情境（或可稱為實境）；詩進行到最後結束前的幾行，會來個突然的逆轉，與之前生活化的語言情境形成斷裂或變異的作用，直接刺激和衝擊讀者的閱讀期待和感受，進而產生強烈的驚駭／驚異的震撼心理，但同時也帶給讀者情感或感官上一種意在言外的驚喜效果，這個打斷日常思維的逆轉式語言結構，是為詩作的第二種情境（或可稱為虛境）。換句話說，這個生活化情境逆轉的結構模式，是典型的「陌生化」（dcfamiliarization）的操作手法之一。如同另一位俄國重要的形式主義理論家史克羅夫斯基（Victor Shklorvsky）所提出的「陌生化」詩學觀念[9]，文學語言是普通語言與成規語言加以陌生

---

[9] 關於「陌生化」的文學技藝（artistic technique），參見 Crawford, Lawrence. "Victor Shklorvsky: Différance in Defamiliarization." *Comparative Literature* 36 (1984), pp.

化的過程，落實到文學作品或詩語言中，就是讓日常生活中的事物
現象形成陌生（邱琲鈞詩中的第二情境），製造一種逆向思維的反
動性律動（dynamics）來看待人們習以爲常的生活事物，同時在藝術
上超越成規和常境（這個常境也就是邱詩中的第一種情境）。

　　茲舉〈考試前夕〉爲例稍加說明：「唯一想做的事／嫁人／嫁
給一個／沒有了慾望的富獸／在他孤駝的背上／繼續寫詩」[10]，前
面四行詩句旨在簡約的描述敘述者的心事，然而這個簡單的情境鋪
設或心情感受，卻在接下來的最後二行遭遇突變，因爲敘述者緊接
著告訴我們，她要嫁人的原因是想要繼續寫詩，頗爲令人感覺不可
思議，繼續寫詩的信念與婚嫁之生活事件居然能夠產生連結，這個
連結所帶來閱讀思考上的衝突斷裂不言自明，造成詩末語言情境的
逆轉。但是如果我們對本詩的題目有稍加留意，或許就會理解詩人
處理嫁人與寫詩的連結用意，詩題爲〈考試前夕〉，點出本詩的源
起／緣起，敘述者其實是以一個學生的身分，在即將面對考試的前
夕，思考生活心情感受，考試的繁重可能引起敘述者很多雜亂的思
緒或感觸，她的腦海靈光一閃，突然想到能夠把自己從考試的枷鎖
中解放出來的唯一途徑是嫁人，而且還必須是富有的對象，這樣才
能沒有後顧之憂，所有煩惱才能中止，於是在這樣的情境中她就能
夠專心寫詩，繼續堅持她對寫詩的理想和樂趣。而同時我們也注意
到，詩人在多首詩作中皆表達了她對寫詩的無限投注和信念，如〈一

209-19.

[10]　《邀你私奔》，頁 39。

首爛詩〉、〈距離〉、〈預言〉、〈半首詩〉、〈無話可說〉、〈我要爲你寫一首快樂的詩句〉等作，無論是爛詩，半首詩，下一首詩，快樂或悲哀的詩，盡收入詩人的思考情感之中。這樣讀來，這些詩就有了詩人書寫自我的意味，而表面上看來不可思議的陌生化手法，與情境逆轉式的結構模式，於此連結的角度來看，就顯得處處皆在情理之中了。

　　邱珈鈞的短詩大多數爲簡短的一節，因此情境逆轉都出現在詩末或最末句，如果是二節以上的詩作，第二種情境逆轉的手法通常會在詩末節出現，通常以魔幻場景或夢幻意識表達，將這種逆轉的高潮延遲／延異至末尾才迸發出來，表達詩人對生活感覺體悟的逆轉式生命情境。詩人爲使讀者恢復對日常生活逐漸失去或麻木的真摯感覺，感受事物對象的平常不察的面向，通過合乎現實生活的事件來達到情境逆轉的目的，引起讀者無限驚異／驚喜的「發現」，這個陌生化的創造或情境逆轉式的語言結構，除了使人感受生活，震撼人心深處，更使得習慣於把生活事物都當常理看待的現代人，不得不重新對此不尋常的另類敘述角度作出自我存在與生命意義的反思。

二、詩意空間：迴盪，耽溺，物質意象

　　邱珈鈞的詩以個人生活事件和感情思緒爲主，加上了幻想或想像的層次，爲寫實與奇幻雜揉的再現手法，在最日常生活的空間——公園、咖啡館、廣場、房間、角落、公車、街道、地窖——表達

了詩人對生命情境的深刻感受。詩人利用想像的創造，將這些生活空間透過語言和意象進行變異，既是詩人獨特的心理意識印證，也是詩人自我與世界對話或辯證的關係。當我們在〈偷窺者〉中閱讀到這樣的詩句：「在你喋喋不休的那個午後／我隱約看見／被斜陽掩護的偷窺者──／一輪黯淡的彎月 和／一顆缺了角的星星／背後，／是一座正在嘆息的銀河」[11]，視覺（隱約看見、被斜陽掩護的偷窺者、黯淡的彎月）與聽覺（喋喋不休的午後、一座正在嘆息的銀河）聯結所引發的感官交錯，聽覺帶動視覺，視覺又引發聽覺，交錯間產生變動，化靜態為動態，然後化為色彩渲染成場景氛圍，層層感官感覺的聯繫與變異，搭配成一種幻象／夢幻色彩。敘述者因某個偶然事件而瞬間所激發的變動感覺，讓詩語言流轉出弔詭神秘的夢幻氛圍，將情感意念的強度提升到飽滿綿延的層次。龔卓軍在《身體部屬：梅洛龐蒂與現象學之後》對感覺的分析，可以為我們提供一個不一樣的觀點：「感覺可以被視為是『動態中的重新聯結』因為一種感覺的相同之處，只有透過它變得不一樣才感覺得到，只有透過它的一種內在動態內在差異的演化過程才感覺得到，這是我們可以把感覺界定為一種時間性的存有。感覺就是生成變化，它分受給生活身體一種綿延感，而被導向未來」[12]。詩人經驗世界的外部與內部，貫穿於心理想像與生活情感的界線／界限，形成詩語

---

[11]　《邀你私奔》，頁 16。

[12]　龔卓軍《身體部屬：梅洛龐蒂與現象學之後》（台北：心靈工坊文化，2006），頁 103。

言情感動能的迷人音色。透過閱讀，透過感覺的重新聯結與變異，我們正處在一個神秘奇異的空間，一些令人迷魅內爆的意象，一座嘆息的銀河，一股對我們自身存在與生命情境的強烈感覺，油然而生，就好像我們自身與詩人／敘述者共同體驗或在生活經驗中曾體驗過這種心理感受。巴舍拉（Gaston Bachelard）在其著名的現象學專書《空間詩學》（*The Poetics of Space*）中把這種不能以因果關係解釋的閱讀心理現象，稱為「迴盪」（retentissement, repercussion）。閱讀邱琲鈞的詩句，我們常常體驗到這類無法以因果關係或知性邏輯來理解的深沉感受和震撼，如果以上節的語言結構的角度來解讀這些詩句，實必有其局限，無法深刻的表達出我們對於閱讀時身心所產生的一種詩意的迴盪[13]。因此接下來將以巴舍拉的閱讀現象學及空間詩學的角度來彌補這方面的不足。[14]

---

[13] 陳大為、鍾怡雯編《馬華新詩史讀本 1957-2007》的導讀中對邱琲鈞詩作〈因為輪迴，所以我愛你〉的分析指出，此詩中蘊含的神秘感，令人印象深刻，似乎不太能用一般的邏輯去理解，是一種詭異的結合，一種神秘體驗，讀者只能驚嘆，只能分享，甚至只能偷窺，而不能質疑，這種詩人心中幽微的觸發方式，幾乎很難說明清楚。（頁 245-249）導讀主要檢視的是詩句神秘感的來源（宗教色彩，咒語性質）與全詩脈絡（愛情誓約）的面向，比較是本文第一節的探討重點。但本文想在此閱讀基礎上推前一步，把導讀所結論的「當下的感動」，「玄之又玄的神秘」，以巴舍拉的閱讀現象學觀點對此類詩作提出一個方向。就此，「當下的感動」是「迴盪」的開始，「玄之又玄」是詩意空間的存有特質。

[14] 本文第二節主要以巴舍拉的閱讀現象學與空間詩學為理解論述對象／詩人／詩歌的基礎，並不打算對西方現象學各個流派的哲學譜系作出文獻回顧與評論，這方面的專書在西方哲學界與文化／文學界可謂不勝枚舉，讀者請自行參

　　「閱讀」（reading）通常被視爲一種想像力的活動，尤其是閱讀一首詩作，一部詩集，不僅是建立在讀者與文本之間的理解活動，也涉及讀者與作者（詩人）相互對話關係之心理想像的意識層次。對巴舍拉來說，閱讀作爲其詩學與想像力形上學的起點，首先要擺脫一種結構意義上的理解而造成的共鳴（resonance），才能在心理想像的層次上，朝向一種詩意的「迴盪」所引發的特殊身心體驗。根據龔卓軍對巴舍拉的閱讀現象學的分析，閱讀經驗所引發的共鳴與迴盪不同，共鳴比較接近知性上的聯想和精神上的奔放狀態，而迴盪則是閱讀主體存在上的整體震撼。就比如我們經過文本中意象的衝擊，而興發出一種存在上的改變，詩人的存在就是我們的存在，這時候，詩歌和意象徹底佔領了我們，深深打動了我們的靈魂，讓我們受到感動，於是我們處在迴盪的震撼之中，依據自己的存在處境而訴說詩意[15]。當我們讀到「一輪黯淡的彎月　和／一顆缺了角的星星／背後，／是一座正在嘆息的銀河」這些詩句，面對詩歌意象／幻象的衝擊，深深打動我們的心靈深處，感動油然而生，於此我們感受到心理上的整體震撼。詩句中的「黯淡的彎月」、「缺了角的星星」、「嘆息的銀河」與「偷窺者」是怎樣的一種關係，我們未必具體理解，但是這些意象／幻象經過閱讀感動所引發的迴盪狀態，依靠我們自己的存在情境而（再次）體驗這種詩意。說再次是

考。而且在篇幅上也不允許這樣做。

[15]　龔卓軍〈空間原型的閱讀現象學〉，收於 Bachelard, Gaston 著，　龔卓軍、王靜慧譯：《空間詩學》（台北：張老師，2003），頁 20-33。本文對於巴舍拉的詩學觀念的闡釋，深受龔卓軍教授在這方面的論述啟發，獲益匪淺，在此致謝。

因爲很有可能我們自己曾經在他處體驗過這種詩意，似曾相識的詩意感覺，重複中的差異感覺，我們的過去因此被喚醒，迴盪的心理震撼於焉激發，攻略下我們的心靈城池。

讀邱珮鈞的詩，我們往往處在迴盪的情境感受之中，我們耽溺（abandon）於讓我們感到迴盪的心理想像氛圍中。巴舍拉如是說：「我們從已經建構好的世界，移向一個夢境世界，我們已經離開了小說（fiction），走進詩歌裡面」[16]。這個另類的世界是詩的世界，想像活動的場所，被圍繞在夢幻／幻象的神秘迷魅氛圍之中。我們甚至會以迴盪所感受到的身心體驗，在精神心理上喚醒自己過去的相似體驗，跟詩歌意象所體驗的情境產生對照與對話。這個讀者與作者共同參與的閱讀情境，充滿夢幻／幻象的神秘性質，正是想像力活動的展現，透過耽溺所進入的幻象狀態（巴舍拉把這個幻象狀態稱作「日夢」（daydream）），可以化解掉主體／客體的對立關係，讀者在閱讀詩時所遭遇的意象，不再是一種達成認識目的的客體對象，而是激發想像活動，打開詩意空間的對象。巴舍拉指出，除非讀者讓自己耽溺其中，毫無保留，否則讀者就根本沒有進入那個意象的詩意空間[17]。唯有當我們以如此方式耽溺於詩中意象，我們才有可能與詩文木建立起詩意空間的感應關係。相反的如果我們在讀一首詩時，只是急切的想要知道作品要表達什麼意義，作者要傳達

---

[16] Bachelard, Gaston. *The Poetics of Space*, trans. by Maria Jolas, Boston, Beacon Press, 1994, p.23.

[17] *The Poetics of Space*, p.48.

那些知識和目的，那麼我們是註定無法打開詩歌想像／意象的大門，
認識到意象語言的堂奧，體驗到作者／詩人的夢想情境。換句話說，
採取知性的態度來閱讀詩意象，只能徘徊於詩世界的門外，無法與
之參與對話，建立起詩意空間的關係，甚至因此摧毀了詩歌的存有[18]。
尤其是在閱讀邱琲鈞詩中的意象組合，「耽溺」的閱讀方法確有其
必要，它是一種積極的想像活動，帶給我們的體驗感受往往是物質
感官層面上的，而非邏輯概念上的層面。

　　在〈角落I〉一詩中，邱琲鈞／敘述者藉一感官層面上的體驗感
受，演繹迴盪的氛圍：

> 我偷看的那個人後來朝我微笑　我
>
> 刻意仰起了頭　擺脫光　沿牆來到
>
> 這裡　牆角裡沒有花　潮濕的土壤
>
> 攀上我汗濕的肩膀　我閉著眼在哼
>
> 唱　被我腐化的音節　融化的音符
>
> 成聲聲嘆息　在牆角迴盪不去[19]

詩句中物質層面的感官體驗（潮濕的土壤、攀上我汗濕的肩膀）與
聲音（腐化的音節、融化的音符）交錯起落，讀者如果用一般邏輯
概念上的理智和知性來理解它，將會錯失許多詩中意象／幻象所激

---

[18] 對於巴舍拉主觀閱讀式的重視與客觀結構式批判閱讀的不信任，造成文學作
品閱讀流於浪漫化、理想化、過度主觀想像的批評，龔卓軍認為巴舍拉的《空
間詩學》重點在於空間原型的物質想像，而無意討論個別文學作品。見龔卓軍：
〈空間原型的閱讀現象學〉，《空間詩學》，頁 20-33。

[19] 《邀你私奔》，頁 30。

發迴盪的心理感應。透過身體意象與聲音的動態聯結，詩意的情感強度已經超越了敘述語言的層次，甚至敘述已不再是以敘述的形式現身，想像隨意象播散，意象隨情感展示迴盪的力量，在詩意空間／角落迴盪不去的音節和音符，由局部表層滲透、投射到各種感官異質的細微內裡。「腐化的音節、融化的音符」既是聽覺感官上的綿延感受，同時也是觸覺／物質想像的耽溺極限。龔卓軍在分析巴舍拉的《空間詩學》時指出，巴舍拉的詩學著重在於空間原型（prototype）的物質想像（material imagination），而輕形式想像（formal imagination）。巴舍拉認為詩意想像可分成兩個範疇：形式的想像與物質的想像，前者處理的是意象的概念層面，後者處理的是意象的物質感受層面，不論是視覺聽覺觸覺或嗅覺上的感受，在這些物質的意象當中，意象深深的浸潤到存有的深度中，物質表現出「深化」（deepening）和「飛躍」（elevating）兩種價值，前者企圖挖深存在的本質，後者展現想像／意象的動態能量，兩者同時在當中尋找永恆的向度[20]。因此我們可以說，〈角落I〉一詩中所體驗感受到的聽覺觸覺諸種感官的綿延感和沉溺狀態，俱為詩意空間的物質意象／想像，而角落作為空間的原型意象，也是共通於所有人類之間的生活經驗與存有意義，我們看到這首詩透過角落作為空間原型的物質想像，藉空間的物質感受來激發閱讀主體的想像活動（或說迴盪），在其中空間的物質性得以體現，而讀者成為私密空間（或詩意空間）的存有者。

---

[20] 《空間詩學》，頁 20-33。

三、幸福空間：記憶，存有，時間空間化

　　邱琲鈞有四首〈角落〉，上面提到的是第一首，角落作爲物質空間，在巴舍拉的《空間詩學》中有如此的描述：「所有活在角落裡的人們最終會將生命交付給意象，創生出多種存有的表像，塑造出角落居民獨特的形貌性格。⋯⋯一個活生生的存有者填滿一個空盪的庇護所。許多意象一旦住了進來，所有的角落都會有魅影走動，甚至有東西住定下來」[21]。如同〈角落Ⅰ〉中的敘述者最終把生命存有交付給意象，「腐化的音節、融化的音符」是聽覺感官的體驗，也是物質意象的存有狀態，詩意空間所導引出的迴盪不去的生命／時間魅影，讓角落作爲詩的物質空間進入一種存有的飽滿狀態。在〈角落Ⅱ〉中，角落裡斑斑剝落的牆，走入角落猶如走進一段難堪的記憶：「是你先找到這個角落　我隨後沿牆找到這裡　那時候我剛剛想忘掉一個人　黑暗中　斑斑剝落的牆　讓我再一次走進那難堪的記憶　因此我想我將再依賴你一段時間　直到記憶再次迷路　我祈禱那將是一萬個世紀」[22]，〈角落Ⅲ〉中那個恒古的、薔薇色的年代，記憶中一個赤肩裸足的小孩：「永遠記得那個時候我放棄所有地平線　緊跟在他的背後　那種感覺　比黑夜更黑一點更厚一點　而我是我行程的目擊者　我目擊了我在那種黑中緊握住他的衣角　快步

---

[21]　《空間詩學》，頁 227。

[22]　《邀你私奔》，頁 30。

跟在他身後的整個過程」[2 3]，那個初始狀態，巴舍拉所特別重視的原初意象，具有一種原初性（primitiveness），經由古老的、童年的記憶，可以爲詩人的夢想儲備驚人的想像／意象能量，在主體的閱讀想像中體驗而未能以任何具體經驗它的神秘性質／傳奇性質的張力，這種張力能夠展現出一種孤寂的幸福狀態，引發迴盪。〈角落Ⅳ〉的最終主體擁抱這個孤寂的幸福狀態：「燃一根煙，等待你帶我穿越你的夢境」，詩中原初的想像與意象的互動參與，展現了一種孤寂的幸福感，物質空間形成詩意的「幸福空間」（felicitous space），保存了巴舍拉所嚮往的（童年）記憶的幸福感和私密價值。

　　追憶童年記憶，找尋純真清新的原初狀態，在閱讀／書寫中經驗這份神秘性質，在回憶中體驗這份已然失落的幸福感，物質空間因此保存了各種私密價值。在邱琲鈞多首詩作中如〈竊竊私語〉、〈我們的秘密〉、〈獨處筆記〉、〈因爲輪迴，所以我愛你〉、〈冰雕〉、〈我的父親〉，皆表達了童年記憶與往事回憶所起到的催化作用，詩人利用童年記憶的美感捕捉來講述個人生活／生命中的各種私密價值，讓自我的生命史得以保存下來，雖然這個童年時光的幸福空間不免充滿了寂寥失落之感。如同我在一篇論陳強華的「詩生活」的論文中所指出的，詩人將童年記憶與現實經驗並置對照的書寫意識，實際上可以被視爲一種「詩化的抗衡」（poetic resistance），對現實體制與生活的束縛限制，反應在詩人的童年記憶與回憶緬懷，是對現實創傷的含蓄的批判，在希望與回憶之間企圖將永恆帶至現

[2 3]　《邀你私奔》，頁 30。

實，藉此一「時間空間化」的動態能量，賦予物質空間一個充滿幸
福感和私密價值（幸福空間）的特殊意義[24]。詩人童年記憶的圖像，
在回憶中打開一個內在空間，喚起舊地重遊的感覺，某些似曾相識
的場景，體驗時空往返穿越的想像經驗，喚醒我們生活中不經意但
在潛意識中被保存下來的私密幸福感覺。巴舍拉指出，這個幸福空
間的感覺或感受（詩意空間）屬於想像的活動場所，但必須注入種
種生活現實經歷，私密感才會彰顯出來：「被想像力所擄獲的空間，
不再可能跟測量的空間混爲一談。它有生活經歷，它的經歷不是實
證上的，而是偏向想像力的」[25]。一個保存幸福私密感的空間，裡
頭充滿了我們生活的經歷，裝滿回憶，記憶／時間被空間壓縮儲藏
起來，成爲空間的存有內容。回憶填滿空間，有如「時間空間化」的
處理手法，讓回憶不再是時間的流向，過往的時光，而是凝結成一
種瞬間的當下，存在於心靈結構之中，安頓（housed）於存有者的當
下此刻，表現爲詩意空間的一種精神（存有）與價值（幸福感），建
立起存有者與世界的關係。

　　在〈晚年〉一詩，邱琲鈞藉由詩意象的迴盪，重回往事記憶的
深處，重新體驗安頓於其中的私密幸福感覺：「歡喜悲傷早已不算
是一回事／彷彿看見／沉重的炊煙／在濃霧中深深對我鞠躬」[26]。
這個回憶與思念，在詩人筆下形成了「單人鞦韆」：「我以一貫的離

---

[24] 張光達〈陳強華的詩生活與慾望「保留地」〉，收於《挖掘保留地》，頁7-8。

[25] *The Poetics of Space*, p.xxxvi.

[26] 《邀你私奔》，頁49。

題方式／描繪了一座單人鞦韆／向你表示思念」[27]。透過與月亮的
對話，詩人如此表達深深的思念：「月亮勸我將你忘記／可我知道
我無法忘記你／她說：『記憶會讓你窒息，遺忘卻能讓你呼吸。』／
我但笑不語／此時此刻，我知道我／無法將你忘記」[28]。如同巴舍
拉指出的：「我們在這個情境中，朝向夢境，而非完成夢境」[29]。
詩人沒有外物的限制，一切有限性被夢境穿透，被想像力超越，達
到物我一體的境界，在這種物我交融的存在狀態下，童年記憶或往
事回憶凝結成存有的當下。當閱讀主體沉浸當中，在朝向自我存有
與物質意象的認同想像中，夢境脫離時空的限制，所有的回憶、記
憶、思念，藉由詩意象把我們喚入一個清新喜悅的夢境，觸發我們
最深處的真實，讓我們再次體驗幸福空間的私密存有。無論是書寫
童年記憶或抒發情感，邱琲鈞總是藉由對愛情親情友情的思念，回
憶隨物質意象和空間想像的迴盪，朝向一個夢境，那裡充滿了私密
幸福感，可以安頓心靈的詩意空間。在〈距離〉 詩中，這個夢境一
旦被詩人穿透，無論多遠的距離就好像是在我們的身旁側面：「你
看見我了嗎／就在你夢境的側面／一個破舊不堪的箱子上／我，專
心寫詩」[30]，唯有透過寫詩，才有可能擺脫外物的限制，而一切意
象將隨詩人的想像力穿透時空朝向夢境，它在現實中看似遙遠，然
而在詩人的想像作用下，所有的情感意念都伸手可及，「破舊不堪

---

[27] 《邀你私奔》，頁 9。

[28] 《邀你私奔》，頁 29。

[29] *The Poetics of Space*, p.13.

[30] 《邀你私奔》，頁 11。

的箱子」既是物質意象與記憶空間，也是往事被凝結成當下存有的時間刻痕，這個如幻象般物我交融的存在狀態，卻形成詩人自我與想像認同中最深刻真實的一面。

　　寫詩，專心寫詩，繼續寫詩，即是邱琲鈞作為詩人身分，堅持讓自身朝向夢境的行動力，建構詩意空間的意象／想像極限。這個詩意空間，在〈竊竊私語〉一詩中，可以是「我要赤足走進你心裡／一個連光也到達不了的角落」，詩人「踮著腳尖／用我咬破的指頭／抽象地向你描繪／寂寞」。寂寞，詩人私密角落的形容詞，詩語言的童稚氛圍，再度連繫到巴舍拉的童年記憶與幸福空間的私密感。或是對於幸福空間的反轉：「就在一片星空燦爛的空間裡／就在你並不著重的情感廢墟」（〈情感廢墟〉），匿藏在記憶深處的孤寂氛圍和私密情感，成為詩人心靈的情感廢墟，還有黑夜的流體，音樂會的入口，異鄉街角的小咖啡館，孤陋的後巷，甚至時間空間化，「與時間對話」，只為了「我仍可以同詩漫步一段日子」，堅信情感能夠穿透時空的限制：「只要溫柔地呼吸／就會聽到銀河的嘆息」（〈與時間對話〉）。詩人邱琲鈞在這些詩作中，透過記憶與情感所引發的創造動力，來朝向一種存有狀態之開發，體現了幸福空間的精神價值與活化的力量。

結　語

　　本文以邱琲鈞的《邀你私奔》為例，探討了邱琲鈞詩作的語言結構與詩意空間的表現。首先以語言結構的角度來檢視邱琲鈞的詩

作，從中尋找出其共同形式與結構，採用俄國形式主義的理論，作
爲我們解析其詩作語言的基礎。顯然，邱琲鈞的詩語言展現出一種
「主導性的手法」，即被我稱爲「詩生活」的語言特質，具有強烈鮮
明的生活化、口語化、隨機性、流動性的語言節奏，往往從個人生
活經驗敘述和情感抒發，到想像的創造變異，產生情境逆轉的結構
模式，揭示其隱藏的生命觀感和審美感知。除此之外，在閱讀邱琲
鈞的詩作時，我們常常體驗到無法以因果關係或知性邏輯來理解的
深沉感受和震撼，以語言結構的角度來解讀這些詩句有其局限，因
此在本文中採用了巴舍拉的閱讀現象學和空間詩學來彌補不足之
處。巴舍拉擺脫語言結構意義上的理解共鳴，而取詩歌意象／幻象
／想像的閱讀主體的心理意識感受，其中感動或耽溺所引發內在震
撼的迴盪狀態，是我們閱讀邱琲鈞詩作的重點所在。詩人透過空間
原型的物質想像，藉空間的物質感受來激發閱讀主體的想像活動，
展現詩意空間的動態能量。另外詩中的原初想像，展現了一種孤寂
的幸福感，物質空間形成詩意的幸福空間，保存了巴舍拉所嚮往的
童年記憶的幸福感和私密價值。追憶童年記憶，找尋純真清新的原
初狀態，在閱讀／書寫中經驗這份神秘性質，在回憶中體驗這份已
然失落的幸福感，物質空間因此保存了各種私密價值。這個「時間
空間化」的處理手法，讓回憶不再是時間的流向，過往的時光，而
是凝結成一種瞬間的當下，存在於心靈結構之中，安頓於存有者的
當下此刻，表現爲詩意空間的一種精神（存有）與價值（幸福感），
建立起存有者與世界的關係。

　　在邱琲鈞的詩裡，想像／情感／記憶／生活已成爲詩意空間的

具體表現，體現了詩人高度的想像力和心靈結構的複雜情境，詩意空間中的物質意象、夢境、私密性質和幸福感，既是詩主體個人生活體驗的情感厚度，也是閱讀主體得以激發內心情感，生命與存有關係的關鍵所在。總體而言，邱琲鈞的詩集《邀你私奔》具有獨特的審美價值，在強調社會寫實與政治諷喻的馬華現代詩壇，這本詩集表達出一個另類的觀點與聲音，顯出詩人創意與誠意的一面。

[2011]

馬華七字輩詩人的後現代／消費美學：

都市、商品、認同、主體性

前　言

　　馬華文學界在一九八三年的一部散文選集《黃色潛水艇》中，首次採用「六字輩人物」一詞來指稱一九六〇年到一九六九年間出生的創作者。後來這個斷代法不斷被報章副刊或文學雜誌引用，沿用至今已經成了文學世代劃分的特定馬華文學詞彙，而且以十年為一字輩的世代劃分對於服膺傳統線性時間觀念的史學家來說，恐怕更早已具有濃厚的文學史意義。就文學史建構的角度而言，史學家對每一個世代或斷代的作家的整體作品風格樣貌貼上某個共同的標誌和標籤，來分門別類是很平常的事，一來史學家可以藉此合理化他們歸納某個時代或時期的作品的趨勢走向和關懷面向，二來可以方便他們面對複雜多元的作品時作出化約權宜的價值判斷。「字輩斷

代法」無疑可以輕易被利用來進行十年為一代的簡化的文學史論述和文本闡釋，問題在於，論述者往往只強調那個斷代或世代裡幾個較鮮明的文學現象和文字風格，或一味凸顯那些坐擁強大文化資源的作者群，造成其他流派與特色的文學容易被忽略和遺忘，因此無法彰顯出文學史繁複深刻的面貌。但是如果放大討論範圍來看，這個文學斷代的世代劃分和文學史局限也不僅限於「字輩斷代法」，而是任何採用線性時間史觀來討論文學史的史學家都會面對的局限和盲點。本文意識到這個斷代法劃分的意義和局限，雖然在論述中基本上仍沿用它來檢視和探討某個字輩的詩人的作品特色和特定主題，但要格外指出的是，本文作者並不打算宣稱這些特色和主題形成這個世代的詩文本的總體成績和面向，而是一個有待開放不斷修正的論述場域。[1]

　　所謂馬華七字輩詩人，指的是一群在馬來西亞華文刊物和文學園地發表詩作或結集詩集的一九七〇年至一九七九年間出生的年輕詩人，這個世代的詩人群除了指那些在本地土生土長的詩作者（人數最多），還包括了旅居海外如台灣中國等地常把詩作寄回馬來西亞

---

[1] 比如陳大為在《馬華當代詩選 1990-1994》的序中說：「字輩斷代法已成為馬華文學的特色（如同中國文學史以朝代斷代），它讓讀者能更有效地檢視各世代的創作情況，以及語言風格和題材的差異性。草創之初，它並不具有任何文學史的意義，只是一個特定創作群的稱謂，但隨著大馬本土七字輩的後現代風格逐漸成形，以及六字輩的後續風格發展，跟五字輩以上的現實主義拉開了距離。於是字輩便成為籠統的風格指標。當然彼此間難免有相互滲透之處。」有關論點參見陳大為編《馬華當代詩選 1990-1994》，台北：文史哲，1995，頁 9。

發表的詩人，及從這些海外國家回流或回歸馬來西亞的詩作者。本文鎖定這個世代的詩人和他（她）們的詩作取樣的探討分析，主要檢視和檢驗這些詩人身處後現代時期一個普遍的書寫場域，即馬華七字輩詩人的書寫文本中的後現代性、消費敘事與文化認同。論文分為兩個部分，第一個部分探討馬華七字輩詩人文本中的後現代性，即後現代時期中的消費美學與都市思考，指出這些詩文本既源自馬華當代生活語境，也深深被籠罩在全球化的後現代情境與都市文化當中，在其中詩人藉詩展示了一個超越現實體制到後現代感官主體的消費（慾望）認同的思考／書寫模式。第二個部分則探討後現代時期馬華七字輩詩人文本中的商品認同與文化想像的焦慮／游移／再定位，詩人深入觸探城市邊緣和隱匿疆域，尋找與縫補城市歷史文化的遺漏和殘缺之處，其中詩人的感官慾望與族群共享的歷史記憶在多重的交互感應狀態下，不斷滑動與轉換為後現代時期一種混雜、不穩定、流動多變的認同想像與主體性。

　　本文以馬華七字輩詩人的詩文本為論述對象，時間上以二〇〇〇年之後發表在馬來西亞兩大報的文學副刊、及收錄在詩集、詩選、文學刊物的作品為主，一個最根本的原因是藉馬華七字輩詩人的文本主題與思考，展示一個從馬華後現代性中的消費敘事與商品文化的感官主體和慾望想像，到後現代都市文化中的認同想像、文化記憶與主體意識的後殖民書寫領域。這群在後五一三時代出生的馬華新世代詩人，皆成長與生活於上個世紀末的約十年間，正是馬來西亞國家社會邁入資訊數碼時代、後工業消費社會階段的關鍵時期，本篇論文藉此一探他（她）們的詩文本中對這個後現代現象或都市

消費文化的反映或互動場域的觀察與思考，讀者將會在本文論述的開展與引詩的辯證中發現它們彼此間的混雜交融，難解難分的程度甚至不允許我們作出簡化的判斷區分。透過本文以下的論述建構和詩作取樣，我們當可檢視這群新世代的「馬華七字輩詩人」在這個書寫場域裡的深刻思考或力有未逮之處。

一、馬華後現代性中的消費美學與都市思考

在還沒有進入更細緻的解讀馬華七字輩詩人的詩作之前，且讓我們來看看當代後現代性（postmodernity）對現代生活的影響和意義。後現代性通常用來指稱社會發展的某個階段或條件，理論家普遍認為在一九八〇年代過後，資本主義體系起了極大的轉變，西方國家邁入「後工業社會」（post-industrial society），傳統服務業和消費體系開始式微，新的消費與服務業靠全球化和跨國資本主義興起，西方的生產消費體系結合科技、電腦、媒體、資訊的日新月異發展和跨國流通散播，因此它所帶來的影響不僅是西方自身，而是全球性的問題。西方後工業社會透過這個資訊景觀、電腦網路系統、跨國資本主義，造成全球一種（包括西方和東方）文化形式的普及化與商品化現象或情境，這個上個世紀末的全球性文化情境統稱為「後現代性」或「後現代情境」。因此當西方國家的社會體系依靠跨國資本主義和文化形式席捲全球，「後現代性」便是在這種情形下開始進駐東方或第三世界國家，尤其是這些國家的大型都市社會，產生了跨國文化形式與地方族群生態聯結或協商的消費系統和社會整合，形

成後現代時期的東方社會一項鮮明的特色。這個跨國資本的全球經濟再結構對東方國家所帶來的社會變遷，都市文化面臨全球化的進一步深化，在此一過程中，文化形式透過電子資訊、電腦網路、跨國資本、商業消費體系，以幾乎零時差的速度製造及傳送到世界每一個國家的邊界。這種在全球尺度上重組的文化經驗和都市感受，最直接的影響是形成了城市角色的增強，伴隨著區域經濟與都市空間的再結構過程，地方傳統產業退位，八○年代過後第三世界如馬來西亞的大城市也隨著這一波的跨國文化和後資本體系的強化，因此浮現了一種新的都市意識形態（new urbanism），都市的新主體中等階級族群吸納了「生活風格」（life style）的種種消費活動和生產。後現代情境中的東方社會和城市越來越扮演著商品化的新消費主義和（後）現代美學形式。

　　後現代情境的來臨，或全球性籠罩之下的馬來西亞社會城市的後現代現象，尤其是後工業社會、資訊社會和跨國資本主義的普及化，無疑造成城市裡的現代人或「每個人」（everybody）的生活方式和思想邏輯起了很大的變化，現代性話語所追求的理性自律和穩定文化結構開始被質疑、被提問、被解構、甚至受到動搖與顛覆。正是在這個意義和基礎上，成長生活在這樣一個後現代情境中的馬華七字輩詩人，透過詩文本來審視（後）現代社會的種種現象或異象，質疑了建立在現代性話語基礎上的生活狀態和思考邏輯的合理性，有別於馬華前行代詩人對傳統社會的緬懷和感傷，及中年一代詩人慣常集體性的社會亂象控訴和政治感慨，這些七字輩詩人的詩文本更多表現的是一種冷靜自在的語調。

　　面對城市生活的冷酷荒誕、歷史理性的瓦解、資訊社會的瞬息
萬變，以及後現代情境中的未可知局面，黃惠婉（1976-）在〈嘔吐
是為了繼續溫飽〉一詩中雖然以生活在都市中的「我們」來思考這
個後現代性的問題，但全詩的語調卻是冷靜節制的，身為現代都市
人的「我們」幾乎沒有任何一句控訴責難，她只是靜靜的對城市生
活和後現代現象敘述她個人的看法，那些我們常在現代主義詩或馬
華中年一代詩人的詩作裡作出都市吞噬自然破壞文明的嚴厲指控不
復看見。對歷史理性的虛假承諾的揚棄和宣告結束顯得果斷，對未
來現象語調有一點遲疑，卻在行文中顯得那麼理所當然迎上前去：

　　　　那年　我們開始背叛重量

　　　　企圖以拋物線的弧度升空

　　　　我們務必冒險　雖知墜落是必然的

　　　　但頂點是無法預知的

　　　　也不知會拋得多遠

　　　　只有使盡全力的　拋

　　　　企圖拋離歷史的引力　揮別大地

　　　　像在汽水中爭先恐後的氣泡

　　　　努力成為天使　或一只沒有嘴的貓

　　　　輕盈是大家努力的目的

　　　　無論是軀體還是靈魂[2]

---

[2]　龔萬輝編《有本詩集：22 詩人自選》，吉隆坡：有人，2003，頁 165。

生活在高樓大廈林立的詩人接著便觀察和敘述這個都市高度現代化的重要表徵，一座座都市的鋼骨水泥，一個個高聳入雲的商業大廈和住宅公寓，構成天際線最奪目和強勢的象徵，而生活在這個天際線底下的都市人與社會網絡，在詩人眼中形成了一個奇異的景觀：

> 持續昇空　就必須繼續膨脹
>
> 從此　一座座大廈聳立
>
> 日以繼夜的勃起　早洩　高潮
>
> 在城市的腸胃中消化一百零一個童話[3]

高聳入雲的摩天大樓和商業大廈，是馬華七字輩詩人普遍對都市現代化的體認，集體表現為筆下的普遍性的象徵符號，如果循著以往的現代主義書寫意識，勢必構成一種書寫模式，即一種負面的都市批判意識在主導詩人整個的思考方向和視野，把筆下或眼前的高樓大廈描寫狀似人類文明的腐敗墮落，形成現代物質文明的陰暗面。然而，當我們深入探討這個都市文明的形象表徵之後，我們當會發現在這些紛亂雜陳的現象之中，強行套用一個光明／黑暗二分法的批判書寫模式，來作出對這個時代的嚴厲控訴，是過度簡化和粗暴的看待（更不用說透視）後現代現象中複雜多層次的意義。然而，生活於後現代情境中的馬華新世代詩人黃惠婉，雖然在這首詩中對都市文化現象有所質疑和調侃，但是詩句中透露更多的毋寧是一種警覺和反思的語調，詩人沒有對之採取強烈的批判和譴責，她只是平靜的敘述都市生活的外在現象與內在肌理（text／texture）的互動意

---

[3]　《有本詩集：22詩人自選》，頁165。

義。這個都市生活的方方面面，如果只一味對都市文明現象作出批判和強烈責難，是很容易被詩人忽略掉它的存在意義和深刻的意識形態作用，黃惠婉的詩成功避開了這一點。

如同上引詩句中的「在城市的腸胃中消化一百零一個童話」，從都市現象到城市消費（消化），這裡詩人很機敏的成功結合了當代都市文明與消費文化兩者間最複雜纏繞的重大議題。黃惠婉如是寫都市與消費的普遍現象：

> 在城市的腸胃中消化一百零一個童話
>
> 除了將肚子撐得過脹而嘔吐
>
> 便是習慣性的便秘
>
> 而在營養過剩的軀體裡　只剩
>
> 漢堡的脂肪與汽水的　呃[4]

這個都市大廈的「器臟化」書寫模式，根據陳大為的說法，源頭承襲自台灣詩人林群盛的〈那棟大廈啊……〉，而馬華六字輩詩人呂育陶根據這個創意基礎寫下〈G 公寓〉，徹底將整個都市「器臟化」[5]，而黃惠婉在此詩中更進一步把整個都市現象「器臟化」的同時，也徹底把它「消費化」了。換句話說，我們可以從詩人對現代都市文明的體認作出如下簡述：都市＝大廈＝公寓＝器臟＝消費＝都市，如此循環往復，互為表裡，在都市物質文明的演變機制當中，消費在其中參與了很大的作用，任何對消費的複雜機制現象存而不論或

---

[4] 《有本詩集：22 詩人自選》，頁 165。

[5] 有關都市「器臟化」的論點參見陳大為《亞洲中文現代詩的都市書寫 1980-1999》，台北：萬卷樓，2001，頁 174-176、200-201。

視而不見的都市文明與後現代文化的批判者，是永遠注定進入不了
都市問題意識的深層核心。詩人洞悉都市文明的弊病：嘔吐、便秘、
營養過剩，婉轉告訴我們一個封閉和壓抑的現代體制、個體充滿心
理互動的主體意識，但整個互動過程當中的關鍵字是消費，消費作
為日常生活主要的實踐之一，作為（後）資本主義流行進步的現代
化指標，經由商品消費所進行的意義產製自然深刻影響都市人的建
構自我認同，作為都市文化中的後現代感官主體的消費意識，它還
能在馬華新世代詩人眼中或筆下開展出什麼樣的互動心理現象？

　　另一個馬華七字輩詩人駱雨慧（1979-）的短詩〈早餐的聯想〉
由現代都市人的早餐消費習性的角度聯想起，轉折切入對都市大廈
文明的欲迎還拒心理，以及對傳統文化凋零失落的指認：

　　　　兩片吐司一杯麥片一張趕時的嘴

　　　　放進齒輪裡攪拌、磨碎

　　　　再現——

　　　　可能已是一叢小草一株木槿一棵

　　　　高聳入雲的龍腦香

　　　　像吉隆坡塔

　　　　冷漠佇立

　　　　鳥瞰茨廠街的

　　　　一些螞蟻正捍衛著

　　　　文化的一些尊嚴[6]

---

[6]　《星洲日報·文藝春秋》，2002/02/10。

與黃惠婉詩從都市的器臟化聯想到消費形態剛好相反，駱雨慧從飲食的消費聯想到都市文化的冷漠和城市硬體建設的巨大孤傲，這裡駱雨慧很傳神的用都市人的早餐飲食（速食）消費習慣來表達後現代時期的一種生活方式，在一切講求速度趕時間一再重複動作的現代都市人眼中，這一切都顯得那麼淡漠、被動無力，但是觀察敏銳的詩人終究是會透過一些她身邊腳下的物件來反思，再現冷漠封閉的高樓大廈的面貌的同時，也替被動的情境注入一些互動的可能性和可行性，讓我們看到現代都市人的文明生活無論有多無聊冷漠，其中也有對生活事件與傳統文化的執著和省思。

在吃早餐的詩人或現代都市人，對整個城市空間來說自然顯得微不足道，可平行於詩人腳下渺小的小草花樹，對照於高聳入雲的吉隆坡都市象徵——吉隆坡塔，又是一個強弱懸殊的強烈對比，最後詩人以螞蟻來捍衛傳統文化的尊嚴為詩的結束，頗具創意。螞蟻的渺小體形，捍衛的卻是沉重無比的文化尊嚴，以小見大，頗有捨我其誰的感慨氣勢，對照現代都市人面對城市大廈體制的被動，這裡詩人有意翻轉這個被動的局面，現代都市人不妨在享用有限的社會資源的同時，也可以是文化尊嚴的捍衛者，在社會體制內思考如何突圍文明的困境、文化的沒落。這個後現代城市主體對當代社會的（有限）文化資源和消費意識的自覺，往往成為馬華七字輩詩人生活中的一種思考方式，曾翎龍（1976-）在〈有人〉一詩中說：「默默注視一杯啤酒／昇起泡沫，我了解／事情的沉澱／本質」[7]。他在

7　《有本詩集：22 詩人自選》，頁 136。

一座城市平靜的生活，無論是不能忍受的欺壓、不該錯過的事情，或總是重複的生命，這一切詩人都將會慢慢習慣，甚至從中發現生活裡一些平凡事物的意義：「美好的星期六，近午／你被時間之軸推了／一下，走到我的影子上面／和它重疊。我不能忍受的／欺壓方式，會慢慢習慣／駕著車，一樣的風景／發現前面的車掛著／意義的車牌。」[8]。這首詩的敘述語言遠離激烈的不滿和控訴，無論是對現代城市的失望或無聊感受，如同詩人最終對現代生活的平靜接受和習慣方式，整首詩的語調相當冷靜節制，在生活化口語化的詩裡行間，時時見出詩人對生活現象的自覺和省思。

　　另外一個新世代詩人翁弦尉（1973-）的〈動地吟，在太平洋大廈〉一詩，在大量商品消費商業表演中，詩人更加迫切渴望加強詩歌同這個時代的生存境況的聯繫：

> 走進太平洋大廈
>
> 聽見詩人與鐳射唱片的爭吵聲
>
> 落選的十大歌星
>
> 吟唱與爆炸的蒙太奇混合高科技音響大雜燴合唱
>
> 正版的詩人
>
> 無人問津的假寐持續著價目十八塊
>
> 翻版的 KEANU REEVES 一再的闖入
>
> 盜播的 THE MATRIX 再而三的 FORWARD
>
> 他們用 MTV

---

[8]　《有本詩集：22 詩人自選》，頁 137。

> 播映你的顫抖和肉體朗誦的 F 大調
>
> 用私人的隱形眼鏡偷拍你的德行
>
> 用涉及手淫的鏡子放映你的青春[9]

這首詩在敘述者一再重複消費社會的軟性娛樂雜碎意義中，面對商品消費排山倒海無所不在，對比堅持吟唱詩人的微弱呼聲，顯得那麼不合時宜困難重重，但同時書寫主體卻也在詩的附記裡暗示文學藝術在後現代消費社會中的轉機，出現了可以產生詩歌與這個時代生活互動的期待視野。

後工業社會的跨國資本主義和消費文化，它所造成的影響是全球性的，商品消費的滲透力無孔不入，對現代人的生活習慣和文化語境產生全面而持久的影響力量，西方論者甚至把後現代時期的都市社會結構稱為「消費社會」（consumer society），如同翁弦尉上引詩中的太平洋商業大廈，簡直就是一座消費社會的縮影。後現代主體的消費性格也被社會脈絡化，影響和改變了個人的傳統文化屬性與現代生活方式，直接對主體的身分認同帶來危機，前者如上引駱雨慧的〈早餐的聯想〉對傳統文化凋零的反思和捍衛，後者如曾翎龍詩〈有人〉中詩人對現代生活的省思和接受（或忍受），及翁弦尉〈動地吟，在太平洋大廈〉中思考詩歌藝術對後現代情境的堅持和轉機。馬華七字輩詩人並沒有消極的看待後現代情境，也沒有完全被動接受或放棄思考身處後現代時期的的種種文化現象和社會異象，一些新世代詩人採取積極的態度來探討和書寫馬華後現代性，通過解讀

---

[9] 《南洋商報・南洋文藝》，2000/02/15。

後現代社會的種種意義（或沒有意義），卻不無弔詭地得以質疑和暴露出現代性所許諾的邏輯理性和幸福生活形態的虛假謊言，並試圖從文本解構中解放了個人在現實體制中的種種壓抑和自我的局限。比如駱雨慧的〈網絡情書 2000：我愛你〉一詩，通過後現代的網路系統的無遠弗屆，詩人直接以電腦指令程序概括了後現代社會生活的工具理性對感性話語的統攝，及調侃後現代主體的心理失序：

> 這次所追求的是連鎖的傷害
>
> 無需負責版權與人權的關係
>
> 愛你就是如此的不成道理
>
> 霸道的蟹字寫在空白的屏幕上
>
> 隱藏著一種肉眼所無法察覺的傷害
>
> "Love-Letter-For-You.txt.vbs"
>
> 一種高危險度的訊息
>
> 在這個城市裡慢慢地蔓延
>
> 告訴每一個為了生活而失去愛的你
>
> 是時候為愛付出代價了
>
>
> 這個城市或許少了一些愛的生氣
>
> 因此駭客虛擬了許多羅曼蒂克的假象
>
> 帶領你我進入塵埃的蜃樓
>
> 刺激一下麻木冷淡的神經線
>
> 原來那只是一場謊言與愚弄
>
> 愛過就知道口袋的痛

　　在這個講求物質的年代[10]

雖然這首詩的遣詞用字有不少拖泥帶水的弊病，但是它卻很敏銳深刻的道出後現代主體過度依賴電腦網絡的負面意義，高度講究物質消費年代的無可迴避，及現代主體的理性自律的全面瓦解：「原來是你我之間的承諾／不知何時變成了一種毒素／愛的元素已隨著時間而變／就像我們之間貶值的愛／很難再在心中標到很高的價值……」[11]。在這樣的電腦語言的操作法則下，整首詩的語言和情感遂變得空洞瑣碎，語言文字的口語化和通俗化更加深化了後現代主體的感受和意義的空洞破碎。後現代主體面對電腦網絡機制的電子／語言交流方式，促成了語言的徹底重構（重寫），這種重構把主體建構在理性自律的模式之外，在這裡人們所熟知的現代性理性自律體制，在瓦解的同時，被後現代的電子消費文化轉換成一個不穩定性、去中心、不斷嬉戲質疑的身分運作的主體。

　　在電腦語言程序和網絡系統的操作下，符徵與符旨完全背離，成為兩者無從指涉的意義對象物。處在後工業、後資本主義以及高科技資訊的後現代電子影像階段，新的文化秩序和現實物象都是依靠電子影像語言所建構（或複製）出來的現實組成，它比其所指涉的客體事物還要真實，這個現象屬於一種仿像（simulacrum），一個沒有原作，沒有客體指涉物的拷貝，將原本只處理具體和實質的城市空間摻入了布希亞（Jean Baudrillard）眼中的後現代文化的新秩序—

---

[10]　《星洲日報‧文藝春秋》，2000/05/21。

[11]　《星洲日報‧文藝春秋》，2000/05/21。

—超真實（hyperreality）[12]。電腦網絡如同一張巨大的網，掀天蓋地的籠罩每一個現代人的生活，現代人的思維不斷被資訊影像媒體所感染，遂產生了個人視野與公共場域重疊不分的灰色地帶，這個灰色地帶正是後現代影像媒體所建構的客體現實，它足以模糊掉人性（或曰現代理性）與物化／商品化／異化的分野界線。因此從這個角度來理解駱雨慧的詩，她讓我們看到後現代時期一個全球性具有普遍意義的重大議題：現代理性的謊言和虛假承諾，後現代情境的危險性，以及後現代性和商品化的社會所潛藏的挑戰性。

　　如果說翁弦尉念茲在茲的是加強詩歌與後現代消費都市的聯繫，以便詩人（現代人）能夠反思現代生活中種種消費的意義和亂象，在都市中做一個清醒的後現代思考者，而駱雨慧則透過一則全球性的電腦病毒散播的新聞事件，實則以一個新世代詩人的視野探討了理性自律在後現代社會裡受到空前的挑戰，改變了我們思考主體的方式，在其中電子網路文化促成了個體的不穩定性身分，或促成了個體多重流動身分形成的「虛擬社群」（virtual community）。[13]

---

[12] 高科技資訊網絡無孔不入地滲透到現實世界的每一階層和角落的都市社會中，深深影響了我們所習以為常的公共/私密的截然劃分、現實空間/擬真空間的截然區分，迫使我們必須重新思考什麼是「現實」，或傳統觀念中的現實都得重新定位。

[13] 有關「虛擬社群」一語見萊恩格爾德（Howard Rheingold）的評論：「我相信虛擬社群部分地回應著人們隨傳統社群的崩解而來對社群的渴望。」萊恩格爾德論文〈我虛擬社群中的生活部分〉（A Slice of Life in my Virtual Community），收入 Linda Harasim 編 *Global Networks: Computers and International Communication*, Cambridge MA: MIT University Press, 1993, pp.61-62。

那麼另外一些七字輩詩人則坦然面對當代社會體制和消費形態，他們生活在其中，除了觀察和記錄，他們也主動參與了都市的消費機制，他們筆下的現代人不只認同這個消費體制，並且意識到自身就是消費主體，呈現了具體細膩的後現代感官主體及消費形態。在後資本主義的消費社會中，凡事都強調流行消費導向，影像媒體藉後工業都市社會的機制運作，徹底改變了現代人的生活方式和消費習慣。現代人的生活方式可以從他們最表層的服裝衣飾來呈現，於是我們讀到謝偉倫（1976-）的〈裝飾男子〉一詩，他為現代都市裡的青少年勾勒出一幅鮮明生動的輪廓，外表與內心的交替浮現，詩句中盡是都市青少年對消費性格的擁抱和耽溺，在青少年華麗裝飾的表層上有淺薄的不安疑惑，但很快就被流暢自然的生活口語化的語言節奏掩蔽了。謝偉倫對現代青少年的身體裝飾和隱約的感官情慾感受令人印象深刻：

> 耳環在左耳垂上閃耀著迷惑的光
> 我聽到這些光在黑夜中呻吟
> 嘴上的青色小髭全趴下隱藏
> 領口，一串金色的項鏈爬出來
> 卻跌落在陽光的陷阱裡
>
> 我的手腕上還有一條銀色的鏈子
> 已經開始抗拒光的誘惑
> 我身體內的那棵樹投下蔭影
> 讓我的牛仔褲上撕裂的傷口

　　　成為我身上最貧窮的裝飾[14]

這個消費主體的身體商品化現象，具體呈現了後現代時期的社會現象，誠如美國藝術史學家哈蘭德 Anne Hollander 所言：衣服即是社會現象，服裝文化即是社會文化。[15]詩人筆下的後現代感官主體和商品化身體的疊合——「現代人的商品拜物」（men's commodity fetishism）與「現代人作為商品的拜物」（man as commodity fetishism）的身體與商品的身分轉換，成為後資本消費社會裡最常見的消費者／商品互相滲透互相轉換互相游移的流動性的多重身分。這種耽溺或游動於多重身分的分裂與疊合的處世態度和情慾感受，在全球後現代的文化影像內爆（implosion）的時代，細膩而深刻地寫出後現代消費社會中青少年對流行時尚和這個時代的互動模式，及其幽微心理的主體意識。如同布希亞所指出的，商品並非藉由他們在社會實踐秩序中的功能位置，而是因其符號價值產生意義，當我們購買此系統的一部分時（這裡是流行衣飾），其實就是買下了此象徵系統的全部，或曰買下了一種生活風格。在這樣的思考脈絡下，布希亞認為後現代社會的主體認同，符號的消費已經取代了商品的消費，他因此論證道：「意義的源頭從來不曾在主觀（將自主性和意識設定於優位）的關係間，和以理性目標所生產的物品中覓得——小即，更正確的說法，經濟關係藉由選擇和計算而理性化。相反的，意義的源頭是透過符碼的系統化被覓得（相對於私人的計算），一個截然不

---

[14]　《星洲日報・文藝春秋》，2000/08/13。

[15]　見哈蘭德（Anne Hollander），楊慧中、林芳瑜譯《時裝・性・男女》（*Sex and Suit*），台北：聯經，1997，頁 2。

同的結構構成了社會關係和主體等」[16]。因此衣飾商品作為後現代消費的對象，自由地透過符號系統和感官自主的解放一再被主體型塑和建構。

在翁弦尉的〈動地吟，在太平洋大廈〉一詩中，詩人猶在以微弱的呼聲來抵抗消費文化的強大力量，及企圖喚醒現代人處身後現代的異化／物化世界的生活方式，而謝偉倫的〈裝飾男子〉則悠然自得地為這個世代的都市青少年描繪出一幅圖像──身分與身體的商業化結合，觸探物質慾望的身體意識。然而這種情形在另一個七字輩詩人木焱（1976-）的詩〈辦公室〉筆下，詩人坐在現代大廈的辦公室內，後現代的電子資訊系統漫天蓋地般圍繞著他，詩人面對現實世界與電腦網路的擬像世界相互建構的現代（辦公室）生活，已經分不清兩者的實際界線／限，這個情形如同布希亞的影像理論所言，後現代的特徵正在於由「再現」（representation）秩序（以主體意識為中心的再現系統）過渡到「擬仿」（simulation）秩序（擬仿機器、電腦、影像的自主性運作機制，無源起、無意義、無指涉物）：「由擬仿所產生的真實是沒有源起，沒有真實的真實。」[17]這個超真實（hyperreality）所帶來的赤裸呈現，將深度、內在思考、主體意識都帶到過度曝光的表面：「你把電話捻熄／疼痛的天際傳來咳嗽聲／鬈曲的髮／飄著夢裡的海鹽味／一封 email 躍進你的搖籃／是拾荒的詩人／組裝好的玩具嗎／你循著字距間的青草／捕抓跳過的蚱

[16]　Jean Baudrillard, *For a Critique of the Political Economy of the Sign*, St. Louis, MO: Telos, 1981, p.75.

[17]　Jean Baudrillard, *Simulations*, New York: Semiotext(e), 1983, p.12.

蜢／時針突然把你擊倒／躺在獨角獸的競技場／稍微抬頭／掛鐘就浮現在漏電／的電腦螢幕裡／對你眨眼／微笑」[18]。是詩人對著電腦眨眼微笑，還是電腦螢幕對著我們的詩人眨眼微笑，電腦螢幕作為人與機器的界面（interface），在此恐怕早已模糊掉「真實」的視界，「真實」只能是兩者間相互對視相互微笑的擬仿運作，這個對視微笑的界面動作很傳神的相互建構出一種超真實的現實秩序，令人難以抵制，遂產生了詩人對影像逼近自我時一種「真實的狂喜」（ecstasy）的出神狀態。[19]虛擬現實的電腦網路裝置因此變得引人入勝，以令人信服的似真性，釋放出巨大的幻想、自我發現和深刻影響自我建構的潛能。但在布希亞理論中徹底將後現代消費主體意識轉換為符號秩序的表面呈現之後，我們的新世代詩人在電腦網路和商品消費的後現代情境中是「看見一切」（「真實」全部顯露浮現到「超真實」），還是「看不見一切」（「真實」的徹底消失）？或者是部分「真實」被「再現」，部分「真實」成為符號系統中的擬象，無法「再現」？楊嘉仁（1977-）的〈無所謂夜晚〉一詩觸及後現代電腦螢幕與現實生活的界面，消費主體對這個「超真實」現場的迷魅或

---

[18] 《星洲日報·文藝春秋》，2002/11/17。

[19] 對布希亞而言，表意系統（signification）已不存在，意旨（the signified）消失而意符（the signifier）自由流動，一切皆為擬像（simulation）：「真實的定義已變成——那種可以產生複製對等物的真實」，而「超真實」則是「那種總已被複製」的真實。故而「真實」不是「超真實」的「指涉」（referent），而「超真實」也非「真實」的「再現」（representation），「真實」與「超真實」都是脫離深度形上學後的表面影像複製，無先後真假之分。有關論點見 Jean Baudrillard, *Simulations*, New York: Semiotext(e), 1983, p.146。

迷思：「咖啡味道在窗的內側／電腦螢幕的外殼，凝結／成一排排冗長／相互推擠／的時光／／原來，排列整齊的文字／進入無意義的疆域的／隊伍，越來越長／／身在現場的將如同蚱蜢／在光的草原／徹夜停駐／歷久，殘骸便昇空成星座」[20]，如果以這首詩作為例子，新世代詩人面對高科技資訊媒體的過度刺激，殘存在意識－知覺層面的集體電子媒體記憶，以妥協方式與現實生活經驗的文化記憶相交感應滲透，而最終形成一個部分「真實」被「再現」，部分「真實」成為符號系統中的擬象，無法「再現」的局面，「昇空成星座的殘骸」的指認，也只能是詩人身處「真實」與「再現」的超真實現場經驗中無意識的記憶痕跡，「真實」只能往復存於記憶與擬象之間。這問題的思考將把我們帶到下一個章節，即後現代消費美學中的「擬仿」（真實與符號無法區分，真實是符號消費的效果）與「再現」（符號掩蓋真實，真實是符號消費的殘餘）之間，商品消費與大眾、客體與主體距離消失、相互滲透、無法分割的後現代主體意識與身分認同的問題。

二、馬華後現代性中的商品消費、文化認同與主體性

木焱有一首短詩〈公車詩系列：捷運私語〉：「城市的節奏換了／我們改搭捷運／持續詩之飛翔／陽光停靠在樟樹的鬃毛／棲息樓層夾縫偷看電視／城市裡車輛啁啾／晨曦的步伐遲緩／刷卡偶爾會

---

[20] 《有本詩集：22 詩人自選》，頁 224。

故障／我的身分夾在人潮中／無　法　辨　識」[21]。個體身分的無法辨識，是因為廣大的人潮模糊的面孔淹沒了特定的身分指標，還是主體身分在後現代無意義無深度的情境中早已失落了認同的指涉？在回答這個後現代主體的文化認同的問題之前，且讓我們先看看一些文化市場上的認同理論，或有助益於我們深入的探討這個後現代全球在地性（glocalization）的議題。

　　根據文化研究學者的看法，「全球化」（globalization）是晚近八〇年代以來跨國的移動與象徵資本的流動所興起的文化經濟現象，因此它經常和跨國主義（transnationalism）與疆界的跨越相提並論，阿帕杜萊（Arjun Appardurai）因此認為，在後現代與全球化的新時空中，族群、財經、影視、科技、理念等五個景觀的移動，及移動之後所產生的衝突，已經產生一種新的全球秩序與互動關係，在這樣的具體落差和時差當中，各個地區在全球化的五個景觀中，都存在著種種繁複的混雜（hybridization）與挪用的生動實踐。阿帕杜萊對「後國家想像」（post-nationalism）的這類觀點，常常被引用來駁斥西方後現代性的文化宰制觀點，並且支持「去中心」、「去西方文化霸權」的論點，然而在探討後現代都市流行文化和商品消費的跨國流通時，這些跨文化主義、異質性、混雜化、挪用策略的提出，似乎仍舊不足以超越「西方」與「非西方」的二元模式，他們對於非西方國家的後現代性中的商品消費文化流通，其中關於「全球－本土」的互動關係討論，則往往假設西方（美國）的宰制主導難以撼動，論述焦

---

[21]　《星洲日報・文藝春秋》，2002 年 4 月 7 日。

點在於非西方國家如何反抗、挪用或同化。在這方面來說，各種非西方國家之間的後現代性與文化在地性／現代性可能產生哪些潛在的互動現象，還未被充分探討。

　　一個最普遍的看法，就是文化研究以經濟貿易和商品消費為主軸，用「殖民主義」或「新殖民主義」等已經修正後的馬克思主義經濟觀，來探討非西方國家的文化新秩序，將進駐這些國家的速食店「麥當勞」定位為美國都市文化入侵亞洲的一個殖民據點。因此「麥當勞化」、「美國化」、「西方化」等詞，在這些論者眼中幾乎等同類比於「全球化」，非西方國家或亞洲的文化經濟被西方國家（美國）夾帶全球化的名義再度被殖民，這樣日益普遍的「全球化」現象和論調，已經造成一般亞洲人民的不安，而且因為後資本時期的資金流動快速和文化同質化的逐漸成形，亞洲人民面對全球化無可迴避的同時，也無形中更加深了焦慮、排斥、恐懼的心理現象。[22]這個焦慮與恐懼的心理導致現代都市人無法辨識身分，或感覺身分失落無法定位，如同七字輩詩人木焱上引的短詩，傳神生動地為我們描繪出這個亞洲都市主體普遍的文化認同焦慮現象。

　　但木焱的〈捷運私語〉畢竟太短，詩人只寫到無法辨識的身分就此打住，沒有做進一步的探討這個後現代都市主體為何焦慮，主體焦慮的源頭與文化身分屬性可以有什麼樣的辯證關係。同樣寫後現代都市生活的文化同質化與後現代都市現象，黃惠婉的〈嘔吐是

---

[22]　例如 Arjun Appardurai, "Disjuncture and Difference in the Global Cultural Economy," in *Public Culture* 2(2) (Spring), pp.1-17.

為了繼續溫飽〉一詩所探討的層面，顯然遠較木焱那首詩更加全面和周延，她用一種冷靜節制的語言，雖然得以避開了對全球化的普遍控訴和排斥心態，但是她在全球化的議題上看似中立客觀的態度：

> 我們不會再質問上帝是什麼人
> 不管你是黃皮膚白皮膚黑皮膚
> 同樣都喝 Starbucks 咖啡用 Nokia 手機
> 當然也紛紛別上絲帶　黃的白的紅的
> 不必販賣馬共熱帶雨林南洋歷史
> 全人類對著滿天的白鴿　祈禱
> 沒有鮮血沒有汗水沒有眼淚[23]

詩句裡的馬來西亞都市已經邁入後現代消費社會的階段，在詩人眼中所有的東西方文化共冶於一爐，完全等同於全球化的共識，有如上述阿帕杜萊的「後國家想像」的概念，國家以外的商業機制、文化生活時尚逐漸滲透進國家原本牢固不破的封閉性結構，傳統國家觀念的疆界泯除，現代都市人沒有任何文化認同的矛盾衝突可言。如同另一個西方學者所指出的：「跨國媒體的影響與日俱增，它提供了人們經驗其他文化、甚至學習成為世界公民（cosmopolitans）的可能性。媒體媒介著各種文化，世界公民們閱聽著媒體，他們不斷移轉在形形色色疆域的、地方的、移民的、國家的及全球的文化與認同之間」[24]。在此全球性交互影響的時代裡，當社會中的現代人面

---

[23] 《有本詩集：22 詩人自選》，頁 166。

[24] Marie Gillespie, *Television, Ethnicity and Cultural Change*, London: Routledge, 1995, p.21.

對越來越多各種文化的交錯情境，人們開始學習適應至少兩種以上
的認同，並且能在這兩者之間互相轉換與協商。黃惠婉的詩雖然提
供了成為世界公民的條件趨勢，但是她過於簡化天真的思考方向完
全忽略了晚近後殖民理論（postcolonial theory）中，後現代主體在面
臨東西方兩種社會文化的接觸時，觀念上和實踐上有所落差的認同
危機和身分定位問題。文化身分的互相轉換與協商形成了一種混雜
性的文化，而這正是後現代情境中一個奇特而顯著的認同形構，後
現代的消費文化形式把地方傳統文化與新的消費文化聯結在一起，
量身訂做不同的產品，最終以文化挪用和累積的方式形成地方的不
同需求。

　　霍爾（Stuart Hall）曾經指出，在全球化的文化情境中，人們的
認同至少會產生以下三種可能變化：既有認同的侵蝕、反而強化鞏
固認同、雜糅出一種新認同[25]。世界公民的混雜性顯然可以放在霍
爾建議的新認同框架來討論，黃惠婉的詩句過早接受這個後現代文
化的世界公民身分，然而卻過早排除這個後殖民情境中新認同的混
雜性。她那矛盾擺盪的認同立場顯露無餘，因此在接下來的一節詩
行中寫下如此悲觀的句子，也就不足為奇了，她彷彿在為既有文化
認同的侵蝕而作出哀悼的呼聲，與上一節的世界公民形象完全格格
不入：「當我們已升至虛擬國境／那千萬朵可能的玫瑰／已悄悄地在
空中花園裡　盛放／而在全宇宙唯一屬於你的那一朵／已　無　法

---

[25] Stuart Hall, "The West and the Rest". In Stuart Hall and Bram Gieben, eds.
Formations of Modernity, Cambridge: Polity Press, 1992, p.310.

尋　回／因為每個人都是隱匿的／任意打造身分　隨意抽離自己／
追逐速度同時遺忘話題的延續／關於自由　最終也在／無邊無際的
黑洞　墜落」[26]。詩中的敘述者的身分屬性無法尋回，而詩人因此
聲稱每一個現代都市人的不明隱匿身分，這裡對後現代主體可以任
意轉換的身分屬性，本來有很多可以發揮的地方，但最終在詩人頗
為悲觀的「在無邊無際的黑洞墜落」中結束詩行，避重就輕地迴避
了後現代主體複雜的文化認同與慾望想像的進一步探討　。

　　這個後現代都市主體的不明身分與混雜性的文化形構，在另一
個新世代詩人翁弦尉的〈M〉一詩中有著較為深入細膩的思考與鋪
陳，他藉 M 的不明身分來切入探討或思考在全球－地方辯證關係中
複雜的文化認同與身分屬性問題，如同霍爾提及的在全球化的文化
情境中雜糅出一種新認同，翁弦尉在詩行中探索了跨國消費文化與
文化認同變遷之密切潛在關聯，並驗證認同轉向與混雜的各種可能
性及其中的認同危機：「不明生物降臨／在聯歡同慶國慶日的夜晚／
一萬個氣球放生到空中／我們隔著雨後的玻璃窗親吻／卵生／棕色
皮肉／M 邀我共享一份麥當勞超值套餐／立下誓言攜手投身於床
上：／『孵化一粒蛋。』／關於宏願 2020 和我的夢／熱量稀釋了／
更需要想像／（需要不斷想像的快感還是快感嗎？）／正如需要想
像的馬來西亞已經不是／馬來西亞」[27]。詩人思考馬來西亞年輕族
群，如何在全球化的後資本消費機制當中想像自身的文化認同與身

---

[26]　《有本詩集：22 詩人自選》，頁 166。

[27]　翁弦尉《不明生物》，新加坡：八方文化，2004，頁 59。

分屬性，如何以協商的態度（而非單純接受或反抗），挪用西方消費
文化頻繁的物質、身體與意義流動進行認同型塑，進而朝向一種具
有文化變遷意涵的混雜認同形構和慾望想像，這個混雜性的新認同
從八〇年代之前的種族混合（馬來西亞華族傳統文化混雜地方文化，
即馬來亞化或馬來化）巧妙地開始轉換到商品符號／文化身分的混
合，國慶日對官方機構來說，它最大意義乃是藉一合法性和歷史性
的節日來鞏固和強化國族主義的意識形態建構，在這首詩中隨著代
表都市年輕族群的新世代詩人的崛起，國慶日原本嚴肅宏偉的意義
激進地轉移到商品消費的文化層面，後現代都市主體對商品消費與
身體感官的流連／留戀的刻劃和不斷強調，甚至把國慶節日當作一
個後現代主體的感官娛樂的擬仿想像，動搖了以往國家大敘述（grand
narrative）與種族他者對馬華文化具有文化主導性的關鍵意義，而把
焦點轉向於馬華年輕族群將西方資本主義消費文化在地化與內馴化
（domestication），比較主體面對政體的被動性與文化消費的主動性，
凸顯馬華文化認同在後現代全球化與後殖民情境中仍在持續進行的
混雜性、在地化和身分轉換的矛盾運作。如同翁弦尉詩句中對美國
快餐店麥當勞及吉蒂貓消費商品熱現象的敏銳觀察，後現代主體對
商品消費的主動性和集體感官的商品認同，當然不是一句西方文化
宰制或商品拜物（commodity fetishism）的盲從跟風所能輕易打發的：
「焚燒的落日／我和 M 一起走過的天橋隔夜就給別人搬走／連帶那
些日夜攀登的騎墻草／向一座沒有記憶的異質空間邁進／『像一座
不斷翻新的歷史展覽館……』／我們假裝近視／充滿宏願／習慣攀
附／接受隔離／相自獨居／性別未明／學會嗜痛／擅長等候／在 24

小時的快餐店享用美國的日光／凌晨三點開始排隊／為不明生物徹夜的降臨祈佑／／『愛是無限，但吉蒂貓有限。』」[28]。麥當勞套餐搭配促銷的吉蒂貓玩具，在台港新馬各地造成前所未有的收藏熱潮，而吉蒂貓的跨國商品系列和形象，從玩具、娃娃、文具、清潔品、衣飾、和家電數千種商品，到各種 Kitty 寫真集和雜誌的發行流通，是後現代都市主體集體符號消費的有力明證。可見吉蒂貓作為後現代的一個消費符號和商品體系，它所帶動的熱潮不只是集體性的，更是全球－區域性的消費心理現象。首先麥當勞的吉蒂貓玩具，乃是美國和日本兩大跨國公司，在因應不同區域市場上所採取的「全球在地化」（glocalization）的商業策略，推出全套不同國家文化的吉蒂貓形象，包括了歐美、日本、中國等地的族群文化形象，強調亞洲後殖民情境的混雜特質和市場消費走向，對於亞洲的年輕族群而言，這個文化差異與族群整合的玩偶，自是全球化架構下文化模式的理想型塑。因此麥當勞吉蒂貓本來是作為一種「商品拜物」的跨國商品符號，卻在亞洲消費主體的慾望想像下成為另一種形式之「想像的社群」，造成文化身分認同與商品認同之間的滑動轉換，如果這個轉換機制涉及主體的慾望想像與身分屬性的糾葛，那究竟兩者所造成的是慾望與身分的虛擬縫合，還是身分屬性認同焦慮下的精神官能分裂？換句話說這個造成亞洲年輕族群或後現代都市主體的文化認同滑動轉換為商品認同所牽涉的心理狀態為何？

　　從翁弦尉詩句的表面來看，後現代主體的文化認同上的不確定，

---

[28]　《不明生物》，頁 60。

已經讓位給商品認同上的集體性消費。但是如果我們承認文化認同與商品認同並不是截然分明的兩件事，消費已經成為現代日常生活的主要實踐之一，經由商品消費所產生的意義自然深刻影響人們建構自我認同的模式，二者皆涉及身分認同與慾望想像，那麼有限的吉蒂貓玩具反倒成了後現代主體（無限的、無止盡的）認同焦慮下的（無限的、不斷重複的）心理否認機制（mechanism of disavowal），一方面同時承認又不斷否認主體文化身分於政治面到社會面的閹割焦慮，一方面又同時否認和承認慾望壓抑下的戀物傾向和消費焦慮，處在後現代情境中的主體正是運用自我分裂的否認機制面對政治現實和文化差異的一種方式，在其中主體意識恐怕更多的是擺盪在認同的虛擬縫合與轉移置換之間。進入全球化資本體系的馬來西亞社會，政治強制力的普遍舒緩開放讓社會呈現多元化的景像，然而國家族群定位的曖昧、文化屬性的危機、個體認同的空洞、歷史記憶的壓抑回返，造成開放的媒介資訊空間提供後現代主體一個自由選擇的文化市場商品，因此這個社會商品認同現象已經不再是單純的個體行為，而是整體馬來西亞華族年輕階層社會文化認同問題具體化與不確定性的呈現。

　　在這裡不穩定的個人身分和文化認同、破碎片斷的主觀組成主體意識，因此所產生的身分流動性、非中心化、文化差異觀點的新型態，有時被看作積極社會主體的一種解放，個體如今能夠操縱社會符號資源，通過互動性這一機制來建構主體性。有時這樣的解放也被看作精神分裂式的文化脫序，此類觀點透過上面引用精神分析對商品認同與符號價值的否認機制和慾望想像的闡釋得以釐清，而

這個心理符號學所力求去神秘化的觀點，卻在諸如族裔、性別、階級、國家等認同差異的滲透影響之下，形成一個極其複雜的面向，這種情況尤其在第三世界國家的主體認同，整體呈現一種游移擺盪、渾沌不清的文化建構，故往往無法形成一個協調的自我、穩定的身分。認同的必要性是由於認同的一致性總是既不完整又不穩定才引起的，如同拉克勞（Ernesto Laclau）所言：「這些認同行為只能被認為是結構內不足的結果，而且持續追尋這份不足。」[29]我們已經在翁弦尉上述的詩行中看到這個主體文化認同面對商品消費時的不足，所形成的身分不穩定性和精神分裂狀態。

　　另外一個新世代詩人林健文（1973-）的〈疾走邊界〉一詩則探討後殖民主體面對全球商品與在地文化的辯證思考和持續追尋。亞洲城市的年輕階層面對全球經濟再結構所帶來的社會變遷，在這個過程中文化的全球化或全球消費文化的興起造成深遠的意義，象徵資本透過電子網路和全球連線交易的便利，幾乎可以在任何時間與地點生產和傳送，穿透國家國族的邊界。這種在全球化進一步深化上脫離了原有的地方脈絡而急速瓦解、重組的文化經驗，便是哈維（David Harvey）所稱的時空壓縮（time-space compression）概念，其特徵是由於空間的物質性阻礙的降低，促成了時間對空間的消減。然而隨著文化傳遞的加速和全球化的深化所帶來的同質化趨勢，同時也引發了地方文化認同的增強，浮現了地方文化抵抗的轉向。這

---

[29] Ernesto Laclau, *Power and Representation*. In: Ders., Emancipation(s), London, 1996, p.92.

種文化認同的浮現，使得後現代主體面對「全球」與「在地」這組關係時必須以更謹慎辯證的方式處理，同時無可避免地也會在主體意識層面上產生了焦慮和渴望的兩極心態[30]。在這樣的時空背景的認知架構下，詩人身處第三世界國家的都市社會，面對全球化的後現代情境與在地文化歷史記憶的混雜落差，不斷衍生和彌漫的文化認同焦慮與身分屬性危機，使得詩人林健文寫下如此焦慮憂心的詩句：「我已選擇性強迫自己／不在這裡尋覓任何關於／國土的記憶文本」[31]。城市中的主體的傳統／在地文化同時正被全球資本市場收編，成為城市資本符號積累的新場域，「文化差異」因此成為資本家操縱分眾市場和強化符號消費的一個籌碼，將原本社區中弱勢邊緣化的文化屬性，吸納和整編到混雜以地方傳統文化與流行商品消費模式為生產對象的新模式文化（消費）認同。

　　詩人在全球在地化的文化認同問題上的思考，使他無可避免地產生主體身分屬性和認同的危機意識，最終只能在城市的斷裂碎片中發展出一套倖存策略，即在文化想像的邊緣縫隙間找出新的個體認同原則。如同詩中的詩人疾走邊界：「便利店門口／七個公共電話亭，午夜十一點鐘／台上表演的女人褪下濃妝／兩枝礦泉水由粗獷的男人付賬／櫃台小姐忙碌收錢找錢收錢／我在選擇一種能讓思緒沉澱的飲料／街邊擺賣的榴槤比家鄉大，芒果比家鄉黃／（我望見

---

[30] 有關哈維（David Harvey）的歷史地理學中重要的時空壓縮概念的評論，參見黃麗玲、夏鑄九〈文化、再現與地方感：接合空間研究與文化研究的初步思考〉，收入陳光興編《文化研究在台灣》，台北：巨流，2000，頁28-30。

[31] 《星洲日報・文藝春秋》，2003/08/03。

你急促的臉和身影，／一直望著腕錶）／十一點鐘聲敲醒早睡的靈
魂／而便利店一樣不打烊／無論冷飲、熱咖啡、鮮奶／無論口香糖、
紙巾、避孕套／大象在路上徘徊，巡視陌生的路人／在難得的巫裔
麵條攤子／我和你點一樣的檸檬茶／座標剎那換成熟悉的國度、語
言／和時間，一起凝固成永恆的記憶」[32]。這個邊界無論是真實的
地理邊界或文本建構的想像邊界，其實已經無法確認，恐怕更多的
是兩者的混雜和交織，詩人藉此一邊界的游移和越界行動暗示後現
代或後殖民時期主體身分的（再）確認（recognition），及個體認同發
聲宣示一種「敘述的權利」（the right to narrate）。這首詩表現出詩人
高度的個人自覺與複雜的主體意識，對後現代時期的全球同質化與
全球在地性的文化差異提出主體省思，為探尋再確立主體性而遊走
邊界，然而邊界的地方文化何處不是已經滲透了全球化的語境，邊
緣的主體發聲何處不是已經混雜了後殖民的歷史記憶和文化想像，
我們在詩中的邊界處看到全球化與在地性的兩組意象並置或混雜，
一邊是便利店、公共電話亭、台上表演的女人、口香糖、紙巾、避孕
套……，另一邊是榴槤、芒果、大象、麵條攤子、檸檬茶、熟悉的語
言、記憶……。這種具備混雜身分、時空落差不協調的文化語境，
顯示在邊界思考或自我邊緣化的詩人對其自身後現代或後殖民情境
的深刻感知，及他藉邊界想像來試圖認同主體與世界關係的方式。

　　林健文的疾走邊界讓他得以暫時從固定的位置跳脫出來，在邊
界盡情的演出各種混雜話語的主體性，其中容許衝突、矛盾、差異

---

[32]　《星洲日報・文藝春秋》，2003/08/03。

的認同進行觀察和思辨。後現代的商品認同與後殖民的文化身分，可以放在這個演出場域的行動、思想、語言和書寫來建構一個新的主體位置。新世代詩人因為與其他世代的作家有著明顯差異的文化經驗，配合詩人的現代城市生活與電子影像時代的創作書寫環境，尤其是在一個多元種族的第三世界國家裡，不同的族群處在後殖民與全球性資本主義的時代格局當中，這些新世代詩人在朝向一種新的文化認同建構的同時，不斷面對政治現實強勢文化族群的壓制消音，因此也更加劇感受文化屬性和身分認同的危機。林健文的書寫主體往往在定位與游移之間、形成與解構之中，在文化「陷於其間」（in-betweenness）的僵局中重新定位（relocation）和重新銘刻（reinscription），以建構出一個混雜跨文化和跨族裔本質的新主體性。這個文化混雜的後殖民主體，一方面是都市認同的文化商業化及後現代商業文化的衝擊分裂，另一方面是政治現實體制結構的文化身分屬性壓迫，新世代詩人因此不再尋求一個客觀固定的歷史敘事，而是以一個城市的歷史變遷中的見證人和思考者，重新尋求結合主體經驗與城市歷史敘事的多重面貌，激發了詩人對歷史意識的反省和挖掘。林健文大部分的詩都在書寫和思考這些問題，詩文本中的敘述者大部分時候都在城市中遊走，一如本雅明（Walter Benjamin）筆下的漫遊者（flaneur），他們雖然生活在大城市的商品消費機制當中，卻有意識的把自己放置到大城市的邊緣，在那裡他們看到了看不見的城市，他們是大城市的波希米亞，脫離了資本主義的生產時間情境的漫遊者，經過他們的眼睛，城市中被忽略、隱匿的側面及背影得以窺見。經由他們的目光，讓我們看到前資本主義

時代的城市已經被摧毀成為廢墟，整合進高度現代性的部分則有著奪目的光彩。本雅明將史家或詩人（文人）的工作或責任比喻為一個在歷史廢墟的城市裡撿拾破爛垃圾的人（rag-picker），賦予拾垃圾的革命性意義，指出詩人或史家要像漫遊者學習，從歷史的垃圾廢墟中將斷裂碎片重新縫補，有如在解構中找出新的建構原則[33]。

　　林健文的〈巴生河水黃又黃〉一詩讓我們看到這個城市被忽略的側面、被遺忘的歷史，及其中被壓迫的體制結構：

> 在一個不在意城市被孤獨的年代
>
> 我們的悲情已經黃濁
>
> 我們的河水
>
> 漂在一個政治死亡的國度
>
> 臭味遠飄的狗屍和豬蹄
>
> 腐爛的白色學生證
>
> 確實比生命還要重要的
>
> 漂來盪去，河水
>
> 彷彿和獨立時一樣
>
> 彷彿和鄰國憤怒離開那天一樣
>
> 國旗被更換、國歌被更換、國民被
>
> 遺棄。

---

[33]　有關本雅明筆下的現代城市及漫遊者的文化批評，可參考楊小濱《否定的美學：法蘭克福學派的文藝理論和文化批評》，台北：麥田，1995，頁 102-107。又更細膩的分析見張旭東〈本雅明的意義〉一文，《批評的蹤跡》，北京：三聯書店，2003，頁 45-61。

　………………

　　我們的歷史書本上寫著

　　巴生河水黃又黃

　　漂過來，又漂過去的

　　除了葉亞來老舊的遺體

　　還有百年店鋪匾牌的蒼涼

　　現在你看到的是

　　大水褪去以後的繁華

　　在半島最中央部分，一個低窪

　　我們擠出靈魂

　　擺成一條擁擠的街道

　　市區裡再沒有殖民主義紅色浪潮

　　只有，巴生河水黃又黃

　　所有的命運，以河水淘洗為準則

　　我們唯有信奉和

　　遵從。[34]

詩人在吉隆坡巴生河流域漫遊，作為馬來西亞最大的都市座標，他眼中看到的卻不是商品消費的購物百貨公司，也不在意那個被市民引為偉大驕傲的雙子大樓，他把目光轉向巴生河的水流和承載的意義，看到了河水中的歷史流變和被壓迫者的沉默，試圖藉一則城市地景與歷史的斷裂碎片敘事，來激發城市主體的文化認同與歷史意

---

[34]　《有本詩集：22 詩人自選》，頁 60-61。

識的反省，也從中重構與召喚主體對於城市和歷史的關注。

　　林健文書寫城市生活和歷史的詩，詩的敘述者大多是以一個漫遊者的姿態來體驗城市生活，以一個邊緣化的姿態來反叛一體化城市的典型，也就是反叛商品拜物教下的都市文化，如同他在〈蟑螂〉一詩藉這個昆蟲的邊緣政治身分來抒發自我之生活感受：「蟑螂早懷疑偽裝的爬蟲是否光影的合成／疾行如我時而高亢時而低調的語音／仍潛藏在記憶深處的，老早退化的昆蟲染色體忽然爆裂／由實驗的殺蟲劑開始，被逐漸滅死／我於是徒步在詩人死去的床上／安分尋找夜食，如豺狼／血紅的眼睛反射都市的熱情，僅僅限於高亢的溫度／在亞熱帶，我們無法繼續生存」[35]。蟑螂的爬行記憶深處，猶如詩人漫遊在大都市邊緣，出沒於面貌模糊的廣大群眾之中，他與一切社會秩序感覺格格不入，他的言行也不被社會體制所接納。詩人自比蟑螂的身分處境，這個生活在都市中的漫遊詩人，其實對現代都市的感受比任何人更加熱情，對城市文化的歷史記憶比任何人更加深入思考和探觸。這首詩大體上言之，與本雅明筆下的城市詩人與漫遊者的觀物心態和思維習慣若合符節，前者主要表現在自我邊緣的位置上來思考主體性，後者則深入探索城市歷史中的碎片和廢墟的殘酷意象縫補。

　　如同本雅明討論波特萊爾（Charles Baudelaire）做為漫遊者與抒情詩人的身分關聯：「如果馬克思偶爾以開玩笑語氣提及的商品靈魂確實存在，那商品的靈魂便是靈魂場域中最具交互感應力（empathy）

---

[35] 《星洲日報・文藝春秋》，2000/08/13。

的一個，因為他必須將每個人都當成可能的買主。交互感應力是迷醉的本質，漫遊者因迷醉而在人群中自我放棄。『詩人享有做自己和做他人——只要他覺得適合——的至高特權。他像一個為尋找身體而徘徊不定的靈魂，只要他願意便能進入他者。不過對他來說，一切皆屬開放，就算有一些地方好像對他關閉，那也只是因為這些地方他不屑一顧』。這裡的說話者是商品自身。最後的文句提供了一個很精確的想法，當一個窮人，路過陳設華美昂貴物的櫥窗時，商品會如何對他說話。這些商品對此人不感興趣，它們不與他交互感應。在〈群眾〉這首重量級的散文詩行中，拜物（fetish）用另類字眼自己發聲，而波特萊爾敏感的天性與拜物產生強烈共鳴。與非生物的東西交互感應，便是波特萊爾的靈感來源之一」[36]。因此做為詩中漫遊者身分的敘述者／詩人比社會上一般人擁有超強的感應力，能夠隨時以主體意識或想像「進入」社會中隱匿或邊緣的角色，如林健文詩中的陌生的路人、櫃台小姐、麵攤的巫裔他者、都市疾行的蟑螂、巴生河水的靈魂，一如商品的靈魂能夠以商品拜物的超強感應力，隨時準備「進入」每個都市中的消費者主體意識深處。

　　在另外一首詩〈再見貓影〉中，林健文藉詩的敘述者在城市中漫遊，尋找族群歷史的記憶痕跡，南洋老店被遺棄的身世場所：

　　　細心尋找一頭白色的貓

　　　在南洋的老店，請注意它的側影

---

[36]　Walter Benjamin, *Charles Baudelaire: A Lyric Poet in the Era of High Capitalism.* Trans. Harry Zohn. London: NLB, 1973, p.55.

被虛構的神情，假設的身世

貓的史料顯示：

在蓬萊，孿生姐妹──被遺棄

陳舊的後巷，貓的父母暴斃

死因顯然被一頁一頁封閉

企圖遮蓋貓的過去

當然自從貓被移植海外就一直不曾回去

像沙漏裡的沙粒，逐漸流失在異鄉

我把懷疑貓的檔案儲存在遺失貓的城市裡

用原始的甲骨文記錄

貓所有的歷史[37]

詭異的是，當詩敘述者以他那超強的感應力「進入」城市的歷史記憶深處──陳舊的後巷、老店的五腳基、貓暴斃的場所、南洋被遺棄的靈魂，做為城市中無所不在的消費商品，它以商品拜物的超強感應力，有如靈魂般「進入」消費者／詩人的身體感官，頻頻召喚城市消費主體的慾望想像與認同，轉移主體意識深處的歷史記憶和身分困境的壓抑慾望，在詩句中由詩人的歷史文化記憶想像被轉換到商品靈魂無孔不入的符號消費價值：「五腳基，在黃昏時逐漸黑暗／而整條街道／被老店隔鄰紅黃交替的燈光映照成一個偌大的／

---

[37] 《星洲日報·文藝春秋》，2000/07/23。

M 字[38]

　　商品靈魂有如反過身來回眸「附身」在後現代城市消費者／詩人的身上，進入主體的心靈意識，讓主體的記憶想像瓦解的同時，也順理成章地把消費主體的文化認同與慾望想像掉換，這個詭異的後現代情境發展到極致，在另一個詩人黃惠婉〈魚事記錄〉筆下形成一座充滿魔幻和詭異的超現實城市：「那年我們努力收集整座城市遺忘了的記憶／但承載太多記憶的城猶如沉淪於記憶的人類／我選擇繞過煩囂的大街到小巷尋貓／我想是這座城的貓太多了而我只找到魚骨／或許所有的魚已受了人魚童話的詛咒／所以我們在床上扭成一條響尾蛇向沙漠滑去／我注定養不活仙人掌啊而我們將逐漸枯竭／堆砌如山的城的記憶讓城慢慢的淪陷／一雙掛在城上空的眼睛開始詭異的竊笑」[39]。如此說來，努力思考城市的歷史記憶與文化認同的詩人終究要面對商品消費的迷魅，主體意識不斷陷入文化屬性與商品認同的拉鋸狀態，商品消費已從商品戀物滑動至「變成商品」的超現實詭異狀態，而「變成商品」有如進入消費者身體的商品靈魂，反身告訴消費主體這是一座超現實的城市，一個後現代的社會，在其中的城市主體的文化記憶和身分屬性將會在混雜、多重、不穩定的認同與差異間，不斷滑動轉換各種感官刺激和慾望想像。如同新世代詩人許世強（1979-）的〈無計劃游蕩事件之一〉一詩所言：「清晨醒來／我們在輕快鐵相遇／是我先在枝葉茂盛的森林裡／

---

[38]　《星洲日報・文藝春秋》，2000/07/23。

[39]　《有本詩集：22 詩人自選》，頁 160。

認出你仰望的枝幹／我們在清晨的輕快鐵相遇／約好一起曠工／去尋找居住在地下道的幽靈／然後在大廈的後巷朗誦一齣／戲劇的對白／在星光大道扮演路人甲和乙」[40]。詩中的敘述者如同後現代的商品消費者，對現代生活的遊戲參與保持高度警覺，充分理解商品符號與流動慾望的樂趣，於是現代人／消費者／詩人的生活實踐與商品認同就在這兩者的經驗與想像相互扣連之下，為後現代時期流動多變的主體型構扮演了至為關鍵的作用。

結　語

　　無可否認，當代消費文化在後資本主義價值觀的全球性後續影響下，對馬來西亞社會體制內部產生了結構性的轉變，並在經濟、教育和文化實踐的模式上出現裂縫，探討新世代消費主體的都市後現代性與文化認同轉變的感受和生活實踐，已經是當代社會學者一件刻不容緩的事。本文以馬華新世代詩人對都市文化、後現代性、商品認同、主體建構這些重要課題的看法為立論基礎，剖析這些七〇年代以降出生的詩人文本中的關懷中心和思考面向，論文第一個部分指出馬華年輕族群在商品化的社會中透過消費藉以彰顯自我的存在意義，落實於日常生活中，除了產生出對於商品消費的情慾感受與自我認同，也在生活的消費實踐中思考傳統文化的出路或困境。論文第二個部分則深入探索新世代詩人對文化身分與商品消費主體

---

[40] 《蕉風》490 期，2003，頁 46。

性兩者的混雜或分裂，指出混雜或分裂的主體意識唯有透過詩人一種城市漫遊者的行動，方得以有機會突破這個身分認同的二分法模式的困境。漫遊者的城市出擊讓詩人得以觸探城市邊緣和隱匿疆域，尋找與縫補城市歷史文化的遺漏和殘缺之處，其中詩人的感官慾望與族群共享的文化歷史記憶也會在多重的交互感應狀態下，不斷滑動與轉換為後現代時期一種混雜、不穩定、流動多變的認同想像與主體性。

個人的認同建構會在自身所處的社會網絡中，在不斷的互動中滑動與轉換形塑的動態過程，以取得自我與社會間的平衡。弔詭的是，一方面流行文化和消費美學時常飽受批評，認為它會為傳統文化和身分屬性帶來危險和毀滅力量，侵蝕傳統文化的純正性質，令文化身分屬性變質，因為其文化政治權力結構的不平等與帝國殖民的機制運作，另一方面流行文化消費行為與傳統文化歷史記憶有時被看作兩個截然不同的認同指涉。然而前者的意識深處充滿了文化本質論的盲點（雖然它在某種程度上的確指出後殖民主義的事實），後者其實對馬華城市年輕族群的主體文化產生了至為關鍵深遠的影響，這個現象在上述論文中的引詩辯證和觀察中得到了清楚的印證。馬華新世代詩人的詩文本告訴我們：對於生活周遭的流行商品和消費文化，我們必須具備進行再詮釋、轉化、挪用、付諸行動的能力，藉此理解身邊的商品，吸收這些後現代電子資訊，並透過感官慾望與自我認同的文化模式，將其轉化至日常生活內。詩人生活在這個經常觀察、消費與再現的文化認同想像中，從而了解其文化認同在生活實踐與歷史記憶的經驗世界，馬華新世代詩人如此複雜多變的

主體意識與文化認同，必須在更具體的社會歷史脈絡、瞬息萬變的都市景觀下來討論，它所體現的文化混雜性質與身分屬性定位仍是一持續開放的論辯場域。

[2005]

本卷作者簡介

張光達，祖籍福建同安，畢業於馬來亞大學。著有《風雨中的一枝筆：當代馬華詩人作品評述》（2001）、《馬華現代詩論：時代性質與文化屬性》（2009）、《馬華當代詩論：政治性、後現代性與文化屬性》（2009），編有《辣味馬華文學：九〇年代馬華文學爭論性課題文選》（2002）。學術論文刊於《中國現代文學》、《臺灣詩學學刊》、《蕉風》、《馬華文學評論》等，論文亦收錄於馬華作協編《馬華文學大系：評論卷》（馬華作協編）、《赤道回聲：馬華文學讀本 II》（陳大為等編）、《海峽兩岸現當代文學論集》（徐國能編）、《華語語系與南洋書寫：臺灣與星馬華文文學及文化論集》（張錦忠編）等。